パズルアプリで異世界復興始めましたが、魔王様からの溺愛は予想外でした

和泉杏花

JN178247

24348

角川ビーンズ文庫

CONTENTS

アルド
魔物を祖先とする人間が
集まって出来た国・
ソキウスを治める王。
魔力が強く、カリスマ性を
持つが、気遣いに溢れている
早乙女《さおとめ》桜《さくら》（サクラ）
見ず知らずの女性と一緒に、
突然崩壊寸前の世界に
召喚された元会社員。
幼い頃からやりこんでいる
パズルゲームの
『ユーリス』が最推し

ファラ

サクラがソキウスで出会った女性。
さっぱりした性格で、
潜水用の魔法を使いこなして
漁をしている

ユーリス

サクラを召喚した国・アリローグの
王族。横暴な王から守るべく、
アルドにサクラを託す。サクラの
最推しとどこか似ているが……

パズルアプリで異世界復興始めましたが、魔王様からの溺愛は予想外でした

CHARACTERS

アリローグの王

世界を救う『聖女』の力を
利用するため召喚した横暴な王

女子大生

サクラと一緒にアリローグに召喚され、
『聖女』の力があるとされた女性

本文イラスト／柊酸

プロローグ

「私と取引をしていただけませんか？」

「ほう？」

テーブルを挟《はさ》んだ先のソファに腰《こし》かける一人の男性。

不敵に笑う彼に負けじと、私は仕事で身に付けた営業用の笑《え》みで返した。

同じ高さの椅子《いす》に腰かけているにもかかわらず高い位置にある顔、尖《とが》った耳、愉快《ゆかい》そうに笑う口元から覗《のぞ》く鋭《するど》い犬歯。今はしまっているようだが、その鍛《きた》えられた体軀《たいく》の背に大きな漆黒《しっこく》の翼《つばさ》がある事も知っている。それらすべてが、彼が私とは違《ちが》う種族である証《あかし》だ。

長い脚《あし》を組む彼とは、私が成人女性の平均より小柄《こがら》な事もあって相当な体格差がある。力の差も明確で、まるで肉食獣《にくしょくじゅう》と対峙《たいじ》している気分だ。

昨日、突然《とつぜん》私の世界は一転し、今の私は何も持っていないに等しい。あるのは連れて来られた際に持っていた鞄《かばん》の中身と、目の前の彼がくれたこの崩《くず》れかけた家だけ。

突然連れて来られた常識も文字も違う、言葉が通じる事が唯一《ゆいいつ》の救いと言っても良い、崩壊《ほうかい》直前のこの世界。目の前の彼が保護してくれなければ、私は死んでいただろう。

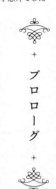

彼は魔物《まもの》と呼ばれる存在を祖先とする人々をまとめ上げる国の王で、比喩《ひゆ》でなく私を片手で捻《ひね》り潰《つぶ》してしまえるような人だった。でも、それでも……。

スマホを強く握《にぎ》り締《し》め、沸《わ》き上がってきた勇気に後押しされて、なんて事無いように笑った。

「私はこの力をこの国のために使います。その代わり、私が元の世界に帰る方法を探して下さい。そして無事に帰れるまで、私がこの世界で生きていくために必要な知識を下さい」

声は震《ふる》えていない。少しの恐怖《きょうふ》も、発言するために振《ふ》り絞《しぼ》った勇気も、気を抜《ぬ》けば崩れてしまう作った笑みも、どきどきと煩《うるさ》い心臓の音も……一欠片《ひとかけら》たりとも表には出さない。

そんな私を知ってか知らずか、目の前の彼は先ほどよりも笑みを深めた。

「いいだろう、俺としても国の復興の協力が得られるなんて願っても無い話だしな。取引成立だ。お前を帰す方法は絶対に見つけてみせよう」

目の前に差し出された大きな手を握り返して、彼と握手《あくしゅ》を交《か》わす。

私の手をすっぽりと包み込んだ大きな手。そこから伝わってくる温《ぬく》もりがなんだか優《やさ》しくて。取引がうまくいった事と、一方的に感じていた緊張《きんちょう》が解《ほぐ》れた事で、ほんの少しだけ泣きたくなった。

ちゃんとこの世界で生きて、帰らなければ。私の生まれ育った世界に。

第一章　世界が一転した日

電車の揺《ゆ》れを感じながら、ぼんやりと窓の外を見つめる。私の住む町は田舎《いなか》で人口も少なく、退勤ラッシュを過ぎた事もあって車内はがらがらだ。スーツ姿のままボックス席を独《ひと》り占《じ》めしているが、電車特有の椅子からの暖房《だんぼう》のせいでお尻《しり》が熱い。乗車前に買った水を飲もうと鞄を開くと、使い慣れた名刺《めいし》入れに視線が吸い寄せられた。

「……終わっちゃったなあ」

名刺入れの中には『早乙女《さおとめ》　桜《さくら》』という私の名前が書かれた名刺が数枚入っている。大学を卒業してから四年ほど勤めた会社は廃業《はいぎょう》が決まり、今日が出勤最終日だった。もう同《どう》僚《りょう》達と会う事も無いだろう。少し寂《さび》しいが、どこか安堵《あんど》もしていた。

窓に映る自分をじっと見つめる。

頭の後ろできっちりとシニヨンにしたヘーゼル色の髪《かみ》は染めたわけではないし、同じ色の瞳《ひとみ》も自前のものだ。美男美女の両親に似た事で顔立ちは整っている方だと思う。尊敬する両親に似ているのは嬉《うれ》しいが、顔立ちから受ける印象は『綺麗《きれい》』よりも『儚《はかな》い』が勝つ。この妙《みょう》に儚げな印象や焼けにくい白い肌《はだ》は、幼い頃《ころ》に病で何度も死の淵《ふち》を彷徨《さまよ》った事が原因かもしれない。実際、私が平均より小柄で筋肉が付きにくいのは、長期に亘《わた》る入院と治療《ちりょう》の影響《えいきょう》だと医師に言われている。今でこそ完治しているが、当時の両親は修羅《しゅら》場《ば》だったに違いない。一人娘《ひとりむすめ》が何度も死にかけ、病室から出る事すらままならないのだから。

この外見のせいで色々うまくいかない事も多いが、完治しただけ良いと思うしかない。

水を一口飲んで、荷物を自分の傍《そば》に寄せる。数年の勤務で増え続けたロッカーや机の中の私物に加え、クリーニングから予備のスーツを二組引き取ってきたので、荷物が多い。

鞄に水を戻《もど》す代わりに、先ほど購入《こうにゅう》したばかりの真新しいスマホを取り出す。今まで使っていたスマホの電源が入らなくなってしまったので、仕方なく買い替《か》えてきたのだ。

「新しいスマホは嬉しいけど、やっぱり面倒《めんどう》だなあ」

重要なデータは移したが、帰ったらアプリのダウンロードやデータの引継《ひきつ》ぎ作業が待っている。操作にも慣れていないので、設定にも時間が掛《か》かるだろう。

何より、暇《ひま》さえあれば遊んでいるアプリのパズルゲームが出来ないせいで非常に退屈《たいくつ》だ。飲食と睡眠《すいみん》をぎりぎり手放していないくらいにはこのゲームに夢中なので、空き時間には自然にゲームをする習慣がついてしまっている。本当に手持ち無沙汰《ぶさた》だ。

スマホを操作し、保存していた画像の中から一枚選んで待ち受けに設定する。ホーム画面に現れた男性キャラのイラストを見て『ユーリス』と小さく呟《つぶや》くと、自然と笑みが浮《う》かんだ。彼はパズルゲームに登場する、私の最推《さいお》しキャラだ。

青い短髪《たんぱつ》と同じ色の瞳が特徴《とくちょう》的な生真面目《きまじめ》そうな顔立ち。泣き黒子《ぼくろ》が色っぽくて、ギャップが可愛《かわい》い、なんて人気があるキャラだけれど、私は彼の意志の強い瞳が一番好きだ。

帰ったらデータを引き継いで、彼の『おかえり』というボイスを聞かなければ。

このゲーム、よくある恋愛《れんあい》とパズルを組み合わせたゲームなのだが、子どもの頃の私が入院中にたまたま見つけ、夢中になってやりこんだものだった。

『何百年も続いた魔物との戦争が終わって数十年、荒廃《こうはい》したままの世界をパズルゲームで復興させよう』という内容で、グラフィックも音楽もストーリーも素晴《すば》らしい。

ゲーム開始時に数人の男性キャラから相棒を一人選び、そのキャラが住む国を復興していく。荒《あ》れ地や壊《こわ》れた設備等を選ぶとパズルが出て、クリアするとそこが復活する。

パズルは決まった手数以内で様々な形や色のピースを移動させ、同じ物で揃《そろ》えて消していくというシンプルな物だ。ステージごとに定められた条件を達成すると、盤面《ばんめん》上のすべてのピースが消えてステージクリアとなる。ステージ上に障害物があったり、ピースを消すために相棒のキャラスキルが必須《ひっす》だったり、とやりこみ要素も多い。

病室しかなかった私の世界を一気に彩《いろど》ってくれたこのゲーム。長年やりこんでいるのでプレイヤーレベルもカンストしているし、イベントは毎回ランキング一桁《ひとけた》だ。乙女《おとめ》ゲームなので恋愛要素も強く、相棒キャラの変更《へんこう》も可能なので様々なキャラと恋愛が楽しめる。

しかし私は、相棒キャラを一度も変えていない。

『かっこいい……！』

幼い私が画面の向こうの彼に恋《こい》をした日から、このゲームはずっと私の傍にある。

あの頃の私は大半の時間を痛みや苦しさと闘《たたか》っており、病室から出られずにいた。母は仕事が終わるとすぐに病院に来て面会時間中はずっと傍にいてくれたし、海外勤務の父も帰国の度《たび》に会いに来てくれたが、それでも一人の時間は長い。しかし両親の忙《いそが》しい理由が治療費を稼《かせ》ぐためだと気付いていた私は、もっと一緒《いっしょ》に居てほしいなんて言えず……だからこそ、病室で一人でも色々なゲームが出来るスマホは、唯一《ゆいいつ》飽《あ》きない遊び道具だった。

そこで見つけた、私の初恋。

崩壊した世界でも何一つ諦《あきら》めずに進んでいくユーリスに恋をして、自分も彼のようになりたいと、必死に生きようともがき続け、ユーリスも頑張《がんば》っているのだからと痛い治療を乗り越《こ》え続けた。シンプルなパズルゲームというのも良かったのだろう。時間だけはあった私にとって、十分にのめり込めるものだった。

ユーリスから視線を逸《そ》らし、窓に映る自分の顔を見て小さくため息を吐《つ》く。

「現実での恋は、もうしばらくしなくても良いかな」

仲睦《なかむつ》まじい両親を見て育ったので恋への憧《あこが》れはあるが、理想の恋はここにもある。ユーリスの映るスマホの画面をそっと撫《な》でて、ゲームのダウンロードをしておく事にした。

ゲーム以外のアプリもダウンロードしている内に、電車は降りる駅に到着《とうちゃく》する。開いた扉《とびら》の向こうに一歩踏《ふ》み出したと同時に足が何かに引っかかった。バランスを崩した体が前方に勢いよく傾《かたむ》き、息を呑《の》んだと同時に地面に倒《たお》れ込む。出勤最後の日に電車から転んで降りるなんて、と沸《わ》き上がった羞恥心《しゅうちしん》は、転んだ体勢から顔を上げた瞬間《しゅんかん》に霧散《むさん》した。

「え……」

いつの間にか地面は駅のホームでは無く、柔《やわ》らかい絨毯《じゅうたん》に変わっていた。周囲がぼんやりとした光に包まれていてよく見えない中、近くで同じように座り込んでいた大学生らしき女の子と目が合う。彼女も混乱しているようで、お互《たが》いに言葉は出て来ない。

光がゆっくりと消えていくと、何故《なぜ》かどこかの部屋の中にいた。周囲を剣《けん》や槍《やり》を持つ複数の人間に囲まれている事に気付いて、慌《あわ》てて女の子を庇《かば》うように前に出る。訳がわからず混乱する頭は、震える手で私の服を掴《つか》む女の子の存在で何とか平静を保っていた。

周囲の人々はゲームで兵士が着るような服装をしているが、妙に破れや汚《よご》れが目立っている。綺麗とは言えないような服、豪華《ごうか》な造りなのに薄汚《うすよご》れて破れた装飾《そうしょく》で飾《かざ》られた部屋。

誰《だれ》かの悪戯《いたずら》なら早くネタばらししてほしい。そう思ってしまうくらい、雰囲気《ふんいき》が異様だ。

周囲の人達は戸惑《とまど》った様子で私達を見ているが……今動いたら危ないだろうか。パンツスーツとはいえパンプスでは思うように動けないし、と思案していた時だった。

「どけ！　これが聖女か！」

静寂《せいじゃく》をかき消すような大声が周囲に響《ひび》き、私の前にいた兵士が後ろから出てきた人物に突《つ》き飛ばされ、大きな音を立てて倒れ込む。周囲に満ちていた戸惑いの空気が緊迫《きんぱく》したものへと変わり、私の服を掴む女の子の震えがさらに大きくなった。

どすどすと足音を立てて現れたのは、煌《きら》びやかな服に身を包んだ五十代くらいの大柄《おおがら》な男性だった。自分が押したせいで倒れた兵士の事は一切《いっさい》気にしていない。頭には美しい王《おう》冠《かん》が輝《かがや》いているが、周りの人が兵士ならば彼は王様だろうか……なんだか嫌《いや》な雰囲気だ。

「どちらだ？」

威圧感《いあっかん》を振《ふ》りまきながら男が問いかけると、一人の兵士がぎこちない動きで私の後ろで震《ふる》える女の子を指差した。男が欲望しか感じない嫌な笑《え》みを浮かべたのが見えて慌てて女の子を隠《かく》そうとしたが、ずかずかと近寄ってきた男に思いきり突き飛ばされてしまう。

がっ、と床《ゆか》に叩《たた》きつけられてくぐもった声が漏《も》れる。男の手が当たった部分がじんじんと痛む。突き飛ばされたというよりも、殴《なぐ》り飛ばされたと言った方が良いかもしれない。

小さな悲鳴が聞こえて慌てて体を起こすと、王冠の男は女の子の腕《うで》を引っ張り、強引《ごういん》に立たせているところだった。ぎりぎりと音が出そうな強さで掴まれて、女の子の顔が苦痛に歪《ゆが》む。そんな顔を見ても力を緩《ゆる》めず笑みを深めた男に、嫌悪感《けんおかん》は増すばかりだ。

「ちょっと……っ！」

制止しようと出た言葉は、周囲から向けられた大量の武器のせいで中断された。ぎらぎらと輝く刃物《はもの》が大量に向けられる状況《じょうきょう》に咄嗟《とっさ》に両手を上げてしまい、動けなくなる。

「そいつはいらん。城から追い出すか処分しておけ」

私を見て鼻で笑った王冠の男は、強引に女の子を引っ張り部屋を出ていく。泣きそうな顔の女の子がこちらを見たが、武器は未《いま》だ私に向けられており、少しでも動けば突き刺《さ》さるだろう。何も出来ないのが悔《くや》しくて、どうにか出来ないかと視線を周囲に走らせる。

「動かないで下さい、どうか、お願いだから……」

そう囁《ささや》くような声が聞こえて、そこで初めて周りの兵士達が泣きそうな表情でこちらを見ている事に気が付いた。恐怖《きょうふ》が萎《しぼ》んでいき、戸惑いが大きくなる。

結局女の子は連れ去られてしまった。扉の閉まる音に無力感を覚えて唇《くちびる》を噛《か》む。男が出て行ってすぐに武器は下げられたが、兵士達は誰も彼も悲痛そうで、どこか悔しそうだ。

何がどうなっているのかと悩《なや》む私の思考は、勢いよく扉が開いた事で中断された。

「おい、どうした？」

眉根《まゆね》を寄せて部屋の中を見回す同い年くらいの青髪《あおがみ》の男性。随分《ずいぶん》と整った顔立ちで、生真面目そうな人だ。服装も兵士達と比べると良い物ではあるが、あの男ほどの豪華さはない。状況を把握《はあく》したらしい彼の顔色が一気に悪くなる。

「まさか、聖女を召喚《しょうかん》したのか？　彼女か？」

「聖女様は王が……申し訳ありません」

兵士の答えを聞いてさらに顔色を悪くした彼は、一瞬悩んだ後に近くの兵士に小声で何かを囁いた。兵士は泣きそうな顔で、はい、と返事をして部屋を出て行ってしまう。

男性はすぐに私の方へ近寄って来て、警戒《けいかい》を強めた私の顔を見て目を見開いた。

「これは……申し訳ありません。おそらく何も把握出来ていないかと思いますが、ここにいてはあなたも危ない。私が案内しますので、ともかく城の外へ」

早口なのが彼の焦《あせ》りを表している気がするが、果たして信用しても大丈夫《だいじょうぶ》なのだろうか？　選択《せんたく》を間違《まちが》えば自分の身が危《あや》うい事は、もう十分すぎるくらいに理解出来ている。

「もう一人の女性の事はご心配なく。私の部下を向かわせましたので、王から引き離《はな》す事が出来ているはずです。信用は出来ないかもしれませんが、身の安全は保障します」

「……わかりました」

確かにここにいてもどうしようもないし、あの王に殺される可能性もある。人間に向かって、笑いながら処分なんて言葉を発する事が出来る男なのだ。

私の返事を聞いて安堵《あんど》した様子の男性と兵士達を見つめる。兵士達の動かないでという声が震えていたのを思い出して、おそらく大丈夫だろうと僅《わず》かに肩《かた》の力を抜《ぬ》いた。彼らが私に武器を向けたのが本意で無かったのは態度を見ればわかる。

あの王と彼ら、どちらかを信じなければならない以上、選べる選択肢《せんたくし》は一つだけだ。

兵士の一人が傍《そば》に落ちていた私の鞄《かばん》を拾って手渡《てわた》してくれる。申し訳ない、どうかご無事で、と次々に口にする兵士達に見送られながら、青髪の男性とその場を後にした。

ヒビや穴だらけの廊下《ろうか》を、彼の案内で足早に進む。付いていくのに必死で、城の外に続く門に着いた時にはわずかに息切れしていた。道中わかったのは、彼が兵士達から慕《した》われている事と、私を無事に城の外に連れて行こうとしているのが本気だという事だけだ。

「こちらです。この門から外に出られますので」

示されるまま門から一歩踏み出したところで私の足は硬直《こうちょく》し、動けなくなった。この城は小高い丘《おか》の上にあったらしく、遠くの方まで見渡せる。どんよりと曇《くも》った空、地平線が見えるほどに広がる荒野《こうや》、見た事のない鳥、聞いた事のない動物の声、丘の下に広がる廃《はい》墟《きょ》のような町並み……知らない、こんな場所は知らない。間違いなく地球ではない。

「説明します。行きましょう」

大きな鳥に手紙らしき封筒《ふうとう》を持たせて飛ばした彼に促《うなが》され、また未知の場所へ向かって歩き出す。一歩足を踏み出すだけでも、得体のしれない恐怖を感じてしまう。

「突然《とつぜん》の事で驚《おどろ》いたでしょう？　ここはあなたが生きていた世界とは異なる世界です」

私の様子を窺《うかが》いながらも話し始めた彼の言葉に耳を傾ける。まるで夢物語だ。全身で感じている違和感《いわかん》が無ければ、笑い飛ばしてしまえる程《ほど》の。

「この世界は今、崩壊《ほうかい》の一歩手前なのです。数百年続いた魔物《まもの》との戦争が終わって何十年も経《た》ちますが、世界は戦争の余波で傷ついたまま。修理のための物資すら無い状況です」

どこかで聞いた話だ、と笑い飛ばしたくなった。よりにもよって、私の大好きなあのゲームとまったく同じ設定だなん、て……。

「あなたがここに来たのは、異世界から世界を癒《いや》す力を持つという聖女を召喚した際に巻き込まれたからです。召喚士はあの女性に聖女としての力を感じたそうなのですが、あなたには無いと。そして帰す手段も今のところわかっておりません」

心臓が鼓動《こどう》を速めていく。隣《となり》を歩く彼の青い髪が風に揺《ゆ》れる。髪と同じ青い色の瞳《ひとみ》、生《き》真面目《まじめ》そうな顔つき、妙《みょう》に色気を感じる泣き黒子《ぼくろ》。まさかそんなはずは……でも。

「あ、あの、お名前をお聞きしても？」

「ああ、申し訳ありません。私はユーリス。この国、アリローグの王族の一人です」

少しだけ微笑《ほほえ》んだ表情は、ゲームのユーリスのイラストとそっくりだった。

どうして気づかなかったのだろう？　現実になった事で雰囲気や服装は違うし、イラストよりも痩《や》せてはいるが、ずっと恋《こい》をしている相手と特徴《とくちょう》が同じなのに。

アリローグという国名もゲームのユーリスが治める予定の国と同じで、一瞬気分が高揚《こうよう》する。大好きな人が目の前にいる、大好きなゲームの世界だ、と。

「その、私はサクラと申します。この世界についてもう少し教えて頂いてもいいですか？」

「ええ、もちろんです。歩きながらで申し訳ありませんが」

彼が話す世界の様子は、ゲームとほとんど同じだった。ただ、ゲームでは目の前のユーリスが次期王になるのだと努力していたし、あの王も登場していない。

ゲームの世界に来たわけではないようだが、似た世界ではありそうだ。

「私と一緒《いっしょ》に連れて来られた女の子は……」

「私が必ず保護いたします。私も王位継承《けいしょう》権は持っておりますし、王も私の言葉は無視出来ません。すべての意見が通る訳ではありませんし、本当はあなたの事も私が保護出来ればいいのですが、その……」

どこか気まずそうにした彼は、私の顔を見て、少し悩んだ後に口を開いた。

「王はあの時、聖女の力を持つ女性に夢中だったようですが、あなたも王の好みに十分に当てはまる。聖女を奪《うば》われた後、冷静になった王があなたを連れて来いと言うのは目に見えています。悔しいですが、今の私の力では二人の女性を庇《かば》い続ける事は出来ません」

「だから私を国から出そうと？」

「ええ。異世界の住人で後ろ盾《だて》のないあなたは、王にとって都合が良い。ですから、王が思い出す前に手の届かない所まで避難《ひなん》してほしいのです。別の国に住む友人に使いを送りましたので、この国を出て彼と共に行って下さい」

「……わかりました」

そうして言葉を交《か》わしながら歩き続ける内に、どんどん大きくなっていく違和感。

……ああ、違うんだ。

高揚感が萎んでいく。やはり違う、彼は私が恋したユーリスではない。

ゲームのユーリスなら、私もあの子も両方自分で保護するだろう。それが出来ないのはここが現実で、すべてが都合よくいかないからだ。そうだ、私が好きなのはゲームの中のユーリスで、目の前の、現実に存在するユーリスさんではない。

ただ、彼がユーリスと同じ存在であるのなら、きっと信じても大丈夫だろう。これが正しい考えなのかはわからないが、私はもう安心したい。このままずべてを疑い続けたら潰《つぶ》れてしまう。何か一つで良いから信じられるものが欲しい。

気を抜けば沈《しず》んでしまう気持ちに気合いを入れるように、鞄越《ご》しにスマホに触《ふ》れる。見ていてユーリス。私、絶対に帰るから。

ともかく現実を見て、情報を得なければ。知らない事しかないのだから、生きるためには知識を増やす必要がある。

諦《あきら》めない。何度も何度も死にかけながら長く苦しい闘病《とうびょう》生活を乗り切って、そうして勝ち取った命なのだから。こんな事で絶対に諦めない……諦めてたまるものか。

「あなたを預ける友人とはあまり会う事が出来ないのですが、手紙のやり取りはしているのです。あの女性を保護して落ち着いたら手紙を送ります。ご安心を」

「はい、ありがとうございます」

彼の微笑んだ顔を見て、ユーリスの笑顔《えがお》は現実だとこんな感じなのかと少し感動した。

彼が保護してくれるのならばあの子も大丈夫だろう、今はそう思うしかない。そもそも彼は召喚に何の関係もない立場のはずなのに、こうして動いてくれているのだ。

「あの、色々とありがとうございます」

「いいえ、当然の事です。最後まで責任が取れず、申し訳ありません」

城から離れれば離れるほど、周囲の建物の崩壊具合は大きくなっていった。何かが腐《くさ》ったような臭《にお》いがどんどん増していく。町を流れる水路の水は汚水《おすい》としか表現出来ないほどに汚《よご》れ、周囲の臭いとはまた別の悪臭《あくしゅう》を漂《ただよ》わせている。ボロボロの服を着た痩せた人々が地面に寝転《ねころ》がり、暗く息苦しい雰囲気《ふんいき》が周囲に満ちていた。

臭いが、空気が、そして視界に映るものすべてが私に現実を突《つ》きつけてくる。

そしてユーリスさんも、話せば話すほどゲームのユーリスと乖離《かいり》していった。優《やさ》しくて正義感もあるが、理想を前面に押し出すゲームのユーリスとは違い、ユーリスさんは現実を生きている。その分、諦めている事も多いのだと気付いてしまった。

「もう少し私に力があれば、国民達も……」

周囲の様子を見つめながらユーリスさんが悔《くや》しそうにそう呟《つぶや》いたのが聞こえた。あの王の様子からしてそれが酷《ひど》く難しい事は、ここに来たばかりの私でもわかる。

「あなたは王にはなれないのですか？」

「前王である私の父が死去した際、私はまだ幼く……私が育つまでは、と叔父《おじ》である現王が即位《そくい》しました。けれど未《いま》だ私は若く力が足りないという理由で、即位への反対の声が大きいのです。もちろん、このままで終わらせるつもりはありませんが」

強い意志の宿る目がゲームのユーリスと重なる。周囲の人達がユーリスさんの言葉を聞いて嬉《うれ》しそうに笑ったのが見えて、彼らにとってユーリスさんは希望なのだと気付いた。

ただあの王にも同じ考えの臣下達がいるようだし、この疲弊《ひへい》した国民達では革命は相当難しいだろう。それにしても、ここまで崩壊目前の世界でもあの王のような自分の利益しか考えない人間が出るのか。人の欲望は恐《おそ》ろしい。

そのまま町を離《はな》れて歩き続けると、国の境目らしき大きな門の前に辿《たど》り着く。ユーリスさんが見張りの兵士と少し話した後、いよいよ門から出ようとした時だった。

「あ、いた！」

城の方から息を切らして走ってきた兵士が、私に小さな布の袋《ふくろ》を押し付けるように渡《わた》してくる。勢いに負けて思わず受け取ってしまった私を見て、その兵士は柔《やわ》らかく笑った。

「あの部屋にいた皆《みんな》からです。これはこの世界の通貨ですから、これから必要になるでしょうし、持って行って下さい。突然別の世界に連れて来てしまったお詫《わ》びです」

「で、ですが」

袋には数枚のコインが入っていた。受け取るのを躊躇《ちゅうちょ》する私の横から手が伸《の》びて、さらにコインが追加される。慌《あわ》ててそちらを見ると、門の見張りをしていた兵士達とユーリスさんが微笑んでいた。彼らの財布《さいふ》らしき袋には、ほとんどコインは残っていない。

当然だ、こんな荒廃《こうはい》した世界で、彼らに余裕《よゆう》などあるはずもないのだから。

「そんな、頂けません！」

「良いのです、私達は城にいれば食事も寝る場所もありますから。少しでも足しにして下さい。怖《こわ》い思いをさせてしまって申し訳ない。あの女性も必ず助けますので」

遠慮《えんりょ》する私の手に強引《ごういん》に袋を握《にぎ》り直させ、兵士は笑顔で城の方へ駆《か》けて行ってしまった。

「貰《もら》って下さい。我々《われわれ》よりあなたの方がこれが必要な状況《じょうきょう》なのですから」

「……はい、ありがとうございます。彼にも、他《ほか》の兵士の方々にもよろしくお伝え下さい」

彼らが必死にかき集めてきてくれたのがわかって、鼻の奥がツンとする。冷たいコインが本当に温かい物に感じて、大切に鞄《かばん》に仕舞《しま》い込んだ。見張りの兵士さん達にも何度もお礼を言って、またしばらくユーリスさんと歩き続ける。

辿り着いたのは大半が枯《か》れ木で構成された森だった。森の中でも普《ふ》通《つう》に空が見えるほどに葉が無い。薄暗《うすぐら》くなり始めた道をさらに進むと、小さな広場のような場所に出る。

ユーリスさんの友人はどこにいるのだろうか？　他の国から来るなら時間が掛《か》かりそうだし、と考えたところで、頭上にふっと影《かげ》が差してバサリという大きな音が響《ひび》く。咄嗟《とっさ》に空を見上げると、大きな翼《つばさ》の生えた男性のシルエットが見えた。彼はすぐに私達の目の前に、その大きな体軀《たいく》からは考えられないほどの軽い音を立てて着地する。

「アルド、急ですまないな」

「……まったくだ」

軽いため息を吐《つ》いてからユーリスさんにそう返す、アルドと呼ばれた男性。大きい。身長は確実に二メートル以上あるし、体格もかなり良い。長い銀色の髪《かみ》と尖《とが》った耳、口から時折尖った牙《きば》が覗《のぞ》き、その背には大きな黒い翼が生えている。人間には見えないが、迫力《はくりょく》のある見た目とは逆にユーリスさんと軽口を叩《たた》くような気安さで話していた。

そんな彼が私の方をちらりと見たので、少しだけ体が強張《こわば》る。鋭《するど》い切れ長の赤い目は怖い印象を受けるというか、狼《おおかみ》や熊《くま》のような肉食獣《にくしょくじゅう》に見られている気分だ。

「彼女か。確かにこれは……あの王なら放《ほう》っておかないだろうな」

このアルドという男性は、この世界では魔物《まもの》と呼ばれる存在なのではないだろうか？

ゲームの設定では、当時の魔物の王がユーリスの祖先が治めていた国に対して起こした戦争が周囲の国を巻き込み広がり続け、数百年争い続ける事になった、となっていた。相棒キャラも全員人間で、彼のような魔物の特徴《とくちょう》を持つキャラはいない。魔物が戦争なんて起こさなければこんな事には、みたいな台詞《せりふ》を言うキャラもいる。

しかしやはりここは現実で、ゲームとは違《ちが》うのだろう。目の前の二人は種族も元戦争相手だった事も気にしていないようで、仲が良さそうだ。

「彼女の事は手紙に書いた通りだ、後は本人から聞いてくれ。頼《たの》んだぞ」

「まったく……悪いが俺の国もそこまで余裕はない。これが最後だ」

話が付いたらしく、二人が同時に私を見る。随分《ずいぶん》と顔立ちの整った二人だ。ユーリスさんは言わずもがな、アルドさんも魔物の特徴を持ってはいるが、美しい顔立ちをしている。

「サクラさん。彼はアルド、私の友人です」

「初めまして、サクラと申します。ご迷惑《めいわく》をおかけしますが、よろしくお願いいたします」

「あー、いい、あまり畏《かしこ》まるな。変に丁寧《ていねい》にされるのは苦手なんだ」

くしゃりと髪をかき上げた彼の表情から本気具合が窺《うかが》える。本当に良いのだろうかと躊躇した私を見て、アルドさんが軽く笑った。

「俺は、魔物を祖先とする人間が集まって出来たソキウスという国を治めている。行けばわかるが、国民全員家族のような国だ。お前も畏まる必要はない」

この人も王族なのか……なんだか緊張《きんちょう》してきた。この世界に来てから知り合うのは王族ばかりだ。あの王との縁《えん》は心底いらなかったが。

「わかりました、ありがとうございます。よろしくお願いします」

「……まあ、いい。俺の事は好きに呼べ。ただ様付けは勘弁《かんべん》してくれ、柄《がら》じゃないんでな」

「ならアルドさん、とお呼びしても？」

「ああ、それでいい。サクラだったか。色々と知りたい事もあるだろうが、日が暮れる前にソキウスに戻《もど》りたい。説明や疑問は着いてからにしてくれ」

野性味溢《あふ》れる外見とは反対に丁寧に接されている。視線や態度からも私を気遣《きづか》ってくれている事もわかった。きっと彼は優しい人だ、大丈夫《だいじょうぶ》。

「サクラさん。私達は戦争時に敵国同士だった関係で、あまり表立って付き合えないのです。何かあればアルドに頼んで私に手紙を送って下さい」

「何から何まで、ありがとうございます」

どうやら国同士の仲が改善したわけでは無く、個人的な付き合いのようだが、二人がお互《たが》いに気を許しているのはわかる。この世界の詳《くわ》しい状況はまだわからないし、これが良い事なのかもわからないが、二人の会話から透《す》けて見える信頼《しんらい》は羨《うらや》ましいと思った。

「ユーリス、お前もそろそろ戻った方が良い。城を長時間空けるのはまずいだろう」

「ああ。サクラさん、重ね重ね申し訳ない。どうかお元気で」

「はい、ここまでありがとうございました」

「あなたはもう、アリローグには戻って来ない方が良いでしょう。王に強制的に嫁《とつ》がされる可能性があります。聖女の力を持つあの女性は、それに加えて政治的にも利用されかねない。彼女の事は守りますので、あなたもどうか自分の身を大切にして下さい」

あの女の子が無事でありますように、と願いながら再度ユーリスさんにお礼を言って、アルドさんと向き合う。そういえばどうやってソキウスという国まで行くのだろうか？

ユーリスさんとの挨拶《あいさつ》を終えたアルドさんが近づいてくる。顔の位置が高い、正面を見ると目の前が彼の胸の下くらいになってしまう。

「少しの間辛抱《しんぼう》してくれ、すぐに着く」

言うが早いかひょいっ、と簡単に抱《かか》え上げられてしまった。一瞬《いっしゅん》の浮遊感《ふゆうかん》の後に一気に遠くなった地面と、初対面の男性に抱《だ》きかかえられた驚《おどろ》きで息を呑《の》む。

抱き上げられた事で整った顔がすぐ近くに来て、どこを見ていいのかわからず視線を彷徨《さまよ》わせる事しか出来ない。強制的に彼の体にくっつく形になったため、体温や鍛《きた》えられた筋肉を変に意識してしまう。何よりも腕《うで》一本で簡単に支えられているにもかかわらず、不安定さを欠片《かけら》も感じないのが凄《すご》い。

何とか視線を正面に向けて落ちついたところで、先程《さきほど》よりも大きな浮遊感を感じた。バサッ、と羽ばたく音と同時に視界の隅《すみ》で黒い翼が動くのが見える。慌てて下を見ると地面まで二メートルほどの場所におり、ユーリスさんが手を振《ふ》っているのが見えた。

まさかとは思ったが、アルドさんは私を抱えた状態で空を飛んで国へ戻るらしい。

「多少揺《ゆ》れるが、そこは我慢《がまん》してくれ。歩いて向かうと日数が掛かるからな」

「は、はい」

数度翼が動く音が聞こえ、あっという間に地面が見えなくなる。ユーリスさんの姿はもう見えず、森の上に出た事で周囲の景色がすべて目に飛び込んできた。

荒野《こうや》だ。

見渡《みわた》す限り広がる茶色く荒廃した地面、灰色の雲に包まれた空が地平線の向こうまで広がっている。とても森とは言えないような狭《せま》い枯れ木の集まりが数か所見える以外は、草の一本すら生えていないような乾《かわ》いた地面がどこまでも広がっている。

ゲームも始めた時はこんな感じだったが、ゲームならばワンタップでパズルが開き、数分あれば再生が終わってしまう。けれどここは現実だ。一瞬で癒《いや》す手段など無い。

ユーリスさんが言っていた聖女という存在は、その力を持っているのだろうか？

「大丈夫か？」

「……はい」

この世界に来てから一番血の気が引いたかもしれない。視界に映るすべてが、ここが違う世界である事を強制的に自覚させてくる。城で遠目に見た時とは迫力が違う。自分がどれだけ豊かな場所で生きていたのか、突《つ》き付けられた気分だ。

「体調が悪くなったら言え。地面に下りて休憩《きゅうけい》する」

「大丈夫です、すみません。その、本当に世界が違うと実感してしまっただけですから」

「そうか。進むぞ」

アルドさんが一度羽ばたき、ゆっくりと前に進み始める。しばらく飛び続け、前に進む力が弱くなったらまた羽ばたいて、と繰《く》り返しているが、速さの割に息苦しさや風の強さは感じないし、会話も出来る。この大きさの翼で飛べるのも不思議だし、やはり地球とは常識が違う場所なのだろう。

落ちたら即死《そくし》であろう高い場所を、出会ったばかりの人の腕一本で支えられて飛んでいるという、恐怖《きょうふ》にも似た緊張感《きんちょうかん》。彼が少し腕の力を弱めるだけで、私の命は終わるのだ。

「そんなに違うか？」

「え？」

「周囲の様子だ。俺は生まれた時からこんな感じだからな。ここ以外の風景を知らない」

進行方向を気にしながらも私に視線を落としてきたアルドさんの目には、悲しみでは無く少しの好奇心《こうきしん》が見て取れる。純粋《じゅんすい》に興味があるらしい。

「私が生まれた国は自然の多い島国ですから。こういった荒野は珍《めずら》しいです。海に囲まれていますし山も多いので。他《ほか》の国には広い荒野もありますけど……」

「世界の大半がこうではないと？」

「はい」

「そうか、知らない世界の話というのは興味深い。いずれ詳しく聞いてみたいものだ」

知らない世界……そう、まったく違う世界だ。帰り方もわからず、常識すらもわからない。そもそも私が連れて来られた原因のあの儀式《ぎしき》や聖女とは、いったい何だろう？

「あの、聖女って何ですか？」

「異なる世界から来て、強力な再生と修繕《しゅうぜん》の魔法を使いこなし、世界を癒す存在だと伝わっている。あくまで古い伝承の中だけの存在だったがな。まさか本当に存在するとは思わなかったが、実際に癒せる事が判明すればどの国も喉《のど》から手が出るほどに欲《ほっ》するだろう。自国の回復だけでなく、癒しの力と引き換《か》えに他国を支配下に置く事も出来るからな」

「それであの王は……魔法《まほう》？」

やはり世界観はあのゲームに似ているのだろう。しかし、科学の世界で生まれ育った私やあの女の子が、この世界の人でも使えないような魔法を使えるとは思えないのだが。

「お前は魔法を使えないのか？」

「使えません。私の世界の魔法は基本的にお伽噺《とぎばなし》の中にあるものというか、別の力で発展している世界なので」

「なるほど。落ち着いたらそれに関しても詳しく聞いてみたいところだな」

世界や歴史の中には使えるとされている人もいるけれど、それでも科学で発展している世界だ。魔法が当たり前にある世界ではない。

ぽつぽつと彼に話しかけられたり私が聞いたりしている間も、空の旅は続いている。どれだけ進んでも景色は荒野のまま変わらず、私に現実を突き付け続けていた。

せめて晴れてさえいてくれたら、この迷子《まいご》のような気持ちが少し明るくなるのに。太陽や月があるのならば見てみたい、変わらないものもあるのだと感じたい。

願いは叶《かな》う事なく空は曇《くも》ったままで、時間が経《た》つ事でどんどん暗くなっていく。

「あそこだ」

しばらく飛び続けて、アルドさんは遠くに見えてきた建物の集まる場所を指差した。長時間の飛行だったが、幸いにも体調は少し気持ち悪いくらいで済んでいる。

荒野の中にぽつりと存在する建物の集まりは想像よりもずっと小さいが、道中とは違《ちが》って木の生えた山が周囲を囲んでいる。葉が付いた木もあるが、本数はごくわずかだ。

「小さい国だろう？　百人程度しか住んでいないから治めている俺も国民全員の顔と名前が一致《いっち》するし、国というより集落と言った方が近いかもな。まあ、王という肩書《かたが》きは持っているが兵士がいるわけでも無いし、俺の事はただのまとめ役とでも思ってくれ。他の国では暮らせずここに来た連中も多いが、気の良い奴《やつ》らばかりだし、お前の事ももう知っているから、すぐに馴染《なじ》めるさ」

確かにゲームでは戦争の影響《えいきょう》で人口が少ない設定だったが、それにしても少なく感じる。百人程度の人口でも国として扱《あつか》われるほどにこの国が訳ありなのか、それともこの世界では普通《ふつう》の事なのかはわからないが。

「私、魔物や人間という種族差以前に、この世界の人間ですらないのですが……」

「お前の事を話した時には皆驚《みなおどろ》いていたが、それを理由に拒否《きょひ》するような奴は今この国にはいない。そもそもこの世界で種族差を気にするのはいつだって人間の方だ。純粋な魔物はもう何年も前にいなくなったし、一瞬見ただけなら人間にしか見えない奴も多い。俺は先祖返りで魔物の特徴《とくちょう》が強く出たがな」

ゆっくりと下降を始めながら、アルドさんはにやりと笑う。彼は自分の外見をあまり気にしていないようだが、真意は読めない。

「お前は最初こそ驚いたようだが、今は俺を見てもまったく恐《おそ》れていないだろう？　なら問題無いさ」

町の入り口らしき場所に着地したアルドさんは、ゆっくりと私を地面に下ろした。同時に彼の背中の翼は、まるで最初から無かったかのように消えてしまう。出し入れ自由なのだろうか、元の世界の常識では測れない事ばかりだ。

長時間彼の服を握《にぎ》り締《し》めていた手は痺《しび》れて強張《こわば》っている。空中にいた事でふらつく足を上手《うま》くコントロール出来ず転びかけたところで、横に立っていたアルドさんに支えられた。

「あ、ありがとうございます。すみません」

「謝罪と礼ばかりだな。知らない場所に連れて来られた事をもっと怒《おこ》ってもいいんだぞ」

「怒る暇《ひま》もないくらい、たくさんの人に助けられてしまったので」

「会った時から思っていたが、随分《ずいぶん》冷静だな。突然《とつぜん》別の世界から連れて来られた人間だと聞いていたから、もっと取り乱しているとばかり思っていたが」

「……連れて来られてすぐ、冷静にならなければ殺されそうな状況《じょうきょう》に直面したので」

私が冷静なのはユーリスさん達のおかげでもあるが、何よりあの王から向けられた冷たい視線と害意のせいだ。あれは敵意ではなく、害意だった。

異世界だなんて夢物語だったけれど、あの場でそれを悠長《ゆうちょう》に疑っていたら危害が及《およ》ぶとわかってしまったから、強制的にこれがすべて現実だと受け入れるしかなくなったのだ。

そしてここに来るまでに見聞きしたすべての物事が、これは現実だと確信させてくる。

「あの王か。ユーリスもさっさと押しのけて即位してしまえばいいものを」

「ユーリスさんと親しいんですね」

「そうだな。子どもの頃《ころ》からの腐《くさ》れ縁《えん》だし、魔物と人間という関係で元敵国に属していながらも、軽口が叩《たた》き合える相手ではある。色々と信頼《しんらい》出来る相手だ」

アルドさんの瞳には彼の言葉通りユーリスさんへの信頼が見て取れる。きっとそれはユーリスさんも同じなのだろう。強い信頼と絆《きずな》が感じ取れて、少し羨《うらや》ましい。

行くぞ、と私を町へ促《うなが》しながら、アルドさんは笑《え》みを深めた。

「この国に迎《むか》えると決めた以上、お前ももう俺の庇護《ひご》下だ。あの王に手出しはさせんさ。ユーリスも王が後を追えないように情報を操作しているだろうし、普通の人間は魔物という言葉ですら怖《こわ》がってこの国には近づかない。お前がこの国に来たと知る手段はほとんどないし、安心して過ごせ」

私を町に先導するアルドさんの背中は大きく、少しだけ安心する事が出来た。

すべてに心許す事は出来ないが、何とか前を向いて生きて、帰る手段を探さなければ。

……そんな決意は、町の状況を見てあっという間に霧散《むさん》してしまったのだけれど。

第二章

現実と力と決意

町へ足を踏《ふ》み入れた私が見たのは、アリローグの町より崩《くず》れた家屋の並びと、同じように瘦《や》せた人々だった。悪臭《あくしゅう》はそこまで酷《ひど》くはないが、それでも決して良いとは言えない独特の臭《にお》いが漂《ただよ》っている。石や薄《うす》い木の板で作られた家は、所々布で応急処置がされていた。

「アルドさん、おかえりなさい！」

「アルド、お前の分の今日の配給は城に置いといたぞ」

「ああ、助かる」

でも違う、全然違う。

アリローグと同じ崩れかけの家、十分な栄養を取れていない事がわかる人々。けれど皆《みな》瞳《ひとみ》に力があって、笑顔でアルドさんに話しかけている。国民皆が家族のように慕《した》い合う国、という説明に心底納得《なっとく》した。誰《だれ》も未来を諦《あきら》めていない、明るくて希望に満ちている。

「お、あんたがアルドさんの言ってた子か」

「大変だったね、今日はともかくゆっくり休むといい」

「あ、ありがとうございます」

想像していたよりもずっと温かく迎えられて面食《めんく》らってしまう。自分達も余裕《よゆう》は無いだろうに、皆初対面の私の事を気遣《きづか》って、笑顔や心配そうな表情で声を掛《か》けてくれる。

「ほら、これ持っていきな。遅《おそ》くに来るって聞いたから、取っておいたんだ」

「腹が減ってちゃなんも出来ないよ。これも持っていきな、丸齧《まるかじ》りで食えるからね」

若干強引《じゃっかんごういん》に押し付けられた大きな葉で包まれた何かは温かく、美味《おい》しそうな匂《にお》いがほのかに漂っている。アルドさんは貰《もら》っても良いのかと戸惑《とまど》う私を見て笑っているし、他《ほか》の人からも見た事のない果実を渡《わた》されてしまった。

「気にせずに受け取ると良い。この国では狩《か》りが出来る奴が獲《と》ってきた物を全員に配給して、食事を確保してるんだ。詳《くわ》しい事は後で話すから、とりあえず行くぞ」

「は、はい。あの、ありがとうございます！」

「良いって良いって。あんたも大変そうだし、ともかく今は落ち着く事を優先すると良い」

「あたし達がここに来た時はただ住む場所を変えただけだったからねえ。それでも色々大変だったんだから、あんたはもっと大変でしょう？　頑張《がんば》りなよ！」

向けられた温かさや明るい笑みに少し泣きたくなって、張り詰《つ》めていた気が緩《ゆる》んでいく。

同時に、私はこれからここで食べ物や飲み物を手に入れながら生きていかなければならないのだ、と明確な自覚もしてしまう。今日は彼らの気遣いや親切で分けて貰えたが、いつまでもこれを続けるわけにはいかないし、貰いっぱなしでは私自身も納得出来ない。

「お姉ちゃん、これもどうぞ」

アルドさんに促されて足を一歩踏み出すと、近くの家から小さな女の子が駆《か》け寄ってきた。爬虫類《はちゅうるい》のような独特の瞳をしているが、とても可愛《かわい》らしい顔立ちの子だ。

「はい。今から水のみ場にくみにいってたら時間がかかっちゃうよ。あたし、きょうはいっぱいくんできたから、お姉ちゃんにもわけてあげる」

「……ありがとう。大切に飲むね」

声は震《ふる》えていないだろうか、笑顔は不自然になっていないだろうか。満面の笑みで水の入ったコップを差し出してくれた女の子に視線を合わせるように屈《かが》み、水を受け取る。

欠けたコップの七分目ほどまで注がれた水は、砂や泥《どろ》が浮《う》いてわずかに濁《にご》っていた。

これがここの飲み水で、そして私への思いやりから差し出された水なのだ。

私は後何回、現実に頭を殴《なぐ》られる事になるのだろうか？


「ここだ。倒壊《とうかい》の危険は無いからそこは安心してくれ。これでも崩れていない方なんだ」

「いえ、大丈夫《だいじょうぶ》です。ありがとうございます」

アルドさんに案内されたのは、町の奥の大きな建物の傍《そば》にある小さな家だった。元々はその大きな建物の離《はな》れとして使われていたのだろう。壁《かべ》や窓のデザインが同じだ。

私の返事を聞いたアルドさんは少しだけ意外そうな顔をした後、また楽しそうに笑った。

笑顔が多い人だ。爽《さわ》やかな笑みではなく、余裕があって色々な事を楽しんでいる強者の笑み。崩壊《ほうかい》寸前の世界でも、この表情が出来るだけの強さがある人なのだろう。

「そっちの建物がこの国の城、という事になっている。一番大きい建物ってだけで、城なんて大層な物ではないがな。住んでいるのも俺だけだし、日中は狩りでいない事が多い」

「アルドさんも狩りに行くんですか？」

「この人口の少ない国でふんぞり返るだけの王なんぞいたら破綻《はたん》するぞ。全員が生きていくために協力しているし、俺も例外ではない。お前の事を拒絶《きょぜつ》する奴《やつ》がいないのは、そういう面で協力出来ない奴はこの国でやっていけないからだ。俺も国の連中も人を見る目はあるつもりだし、お前が何も企《たくら》んでいない迷子《まいご》だという事くらい見ただけでわかるさ」

だから安心しろ、という気持ちが伝わってきて、少し泣きたくなった。私も何かしなければという気持ちが強くなるが、魔法《まほう》が主体のこの世界で私は何か出来るのだろうか？

明日になったら町に出て、どんな仕事があるのか調べてみなければ。

「とりあえず入るか。日用品の準備は頼《たの》んだが、俺も中を見るのは久しぶりだ……」

「あー……」

先に室内に足を踏み入れたアルドさんの顔が引きつったのが見えて、何かあったのかと彼の後ろから室内をのぞき込む。惨状《さんじょう》と言える室内の状況に、私も思わず声が出た。

私達が入った場所は台所付きの部屋のようで、部屋の隅《すみ》の埃《ほこり》が掃《はら》われた場所には布団《ふとん》等の荷物が置いてある。部屋の奥には廊下《ろうか》が続き、その先には風呂《ふろ》やトイレ、別の部屋も数部屋あるようだ。ここがゲームの世界でなかったら、風呂やトイレも無く、水浴びしたりその辺で用を足したりする羽目になっていたかもしれない。飲み水ですら危《あや》うい状況《じょうきょう》で水回りが機能するのか、という問題は今は考えないでおく。

長い間放置されていたようだが、部屋は広めでかなり良い家だ。家全体が埃や土で汚れ、大半の家具が壊《こわ》れ、壁にヒビや穴がある上に蜘蛛《くも》の巣にまみれてさえいなければだが。横《よこ》

蜘蛛らしき生物が一匹《ぴき》いるが、手のひらほどに大きく目もたくさん付いていて少し引いてしまう。先に住んでいた蜘蛛には申し訳ないが、出来れば出て行ってほしい。

「すまんな。一応、これでもマシな方なんだが」

「いえ、ありがとうございます」

町の状況から見ても彼の言葉は正しい。ここでは雨風凌《しの》げるだけでもありがたいのだ。そんな状況で突然《とつぜん》異世界から来た女を押し付けられたのに、嫌味《いやみ》一つ言わずに住む場所を提供してくれた人に文句などあるはずもない。この家も掃除《そうじ》すればいいだけだ。

アルドさんは私がショックを受けた様子が無いのを不思議に思ったようだが、少し考え込んだ後に近くの壁に右手を押し付けた。何をしているのか疑問に思ったのは一瞬《いっしゅん》で、彼の手が触《ふ》れた壁はすぐに淡《あわ》く輝《かがや》き、酷く見慣れたものが空中に浮かび上がる。

「え……」

「ああ、魔法を見るのも初めてか。魔法が使えないなら掃除も修繕《しゅうぜん》も大変だろう？　一定期間の応急処置にしかならんが、壁のヒビと穴は直しておく」

　私が思わず上げた声を彼は魔法への驚《おどろ》きからだと思ったようだが、私が驚いたのはそこではない。空中に浮かび上がった三十センチほどの正方形の光の板は、譬《たと》えるならゲームの画面が一番近いだろうか。彼はそこに指を走らせ、何か操作をしているように見える。

　それは私にとっては見慣れた、あのゲームのパズル画面だった。

　中に並ぶパズルのピースも、枠《わく》のデザインもまったく同じ。アルドさんが指を走らせるとそれに合わせてピースが動き、色が揃《そろ》った部分のピースが消える。

「あの、これが修繕の魔法なんですか？」

「そうだ。俺達は魔法を使うための力である魔力を持っている。その魔力を物に流して修繕の魔法を発動するんだが、物には魔力が浸透《しんとう》するために邪魔《じゃま》になる力があってな。それをすべて消すと魔力が物質に浸透して、物が直ったり自然が再生したりする」

　おそらくその邪魔になる力というのがゲームで言うピースなのだろう。ゲームではパズルをクリアして、すべてのピースが消える事で物が直る。現実では邪魔な力を消す事で魔法を成立させて物を直す、という事だ。

　しばらくの間アルドさんの手元を見つめていると、彼の動きが不自然な事に気が付いた。消すピースを探すのに妙《みょう》に時間が掛かっているし、数が揃っておらず消せないピースに触れてしばらく悩《なや》み、また別のピースが揃っていない場所に触れて、を繰《く》り返している。

変な所を消したせいで上にあったピースが落ちて下のピースを消せなくなり、隙間《すきま》に入り込んでパズルが複雑になり……彼が変な所を消すたびに声を上げそうになってしまう。

そうして彼が悩んでいる間に光の板はどんどん薄《うす》くなっていき、完全に消えてしまった。

眉《まゆ》を顰《ひそ》めたアルドさんがもう一度魔法を使って光の板を出現させる。パズルは先程《さきほど》の続きからになっており、彼はまた悩みながら空中に浮く画面に指を走らせ始めた。

ゲームでは大きな物を直す時ほどパズルのレベルが上がり複雑化し、スキルも必要になってくる。しかし今彼が解いているのはかなり簡単なパズルだ。いっそ私にやらせてほしいのだが、魔力が無いと出来ないだろう。せっかく直してくれているのに口出しするのもどうかと思うし……無言のまま彼の手元を見つめていると、少しの違和感《いわかん》を覚えた。

「あの、邪魔な力ってどうやって消すんですか？」

「この光の板の中に邪魔な力が詰《つ》まっているんだ。指先で触れる事でその邪魔な力を感じ取りながら消せる部分を探して、徐々《じょじょ》に消していく」

やはり、彼は見えていないのだ。ピースの色も形も、それがどう配置されているのかも。

これは時間が掛《か》かるはずだ。彼の目にはただの光の板しか見えていないのだから。彼の口ぶりからすると見えないのが当たり前のようだが、それならば何故《なぜ》、私にはパズルに見えているのだろう？　疑問はどんどん増えていく。

「さっき、この魔法は応急処置だって言ってましたよね？」

「修繕魔法は、大型設備の魔力を使って起動する部分の修理や、自然界に漂《ただよ》う魔力を調整して環境《かんきょう》を再生する魔法なんだ。こういう壁や小物も直す事は出来るが、魔力が必要ない物に無理やり魔力を通して修理しているだけだからな。魔力が切れればまた壊れる」

視線はパズルから離さないまま、アルドさんは少し苦い表情をしてため息を吐《つ》いた。

「木や石を使って根本から直す事が出来れば魔力は関係ないし、物の寿命《じゅみょう》が来るまでは使える。だが土地が復活していないせいで、世界中が資材不足だ。どの国もこうして応急処置で必要な物を直しながら環境の復興を目指しているが、少し資源が採れると修理済みの備品が壊れ、その修繕のために採れた材料を使わなければならない。魔力も環境再生の方に使いたいんだが、そちらを優先すると生活に必須《ひっす》の物を直す魔力が足りなくなる」

じり貧状態だな、なんて思いながら、来る途中《とちゅう》に見てきた荒野《こうや》を思い出す。木も石も少ない、石は掘《ほ》れば出てくるだろうが、その掘るための道具に使う材料も無いのだろう。

少しずつ、本当に少しずつ復興していくしかない状況のようだ。

「この町では生活に必要な最低限の物を直して、後は全員で協力して大型設備や自然の再生をしているが、水飲み場一つ直し終わっていないのが現状だ。大きな設備や自然は邪魔な力も多いし、注ぎ込まなければならない魔力の量も桁違《けたちが》いに多い。少しずつ邪魔な力を消しては次の日に持ち越《こ》して……それでも何年掛かるかはわからない。邪魔な力の排除《はいじょ》だけでなく魔法を発動するためにも魔力が必要な上、一定時間内に消し切れないと魔法自体を掛け直さなければならないから、そのたびに魔力を消費する」

ゲームでは、ステージごとに定められた手数以内でピースを消し切らないと失敗になる。その手数がこの世界でいう一定の時間なのだろう。ゲームだとパズルを中断すると最初からやり直しになるので、その辺りの差はありそうだが。

中断しても続きから出来るとはいえ、大型の設備や自然を直すパズルは大きくて難しいし、それを何も見えない状況でやらなければならないのなら、復興が進まない理由も納得出来る。キャラスキルのような力も無さそうだ。

「よし、これでいい」

アルドさんがそう呟《つぶや》いたと同時に壁《かべ》や床《ゆか》が淡く光り、穴やヒビが周囲の蜘蛛の巣ごと綺《き》麗《れい》に無くなった。彼はすぐに近くのソファに手を伸《の》ばしたので、慌《あわ》てて止める。

「ありがとうございます、もう大丈夫《だいじょうぶ》です」

「だがさすがにこのままでは家具が使えんだろう？　俺は壁と床を直しただけだ」

「十分です。今日は床で寝《ね》ればいいだけですし、明日自分の手で掃除します」

彼らが魔法で自分達の家を直していないのは、大型設備に魔力を回しているからだ。それならばなおさら彼らに甘えるわけにもいくまい。今日は綺麗にしてもらったこの部屋で眠《ねむ》って、明日から自分で片付ければいい。それに、少し試してみたい事も出来た。

「……わかった。だが、一応言っておくぞ。この国の連中は迫害《はくがい》を受けてボロボロの状態でここに来た奴《やつ》や、長期間の放浪《ほうろう》で弱り切った末に辿《たど》り着いた奴もいる。そんな状態ではすぐに働けないし、元からいる奴に支えられて動けるようになってから色々な仕事を始めているんだ。だからお前もそうしていいし、遠慮《えんりょ》や無理もしなくていい。ただでさえ世界すら違う場所から来たんだ。まずは自分が落ち着く事を優先しろ」

まっすぐに私を見つめる彼の目を見返して、返す言葉を必死に探す。確かに少し焦《あせ》ってはいた。皆余裕《みなよゆう》が無いのに、当然のように私に物を分けて温かい言葉をくれるから。

でも、そうだ。元の世界の私とは違い、今の私は本当に何も持っていない。物資どころか彼らに協力するための知識さえも無いのだ。

戸惑《とまど》う私を見て、アルドさんが笑う。余裕のある笑《え》みは変わらず、この笑顔だけでも国の人々が彼を王として慕《した》う理由がわかってしまうような、強い人間が浮《う》かべる笑みだ。

「今日はもう何も考えず休め。明日になって知りたい事があれば町の奴に聞いても良いし、俺を頼《たよ》ってくれてもいい。もちろん掃除もだ。確かに俺も今日は魔力切れではあるが、明日になれば魔力は回復する。片付けが無理だと思ったらいくらでも頼れ」

「……はい、ありがとうございます」

「食事の配給場所は今日通ってきた町中にある広場だ。まあ、十分に量がない時ばかりだが、無料で配る物だから遠慮せずに受け取ってくると良い」

必要そうな事をいくつか説明してくれたアルドさんは、自分の巣が無くなって歩き回る蜘蛛《くも》を摘《つ》まんで外に出して、にやりと笑ってからまたなと告げて帰っていった。

静かになった部屋に一人きり、この世界に来てから初めて訪《おとず》れた静寂《せいじゃく》。

ため息を吐いたと同時に肩《かた》の力が抜《ぬ》けて、自分が限界に近い事に気が付いた。突然《とつぜん》今まで生きてきた世界と違う世界に連れて来られたのだし、仕方のない事なのだが。

「ご飯と、お水」

貰《もら》った包みとコップが置いてある薄汚《うすよご》れたテーブルは、昨日まで使っていたお気に入りの白いテーブルとはまったく違う。腰《こし》かけた椅子《いす》は壊《こわ》れかけており、少しぐらついた。

コップの中の濁《にご》った水を見つめ、少し躊躇《ちゅうちょ》した後に口に流し込む。いける、と思ったのは一瞬《いっしゅん》で、慣れない生臭《なまぐさ》さと異物感で飲み込んですぐに咽《む》せてしまった。急いで自分の鞄《かばん》に入っていたペットボトルの水を一口飲んで、口の中をリセットする。

「どうしよう、飲めない……」

気分の問題ではなく、体がこの水を拒絶《きょぜつ》している。水道水が飲める国で生きてきた体は綺麗な水に慣れてしまっているし、二度と病気になりたくないからと周囲の環境や飲食物に気を遣《つか》っていた事で、余計に拒絶感が強いのかもしれない。

コップにはまだ水が残っている。あの女の子の笑顔を思い出して、優《やさ》しさと温かさを思い出して、再度コップを持って中身を飲み干した……結局、ペットボトルの水で流し込む事になってしまったけれど。

意味のない事かもしれない。でも、残してはいけない気がしたのだ。残して捨ててしまうのは、あの子の優しさごと捨ててしまう気がして。

電車用に買った水は残り少なく、生きていくためにはこの世界の水を飲むしかない。

「……いただきます」

包みはまだ温かいが、これも魔法《まほう》だろうか。開けると美味《おい》しそうな香《かお》りが漂い、微《かす》かにお腹《なか》が鳴った。何かの葉を載《の》せて焼いてある小さなお肉は、どんな動物の物かはわからないが、温かさも相まって本当に美味しそうに見える。

「美味しい」

香辛料《こうしんりょう》が使われているおかげか、少し硬《かた》いお肉は水とは違いすんなりと喉《のど》を通る。食べ物が口に入ったからか、張り詰《つ》めていた気がゆっくりと抜けていく。噛《か》みしめるように一口ずつ大切に食べて、ごちそうさまでしたと言ってから食事を終える。

静かだ、とても。元の世界でも一人暮らしだったが、比べ物にならないくらい周囲が静まり返っている。不安に思いながらもスマホを取り出した自分に気付いて、思わず笑ってしまった。完全に習慣になっている、スマホ依存《いそん》一歩手前かもしれない。

「電波、やっぱり入ってない」

基地局など無いので当たり前だが、スマホには圏外《けんがい》の文字が表示されている。一応通話を試みてみるが、やはり何の音もしなかった。どうしようかな、なんて考えながらも、私の指は自然にゲームのアイコンをタップする。これも二度と遊べないのだろうか。長年の支えが無くなってしまった事に泣きたくなった私の前で、ゲームはいつも通り起動した。

「……え？」

何度見返しても、電波が無ければ開かないはずの部分まで起動している。震《ふる》える手でデータ引継《ひきつ》ぎの文字をタップして、暗記していたパスワードを入力していく。繋《つな》がって、と必死に願いながら、引継ぎを終えて再度ゲームを起動した。

『おかえり、お疲《つか》れ様』

「……ユーリス」

画面の向こうのユーリスの笑顔を見て、好感度を上げた事で砕《くだ》けた口調になった聞き慣れたボイスを聞いて、ぽろっと涙《なみだ》が零《こぼ》れた。

起動出来た理由なんてわからない、むしろどうだっていい。ずっと心の支えだったユーリスとこの世界でも会えるとわかったのだ。

この世界で出会ったユーリスさんではなく、私を支え続けてくれたユーリスに。すり減っていた精神が一気に回復して、目の前が明るくなった気がする。我《われ》ながら現金なものだが、元気は出たので問題ない。

「さっきの事、試してみないと」

大丈夫だ、頑張《がんば》ろう。生きてさえいればどうにかなる事はわかっているじゃないか。

ソファに近づき、先程《さきほど》アルドさんがやっていたように触《ふ》れてみる。魔力なんてものが私にあるのかはわからないが、ピースが見えたのがどうしても気になるのだ。

「もしかしたら私にも……あっ」

ソファに触れながらパズルをイメージしてみると、光の板が空中に浮かび上がった。難しい事は何一つしていない、色々と考えていたのに、いとも容易《たやす》く使えてしまった。

「私にも魔力があるって事、だよね?」

現れたパズル画面は直す物がソファだった事もあって、アルドさんが壁や床を直した時よりもずっと小さい。難易度も低く、スキルも必要無いレベルだ。どきどきしながら空中に指を走らせると、パズルのピースはスマホで遊ぶ時と同じように動いた。

「ちゃんと動く。だったら……」

スマホの画面でプレイする時と同じだ。スライドとタップでパズルのピースを動かして消していく。数分で解き終えたので画面が薄《うす》れる事もなく、ピースはすべて消えた。

ソファが淡《あわ》く輝《かがや》き、ボロボロで埃《ほこり》を被《かぶ》った状態から、黒い革《かわ》が美しい新品へと変わる。

「凄《すご》い……!」

先程も思ったが、魔法とはこんなにも一瞬で物を直す事が出来るのか。応急処置とはいえ、十分過ぎる効果だ。テーブルと椅子も直してみると、いつ壊れてもおかしくない薄汚れたテーブルセットは、しっかりとした作りの美しい模様が彫《ほ》られた物へと変化する。

「おお……」

なんだか楽しくなってきて、色々な物を次々と修繕《しゅうぜん》していく。大好きなパズルをクリアしたら直るので特に負担も無く、楽しく物を直して回る。台所のある部屋の小物を粗方《あらかた》直して、一度作業を中断してソファへと座り込んだ。

「さて、どうしよう」

ペットボトルの水を一口飲む。周りが片付いた事で更《さら》に心に余裕が出来た。

「このままじゃ、きっと生きていけない」

生きるためにはここの物を飲み食いしなければならないが、清潔な水や食料が当然のように手に入る環境《かんきょう》にいた私には厳しいし、お風呂《ふろ》やトイレだって整備されたものが欲しい。

色々と考えながらも、私の手は自然にスマホを取り、ゲームを起動していた。

「あれ？　フィールドがリセットされてる」

ユーリスのレベルやスキルも、プレイヤーのレベルもちゃんと引継ぎ出来ている。けれど復興済みだったはずのフィールドが、攻略《こうりゃく》を始める前の荒野《こうや》に戻《もど》ってしまっていた。

「えっ、ええっ、なにこれ……あっ」

色々とタップしていると、不意に画面がぐにゃりと歪《ゆが》む。呆然《ぼうぜん》と見守る事しか出来ない私の前で、フィールドはどんどん形を変えていく。

「これ、この国？」

歪みが消えた後に表示されたフィールドは、ここに来るまでに通ってきたソキウスの町並みとそっくりだった。震える指で画面を操作して、ゲームの中の自宅に入ってみる。このゲームの自宅機能は、パズルを解く事である程度自分の好きな家具を置いたり壁紙《かべがみ》を変えたり出来るシステムだったので、私も自分好みの家にしている、していたはずだった。

「こっちも、この家と同じになってる」

画面の中の家もフィールドと同じように、この家をイラスト化したような状態に変わっていた。今私がいる部屋で直したソファやテーブルセット、棚《たな》などが並んでいる。そこをタップしてみたが、ゲーム内で持っていた家具の選択肢《せんたくし》は現れず、変更《へんこう》する事も出来ない。

「どうして、なんで……」

心の支えだったゲームが変化していくのが酷《ひど》く怖《こわ》くて、不安がどんどん増してくる。しかし、その不安を解消してくれたのもゲームだった。

『大丈夫《だいじょうぶ》だ。君と一緒《いっしょ》ならいくらでも頑張れるさ』

画面から響《ひび》いてきたユーリスのボイスは、いくつもある中からランダムで時折流れるものだ。今までだって何度も聞いた事があるし、今の私に掛《か》けてくれた言葉ではない。

ただ、その効果は絶大だった。

「そう……だよね。頑張らないと」

幸いユーリスには変化が無い、だったら大丈夫だ。いつも通り画面の向こうで微笑《ほほえ》みかけてくれる彼に勇気を貰って、深呼吸して気持ちを落ち着かせる。

「もしかして、ゲームと今の状況《じょうきょう》がリンクしてる？　それなら聖女の力って……」

アルドさんが魔法を見せてくれた時から感じていた事がある。

聖女が使えるという強力な修繕と再生の魔法とは、この世界の人々が感覚と手探《てさぐ》りで探している邪魔《じゃま》な力を、ピースとして視認《しにん》出来る力なのではないだろうか。

見えない物を手探りで消していくのと、色や形で判別して先を読みながら消していくのとでは、効率がまったく違《ちが》う。もしもこの考えが正しいとしたら、私にも聖女としての力があるのではないだろうか？　聖女なんて柄《がら》ではないが、力としては納得《なっとく》出来る。

「あ、でもユーリスさんは私に聖女としての力は無いって言ってたっけ」

やはり聖女の魔法はこれとは違うのだろうか？

スマホから時折聞こえるユーリスのボイスを聞きながら悩《なや》んでいると、ふと画面の隅《すみ》に視線が吸い寄せられた。そこには私の、プレイヤー自身のレベルが表示されている。

「引継ぎ……私が城に連れて来られた時はレベルが無い状態だった、とも言えるよね」

レベルがカンストするまでやりこんでいたとはいえ、スマホの買い替《か》えでデータの引継ぎが出来ていなかった以上、城にいた時の私のプレイヤーレベルは無いのと同じだ。

「聖女の力って、もしかしてプレイヤーレベルの事？」

強力な再生と修繕の魔法が聖女の力だと仮定して、召喚《しょうかん》条件がプレイヤーレベルが高い事やゲーム経験者である事なら、私も条件に当てはまる。しかし召喚士視点ではデータ引継ぎ前の私はレベル無しに見えるだろう。力が無いと判断されてもおかしくはない。

このゲームはかなり人気があるので、あの女の子がやっていた可能性も十分にある。荒唐無稽《こうとうむけい》な話だ。普通《ふつう》ならば妄想《もうそう》だと笑い飛ばしてしまえるくらいには。でも……。電波が無く他《ほか》の機能は使えないのに起動するゲーム、この国に合わせて変化したフィールド。ゲームと同じ歴史や国名、ユーリスと同じ顔と似た性格をしたユーリスさんの存在。ゲームと現実がここまでリンクしていて、しかも私のスマホ内で変化している以上、私と何かしらの関《かか》わりがあってもおかしくはないはずだ。

「異世界に連れて来られる事自体がありえないんだから、常識で考えても意味ないか」

重要な事は一つ。私はこの世界の人より、再生と修繕の魔法を使いこなせるという事だ。それ以外はわからない事ばかりだが、やるべき事は定まってきた。

まずは水だ。水分を取れるようにしなければ、死を待つのみになってしまう。水道の前に立ってパズルを出し、すんなりとクリアして修理する。蛇口《じゃぐち》を捻《ひね》ると、ごぼっ、と何かが詰《つ》まったような音の後、貰《もら》った水と同じ、濁《にご》りのある水が流れてきた。

「これは……水源をどうにかしないと駄目《だめ》かも」

水源にもパズルはあるだろう。ゲームと同じならば、ここよりもずっとレベルの高い難解なパズルになるだろうが、それを解く自信はある。ただ……。

「大型の設備を直したら、私のこの力の事、気付かれるよね」

これが聖女の力なのかどうかはさておき、王であるアルドさんですら苦戦するパズルをすんなりと解けるのは、この世界の人々にとって魅力的《みりょく》に見えるだろう。パズルが見えない彼らから見れば、私は強力な魔法を使いこなしているのと同じだ。

『もう、アリローグには戻って来ない方が良いでしょう。王に強制的に嫁《とつ》がされる可能性があります。聖女の力を持つあの女性は、それに加えて政治的にも利用されかねない』

『実際に癒《いや》せる事が判明すればどの国も喉《のど》から手が出るほどに欲《ほっ》するだろう。自国の回復だけでなく、癒しの力と引き換《か》えに他国を支配下に置く事も出来るからな』

ユーリスさんとアルドさんの言葉を思い出して、どうしたものかと思案する。二人とも私に親切だった。それは間違い無いし、本当に感謝している。

ただ、この力の事を知った彼らはどう動くのだろう？

年単位を掛けても直せない設備の修繕や自然の再生を、短時間で出来る力だ。どんな聖人君子でも崩壊《ほうかい》寸前の世界では私を優先してくれるはずも無いし、利用される可能性が無いとは言い切れない。ここは主人公に都合のいいゲームの世界ではなく、皆《みな》が自分の意思を持って生きる現実の世界で、人権が保障された平和な世界でもない。ならどうするのか？

身の周りを整えなければ生きていけないし、こっそり自分の周りだけ整える？

『お姉ちゃん、これもどうぞ』

水をくれた女の子の笑顔《えがお》が頭を過《よ》ぎる。あんなに幼い子が自分の汲《く》んできた水を、おそらく汲むのも大変だった水を、何の躊躇《ちゅうちょ》もなく差し出してくれた。さっき食べた温かい食事だって町の人がくれた物で、鞄《かばん》の中のコインは兵士さん達やユーリスさんがくれた物だ。

この家を直して、蜘蛛《くも》を外に出してから帰って行ったアルドさんの事を思い出す。

「苦手だと思ったんだろうなあ」

彼は私が蜘蛛を見て引いていた事に気付いたのだろう。私は出会ったばかりの相手からは、虫や爬虫類《はちゅうるい》が苦手で泣いてしまうようなイメージを持たれる事が多い。実際は種類によっては素手《すで》で触《さわ》れるし、何だったら可愛《かわい》いとも思うのだが、彼はそれを知らない。修繕《しゅうぜん》という理由もあるのだろうが、彼は気遣《きづか》いで魔法を使い、蜘蛛を外に出してくれたのだ。

そもそもこの家だって、アルドさんが私が住めるようにと用意してくれたもので……。

「あーあ」

自分の身を確実に守るためならば、力の事は黙《だま》っていればいいだけだ。けれどそれをする私を、私自身が許せない。あれだけ親切にしてもらったのだ。これからだって、彼らが不便な生活を送りながら私に親切にしてくれるのもわかってしまう。そんな状況で彼らの優《やさ》しさだけ受け取って、自分だけ快適な生活など出来るはずがない。

『俺はこの世界を救いたい。豊かだった頃《ころ》に戻《もど》して、どんどん良くしていきたいんだ』

「……タイミングが良いなあ」

聞こえたボイスに苦笑《くしょう》して、私の好きな強い目をしたユーリスを画面越《ご》しに見つめる。

「現実のユーリスさんも素敵《すてき》だったけど、好きなのはこっちのユーリスなんだよね」

ランダムで発せられたボイス。それがどれだけ私の現状に合っていようとも偶然《ぐうぜん》でしかなくて、意味など無いものだ。それでも背中を押してもらった気分だった。

「そうだねユーリス。全部何とかするよ」

ソキウスの人達は優しかったけれど、私は元の世界に帰りたい。しかし今の私では帰り方を調べるのは不可能に近いだろう。帰る手段を探し、それが見つかるまで生き抜《ぬ》くという目標は、この世界の人々の協力を得られなければ達成不可能だ。

それにやっぱり、私はアルドさん達に助けてもらった恩返しをしたかった。

彼らの手助けはしたい、けれど利用されるだけの存在にはなりたくない。

だからこちらから先に自分の有用性を示して、交渉《こうしょう》や取引という形に持っていく。

ペットボトルに残った僅《わず》かな水をすべて飲み干して、逃《に》げ道を塞《ふさ》ぐ。これで私は、水源を直さない限り綺麗《きれい》な水を飲む事が出来ない。覚悟《かくご》は決まった。

直したソファに貰った布団《ふとん》を置き、束ねていた髪《かみ》を下ろしてパンプスとストッキング、ジャケットを脱《ぬ》いだ。ブラウスの首元のボタンを外せば、リラックス出来る体勢は整う。

「仕事が無くなったタイミングで良かったのかも」

職場に置いていた非常用のお泊《と》まりセットには化粧品《けしょう》や細かい日用品等も揃《そろ》っており、クリーニングから引き取ったスーツも二組ある。ストッキングも予備が複数あるし、洗濯《せんたく》が出来れば着まわせるはずだ。ボディシートを駆使《くし》して体を綺麗にし、横になるだけでも違うだろうと布団に潜《もぐ》り込む。酷《ひど》く疲《つか》れてはいるが、この状況で安眠《あんみん》出来るはずもない。

「魔法、か」

よくわからない力が突然《とつぜん》使えるようにはなったが、長年遊び続けたゲームと同じなので不安は感じない。むしろ不思議な力が使えるという感動がある。

「一回ゲームしてから寝《ね》ようかな」

魔法で散々やったのにスマホでもパズルがやりたくなるなんて、と自分の依存《いそん》具合に苦笑しながらゲームを起動する。ゲームで直したら現実にも反映されないかな、なんて期待したが、そもそも直した家具しか選択《せんたく》出来ないようになっていた。もう何が何だかわからないが、どうにでもなれと画面上で近くのテーブルをタップする。

あっという間にクリアしてしまい、ため息を吐《つ》いてからユーリスにお休みを言って目を閉じた。これからの事はわからない。生き抜いて帰るという決意と、スマホ越しのユーリスの存在だけが支えだ。

……起きた時に、なんだ夢だったのかと笑い飛ばせたらいいのに。

そんな事を考えながら、湧《わ》き出してきそうな不安を抑《おさ》え込むようにぎゅっと目を閉じた。

第三章

取引

寝起きで見えにくい視界を、眩《まぶ》しい光が満たしている。

「……いや、いくらなんでも図太過ぎじゃない？」

絶対に眠《ねむ》れるはずが無いと思っていたのに、窓の外はどう易しく見積もっても昼を過ぎている。時間の流れは元の世界と同じようなので、完全に寝坊《ねぼう》である。

まあいい、色々と考えてパンク寸前だった頭は、長時間熟睡《じゅくすい》した事ですっきりした。

「おはよう、ユーリス。やっぱり充電《じゅうでん》は減ってないね」

ゲームを起動し、画面の向こうの彼に挨拶《あいさつ》をする。昨日一切《いっさい》減らなかったスマホの充電はやはり満タンのままだ。理由はわからないが、今の私には救いでしかない。

「……太陽だ」

昨日は見られなかった元の世界と同じ太陽が、窓の外に広がる空に輝《かがや》いている。雲が多くて快晴だとはとても言えないが、それでも日差しがあるだけで気分は軽くなった。

「昨日貰《もら》った果物でも食べようかな」

喉は渇《かつ》いているが水は無いし、果汁《かじゅう》で喉を潤《うるお》そう。貰《もら》った果物は手のひらサイズの丸く青いクリスタルのような見た目で、甘い良い香《かお》りがする。思い切って齧《かじ》りつくと、口の中に甘い果汁がじゅわっと広がった。

「美味《おい》しい……！」

食感は林檎《りんご》に似ているが、味は苺《いちご》に近いだろうか。今まで食べた果物の中で一番好きかもしれない。染《し》み出してきた水分が渇いた喉を潤し、同時にお腹《なか》も満たしていく。

「ごちそうさまでした」

昨日直した鏡の前に移動して、顔をボディシートで拭《ふ》いて歯磨《はみが》きをする。少し悩《なや》んでから、メイクポーチを開いた。鏡に映る自分の目にもう迷いはない。

「失敗出来ない、絶対に」

崩壊寸前の世界で化粧なんてしている場合なのだろうかと悩んだが、今日の立ち居振《ふ》る舞《ま》いでこれからのすべてが決まるのだ。気合いを入れるため、仕事の時と同じようにファンデーションを塗《ぬ》っていく。髪もきっちり束ねてシニヨンにし、お気に入りの口紅を唇《くちびる》に滑《すべ》らせた。着替《きが》えたスーツもパンプスもいつも通りだ。

「よし」

予定よりも少し遅《おそ》いスタートになってしまったが、やるべき事は変わらない。ドアを開けて一度深呼吸をしてから、スマホでゲームを起動して画面を見つめる。

「見てて、ユーリス」

『今日も頑張《がんば》ろうな』

ちょうど聞こえた彼のボイスは、偶然にも今の私の状況《じょうきょう》に一致《いっち》していた。昨日に引き続き、勇気付けられた気分だ。

アルドさんはすでに狩《か》りに出たようで、城は静まり返っていた。私が彼に取引を持ち掛《か》けるためには、先に自分の有用性を示す必要がある。まずは町に向かう事にして、記憶《きおく》を頼《たよ》りに歩き出す。

しばらく歩き続けると徐々《じょじょ》に町が見えてくる。微《かす》かに明るく賑《にぎ》やかな声が聞こえてきて少し肩《かた》の力が抜けたところで、不意に後ろから声を掛けられた。

「あれ、もっとゆっくりしてても大丈夫《だいじょうぶ》だったのに」

声に反応して振り向くと女性が一人立っている……可愛い、ものすごく可愛い。

ボブカットの桃色《ももいろ》の髪には青いメッシュが一本入っており、橙色《だいだいいろ》の大きな瞳《ひとみ》からは元気で明るい印象を受ける。童顔だが、口調や仕草から見ておそらく同年代だ。ニカッと笑う姿からはさっぱりした性格が伝わってくる……やはり痩《や》せ気味ではあるけれど。

「いきなり話し掛けて悪いね。あたしはファラ。この国、今同年代の女の子少ないからさ。つい声かけたくなっちゃって」

「いえ、ありがとうございます」

「別に畏《かしこ》まらなくて大丈夫だよ。せっかくの縁《えん》だし、仲良くしてくれると嬉《うれ》しいんだけど」

からからと笑う彼女を見て、無意識に入っていた力が和《やわ》らぎ、わずかな警戒心《けいかいしん》も消えていく。なんだかほっとする雰囲気《ふんいき》の人だ。

「ありがとう。私はサクラって言うの、よろしくね」

「よろしくサクラ。あたしの事は好きに呼んでよ」

差し出された手を握《にぎ》って握手《あくしゅ》を交《か》わす。仲良くしてもらえて嬉しいのは私の方だ。

「で、どうしたの？　疲れてるだろうし、まだ休んでても大丈夫だよ」

「ううん。じっとしてるのも落ち着かないし。その……実は熟睡しちゃって、少し前に起きたばかりで。だから疲れもないし、色々と知りたいから町に行ってみようと思って」

ファラは一瞬《いっしゅん》きょとんとした後に、盛大に笑い出した。気持ちはわかる。急に異世界から連れて来られた上、命の危機を感じるような騒動《そうどう》に巻き込まれ、長距離《ちょうきょり》を移動し……そんな状況で平然と昼まで熟睡したなんて、やらかした本人ですら笑いたくなっているのだ。

「そっか。なら軽く町を案内するよ。早朝から仕事に出たから、今日はもう時間が余ってるんだ。魔力《まりょく》切れ起こしてるから魔法も使えないしね」

せっかくの申し出だし、どこに何があるのかは私も把握《はあく》しておきたい。彼女の言葉に甘える事にして、促《うなが》されるまま歩き出した。

最初はお互《たが》いに顔色を窺《うかが》いながらだった会話も、気が合う事がわかってからは気安いものへと変わっていく。ファラのカラッとした性格もあり、町が見える頃《ころ》には普通《ふつう》の友人のように話せるようになってしまった。

「やっぱり異世界って服の感じも違《ちが》うんだね。随分《ずいぶん》きっちり着込んでるというか、生地《きじ》も分厚いし動きにくくない？」

「ちょうど仕事帰りだったから、この服は仕事用の正装なの。持ってた着替えも全部仕事着だから似たようなデザインだし。普段着ならファラの服に近いデザインの物もあるからもう少し動きやすかったんだけど」

「あー、服は手に入りにくいし、見つけた時に買えそうなら買った方がいいよ。布が安定して手に入れば違ってくると思うけど、今は破れても直して着続けるしかない状態だし」

ファラはへそが見えるシャツとショートパンツの上に上着を羽織っているが、どれも修《しゅう》繕《ぜん》の跡《あと》が多い。左右で長さが違うパンツやシャツの丈《たけ》は直していった結果らしく、元々は長い丈の物だったようだ。上手《うま》く直しているので、普通におしゃれに見える。

本当に色々と手に入りにくいらしいが、ここでのお金はどういう扱《あつか》いなのだろうか？

「食料は配給だって聞いたんだけど、他《ほか》の仕事とかお金ってどういう感じなの？」

「商売してる人もいるしお金のやり取りも多少あるけど、物々交換《ぶつぶつこうかん》が主流かな。食事は狩りが出来る人とか野草採りの人が集めた材料を、料理出来る人が調理して配ってるよ」

「なるほど。ファラは何の仕事をしているの？」

「基本的には水中で狩り。森の中に泉があって、そこで魚や貝を集めてるの。今朝も何時間か潜《もぐ》ってきたけど、結構な量が獲《と》れたから今晩の配給は楽しみにしてて」

「何時間も？　すごいね」

「あたしの祖先は水中に住む魔物だったらしくてさ、泳ぎは得意なんだ」

ほら、とファラが上着の裾《すそ》を捲《まく》ると、彼女の腰《こし》には橙色の鰭《ひれ》がついていた。少し透《す》けた鰭は光を透かして、きらきらと輝いている。

「へえ、綺麗《きれい》な色だね」

彼女の瞳と同じ澄《す》んだ橙の鰭はまるで夕焼けを閉じ込めたような色合いで、本当に綺麗だった。元気なイメージの彼女に似合っている。

「……ありがと。人間には無い部分だから色々言われる事もあったけど、自分では気に入ってるからさ。そう言ってもらえると嬉しいよ」

一瞬戸惑《とまど》った彼女を不思議に思ったのだが、続く言葉でその理由も理解する事が出来た。私的には全然気にならない。アルドさんのインパクトが強すぎた事もあるが、恐怖《きょうふ》よりもファンタジーっぽさへの感動が勝つし、魔物という生き物が存在しない世界で生きてきたので抵抗感《ていこうかん》もない。

「余裕《よゆう》が出来たら泉も案内するよ。まずは生活に必要な場所を覚えた方が良いだろうし」

「うん、ありがとう」

町に辿《たど》り着くと、喧騒《けんそう》は大きくなった。壁《かべ》を補修する人、土を運んでいる人、何かの葉をすり潰《つぶ》している人……昨日は気付かなかったが、本当に色々な見た目の人達がいる。肌《はだ》や髪《かみ》、目の色も様々だ。動物のような耳をしていたり、肌の一部に鱗《うろこ》状の部分があったりと魔物の特徴《とくちょう》がある人もいるが、じっと見つめなければわからない人の方が多い。アルドさんの言っていた通り、あそこまで魔物の特徴が出ている彼が特殊《とくしゅ》なのだろう。

「あら、昨日の。元気そうで良かったわ」

「お、ファラ、町の案内か？　あんたもゆっくり見て回るといいぜ。なんも無いけどな！」

あっはっは、と笑い飛ばす彼らの表情にはやはり陰《かげ》がない。

壁の補修をしていた人達は何か失敗したのか壁を崩《くず》してしまい、何やってんだと笑い合ってまた修繕を再開していた。その横を大量の土を荷車で運びながら楽しそうに騒《さわ》ぐ子ども達が通る。明るく前向きな彼らを見ている内に、不安はどんどん薄《うす》れていった。

町の人達と自己紹介《しょうかい》をしつつ、町を探索《たんさく》していく。大半の道が石や砂で出来た起伏《きふく》の多い地面なので、パンプスでは非常に歩きにくい。何度か転びかけ、足を捻《ひね》りそうになってしまった。靴《くつ》を手に入れるのは難しそうだし、こればかりは慣れるしかない。

「食料と日用品の配給はここの広場でやるんだ。自由に使える資材もここにあるから、皆《みな》必要な物があれば持って行くし、逆に自分が使わない資材を置いていく事もある。欲しい物があれば掲示板《けいじばん》があるから、書いておくと手に入った時に声掛けてもらえるよ」

ファラが示す掲示板らしい看板には、文字らしきものが書かれた紙や板がいくつか掲示されている……うん、読めない。つまり書けない。生きていくためにも帰るためにも、この世界の文字は理解しなければならないだろう。当面の課題が出来た。

「後は水場で終わりかな。ここからすぐの泉だよ」

「……うん、案内よろしく」

きた、と緊張感《きんちょうかん》が増し始める。町中を回って彼らの生活をしっかりと見て、そうして感じた不便さや貧しさ。それでも悲観的にならず明るく過ごす、前向きで優《やさ》しい人達。

腕《うで》に抱《かか》えた紙袋《かみぶくろ》にはあの青い果物がいくつか入っている。これは食料難の中でも安定して穫《と》れるらしく、私が美味《おい》しかったと言ったら『栄養はあんまりないから間違っても主食にはするなよ』と笑いながら皆が分けてくれたのだ。

「やっぱり……私だけ、なんて無理だよね」

気の合いそうな友人だって出来たし、笑顔《えがお》も優しさも惜《お》しみなくくれる彼らを無視して自分だけ快適な生活なんて、絶対に送れない。

ファラの案内で辿り着いた水場は広場から少し進んだ所にあり、水辺特有の生臭《なまぐさ》い臭《にお》いが漂《ただよ》っていた。水場の奥の高くなった場所には枯《か》れ木の森が広がり、そこから流れ落ちる滝《たき》の水が広場の中心に溜《た》まって泉になっている。水を汲《く》んでいる人も数人いるが、泉の水は濁《にご》っており、周囲を囲む石も崩れかけて足場が不安定になっていた。

「元々は綺麗ですごく美味しい水だったんだけどね。今は泉の浄化用《じょうか》の魔力がうまく回らなくなってて、どうしても泥《どろ》とか土が混ざっちゃうんだ」

元の世界での上下水道の設備部分を魔力でやっている、という事だろうか？　ベースの力が違うのでよくわからないが、パズルを成功させれば綺麗な水場に戻《もど》るはずだ。

「家にある水道って、ここから水を引いてるの？」

「大体の家はそうだね。水道が壊《こわ》れてる家が多いから、皆《みんな》ここまで汲みに来てるけど」

パズルを出現させてみると、家具を直した時よりもピースの種類が多く、盤面《ばんめん》も大きく複雑だ。昨日の光の板の三倍はあるし、これを見えない状態で解くのは相当難しいだろう。

「これも進まないんだよね。一日に何個も物が直せるくらい魔力が高いのはアルドさんしかいないし、そのアルドさんだってここまで大きな設備を直すには何年も掛《か》かるしさ」

「アルドさんって、魔法も強いんだ」

「強力な魔法でも長時間使える人だからね。力も強いから、自分の倍以上ある獣《けもの》でも簡単に狩《か》っちゃうし、あの人がいなかったら、あたし達はとっくの昔に飢《う》え死にしてるよ」

彼の体格的に力が強い事は予想していたが、魔法も強い人のようだ。能力的にも性格的にもソキウスの王に相応《ふさわ》しい人なのだろう。

「この魔法がどのくらい進んでるのかって、すぐにわかるの？」

「あくまで感覚でだけど、邪魔《じゃま》な力がどれくらい残ってるのかは魔法を使ってない人間でも見ればわかるよ」

「……水場って、ここ以外にもある？」

「泉は何か所かあるし、井戸《いど》もあるよ。水場以外でも畑とか森とか、機能しなくなった場所は山ほどある。まあ、あたし達の孫世代になれば多少は回復してる、と願うしかないね」

私が同じ状況《じょうきょう》になった時、果たして同じように何とかなるさと、孫世代では良くなるかもしれないしと、割り切って過ごせるだろうか？

いや、もしもパズルが解けなければ私も同じ現実に直面するのだが。

少しだけ息を吐《は》きだして、静かに気合いを入れた。ここを直して力を示せば、必ずアルドさんは私に会いに来る。気楽に接してくれとは言われたが、彼がこのソキウスの王である事に変わりはない。その王相手に取引を持ち掛けるために、そして私を助けてくれた人達のためにも、この泉は今ここで必ず直さなければ。

スマホをぎゅっと握《にぎ》って勇気を貰《もら》う。俺達なら出来るさ、と彼のボイスが聞こえた気がして、下を向きそうになる顔を上げた。

……願わくは、ここを直した後にファラや町の人達の態度が変わりませんように。仲良くなりたい人が出来た事で増えた悩《なや》みに苦笑《くしょう》して、まっすぐにパズルを見つめた。

「サクラ？　どうかした？」

大丈夫《だいじょうぶ》。私なら出来る。

パズルに指を走らせ、ピースを観察しながら動かしては消し、動かしては消し、と繰《く》り返す。緊張は手の中のスマホが、その向こうにいるユーリスが消してくれる。

赤いピースが消え、上から落ちてきた青いピースが下のピースにくっついて消え、そうして落ちてきたまた別のピースが……いい感じにコンボが決まって、それが楽しいと思う自分に苦笑した。ファラや周囲の人達の視線を感じ取れる余裕もある。

順調に解き進めていき、画面からは綺麗にピースが無くなった。ふう、と少し息を吐きだしたところで、今まで解いていたパズルが消え、また新しいパズルが出現する。

「すごい……二段階目に行った」

小さく呟《つぶや》いたファラの言葉を聞きつつ、新しいパズルに指を走らせる。アプリでも大型設備を直す際は複数ステージの攻略《こうりゃく》が必要な時があるので、これも予想の範囲《はんい》内だ。指を動かし、ピースをすべて消し、また新しく現れたパズルを攻略していく。

そうして、三つ目のパズルが残り僅《わず》かというところまで来た時だった。

「ああっ！」

壁に阻《はば》まれてピースが消せなくなり私の指が止まった事で、周囲から残念そうな声が上がる。どうやら感覚だけでも消せなくなった事はわかるらしい。

「……スキル」

この壁はゲーム中では相棒キャラのスキルで消す事が出来る。私のユーリスはレベルも高く大半のスキルを覚えているので、ゲーム内ならば問題なくクリア可能だろう。

しかしあれは私の力ではなくユーリスの力だし、と手の中のスマホに視線を落とす。

「え、なんで？」

パズルを始める前までは真っ暗な画面だったはずなのに、何故《なぜ》かゲームまで起動している。画面上ではいつものようにユーリスが笑っているが、いつ起動したのだろうか？

不思議に思っていると、画面の中のユーリスがそっと手を前に差し出した。

「……え」

こんな動き、私は知らない。彼は立ち絵で、数種類の固定ポーズしかとらないはずだ。手のひらを見せるように差し出された彼の手を呆然《ぼうぜん》と見つめていると、その手の中に光が浮《う》かび上がる。光の中には、ユーリスが初期から覚えている二つのスキルが並んでいた。

意味も仕組みもわからないけれど、彼が私を助けてくれるという事だけはわかって、泣きたくなる。彼が提示したスキルの内の一つ、ステージ上の壁を消せるスキルをタップすると、左手の人差し指の先がほんのりと温かくなった。その指でパズル画面の壁に触《ふ》れてみると、ゲームと同じように壁は消えてなくなる。

「ありがとう」

小さく呟いて、再度パズルに指を走らせる。そこからクリアまではあっという間で、パズル画面が消えてしまう事もなく、綺麗《きれい》にすべてのピースを消す事が出来た。

「よし……あ」

パズルが空に溶けるように消え、目の前の泉が静かに輝《かがや》きだす。

柔《やわ》らかな光がゆっくりと泉を覆《おお》い、やがて泉全体を包み込み、一瞬《いっしゅん》強く輝き消えていく。

それはとても神秘的な光景だった。

光が消えた後に残ったのは、澄《す》んだ水が流れ落ちる美しい泉だ。

「綺麗……」

無事に直せた事への安堵《あんど》よりも、魔法という力がここまで一瞬ですべてを変えてしまう事に対して恐怖《きょうふ》混じりの驚《おどろ》きを感じる。その力を自分が使えている、という事にも。

ただその恐怖も、わあっと上がった周囲の人達からの大歓声《だいかんせい》で一瞬で吹《ふ》き飛んでしまった。あっけにとられる私の前で泉に駆《か》け寄って水面を覗《のぞ》き込む人々。続いてどん、と体に衝撃《しょうげき》を感じて、ぎゅうぎゅうと締《し》め付けられる。それがファラの腕だとすぐに気付いた。

「すごい、すごいよサクラ。ありがとう……っ！」

驚いて抵抗《ていこう》しようとしていた私の手は、私に抱《だ》き着きながら泉を見つめるファラの目から涙《なみだ》が零《こぼ》れているのが見えた事で力を失った。

そうだ、彼女達は一日しかこの世界で過ごしていない私とは違《ちが》う。ずっと不便で、でも先は見えなくて。そんな中でも必死に前を向いて暮らしてきた人達なのだ。

ちゃんとわかっていたつもりだった。こうして泉を見て泣く人達を見るまでは。

「サクラ、ありがとう！　これで安心して水が飲める！」

「洗濯《せんたく》も掃除《そうじ》もよ！　もう洗っても洗っても汚《よご》れてるなんて事も無くなるわ！」

「汲《く》んですぐに使えるようになったんだ。これで何度も笊《ざる》に通す手間も無い！」

やはり飲めるとはいえ、安全とは言えない水だったようだ。色々な意味でこの力があって良かった。もしも泉を直せなかったら、私は数日で命を落としていたかもしれない。

泉が直った事を知らせるために走って広場を出ていく人、泣きながら泉の水を掬《すく》って飲む人、そして私の周りに集まってくる人。

「まさか一回で直せるなんて思わなかったよ。本当に凄《すご》いな！」

「別の世界から連れて来られたって聞いたけど、あんたが聖女様なのかい？」

「い、いいえ、その場に居合わせはしましたけど、私にその力はないと言われたので」

「何でもいいさ！　ここを直してくれたのがあんただって事は間違いない！」

「本当だよ！　この国にとっての聖女様はあんたさ！　聖女様って呼んだ方がいいかい？」

「いいえ！　ぜひ名前で呼んでください！」

顔が引きつりそうになるのを必死に堪《こら》える。大げさなまでに持ち上げられるなんて冗談《じょうだん》じゃない。恥《は》ずかしくて倒《たお》れそうだ。照れくさいとかではなく、羞恥心《しゅうちしん》の方で。

私にとって先程《さきほど》の泉の再生は、魔法を使ったというよりもパズルを解いたという感覚の方が強い。娯楽《ごらく》として熱中していたゲームで遊んだだけで大げさに褒《ほ》められるのは、嬉《うれ》しいを通り越《こ》して居た堪《たま》れなかった。当たり前に出来る事を過剰《かじょう》に持ち上げられるのって結構恥ずかしいんだな、とファラに締め付けられながら思う。

　でも、きっと私が彼らの立場だったら同じように喜ぶ事もわかってしまったから、強く止《や》めてくれとも言えなかった。

　その場にいた人達を宥《なだ》めている内に泉の事を聞いた人達がやってきて、そうして同じ状況になった彼らを宥め……何度かそれを繰り返してから、ようやく泉を後にする。

　ファラは落ち着いてからも態度が変わらなかったので、こっそり安堵した。

「それにしても、一人で直せる人がいるなんて思わなかったよ。魔力《まりょく》は大丈夫？」

「うん、大丈夫」

　心配そうなファラの顔を見て少し悩むが、体に変化は無いし大丈夫だろう。でも確かに、この世界の人達が複数人で数年掛《か》けて直す物を一人で直せたというのは気に掛かる。私が使っているのは本当に魔法なのだろうか？　気にはなるが、今の私では調べようがない。

「ねえファラ、他《ほか》の水場ってこの近くにもある？」

「ここからだと少し遠いかな。どうしても行きたいなら案内するけど……泉みたいな広範《こうはん》囲《い》を直した日は他の大型設備で修繕《しゅうぜん》の魔法が発動しないし、急ぎの用が無いなら別の日に行った方が良いと思うよ。今から行ったら帰りは真っ暗になりそうだし」

「そっか……」

　ゲームでも一定以上の大きさや広さのものを直せるのは同じ日に一か所までで、物にこっては数日様子見をしよう、なんて場所もある。この世界でもそういう制限はあるようだ。ファラを遅《おそ》くまで付き合わせるのは申し訳ないし、直せないなら今行く意味も無い。後日案内すると言うファラの言葉に甘えて、町へ戻《もど》る事にした。

途中《とちゅう》で泉に向かう人達に囲まれてお礼を言われたり話したりしている内に、あっという間に日が暮れてしまう。町に着いて、家に帰るファラとまたねと挨拶《あいさつ》を交《か》わして別れる。

まだ自宅という実感が無い家に戻って、貰《もら》った果物の山をテーブルの上に置いた。

「またね、か」

そういう約束が出来る相手と巡《めぐ》り会えたのはきっと幸運な事なのだろう。町での私に対する騒《さわ》ぎも数日経《た》てば落ち着くはずだし、その頃《ころ》には不自由なく生活出来ているはず。

少し緊張《きんちょう》しながら水道の蛇口《じゃぐち》を捻《ひね》ると、透明度《とうめいど》が高く生臭《なまぐさ》さもない水が流れ出してくる。

「美味《おい》しい……これなら生きていけそう。今日はお風呂《ふろ》にも入れそうだし」

昨日と同じ水とは思えない程《ほど》に美味しい。安心したと同時に、どっと疲《つか》れが襲《おそ》ってくる。

「これ、あんまり良くない感じだなあ」

僅かに感じる吐《は》き気や怠《だる》さ、そして頭痛。体調が崩《くず》れる前の独特の感覚だ。入院していた頃を思い出してため息が零れる。慣れない環境《かんきょう》で疲れたのだろうし、症状《しょうじょう》は軽いが早めに休んだ方がいいかもしれない。ゆっくりとソファに腰《こし》かけ、背もたれに体を預ける。

「あ、配給……」

受け取るのを忘れて家まで帰って来てしまった。せっかくファラが楽しみにしててと言ってくれたのに。しかしどうにも立ち上がるのが億劫《おっくう》で動けない。町に行くにも時間が掛かるし、今日は貰った果物で済ませてしまおうか。

トントン、とノックの音が響《ひび》いたのは、もう一度ため息を吐いた直後だった。勢いよくソファから体を起こし、玄関《げんかん》の扉《とびら》を見つめる。そうだ、こうなる事を想定して今日は動いていたのだ。体調が悪いなんて言っていられない。

立ち上がって扉を開けると、そこには予想通りアルドさんが立っていた。

「こんばんは」

「……ああ、悪いな。急に来て」

「いえ。どうぞ」

彼を家に通しながらポケットのスマホに触れ、心の中でユーリスの名前を呼ぶ。この世界に来てから何度彼に頼《たよ》っただろう。いや、元の世界でも頼ってはいたけれど。

アルドさんは家の中が綺麗になっている事に一度驚き、少しだけ目を細めた。

昨日彼が綺麗にしてくれた部分はもう目立たない。だが私がこの魔法を知る事が出来たのは、彼が私を気遣《きづか》って魔法を使ってくれたからだ。そうでなければ私は今日泉を直すことも出来ず、ファラとも出会わないまま、未来を悲観して閉じ籠《こも》っていたかもしれない。

テーブルを挟《はさ》んで設置されていた二つのソファに、向かい合うように腰かける。

「町で聞いた時はまさかと思ったんだがな」

そう苦笑《くしょう》したアルドさんは、私の顔を見て一つの包みをテーブルの上に置いた。食べ物の良い匂《にお》いが辺りに漂《ただよ》う。色々と気合いを入れていた私は面食《めんく》らってしまったが、彼はその包みを私の方に寄せただけだった。

「ファラがお前が配給を受け取っていないから届けなければ、と言っていたからな。俺が預かってきた」

「あ、ありがとうございます」

確かに今日一日一緒《いっしょ》に行動していたファラは、私が配給を受け取っていない事にも気付いただろう。危ない、余計な手間をかけさせてしまうところだった。

「この世界ではいつでも満腹になる程に食べられるわけじゃないし、食事はしっかり取った方がいい……広範囲の再生魔法を使った日は魔力消費も激しいから、特にな」

食事を抜《ぬ》くつもりだった事がばれている事に気まずくなったのは一瞬で、続く言葉に顔を上げた。彼の笑顔《えがお》の奥の感情は私には読めないが、悪意が無い事だけはわかる。

「私、自分は魔法を使えないと思っていました」

「そう言っていたな。俺もそこは疑っていないさ」

「……あなたが私の前で実際に魔法を使ってくれた時、本当に驚いたんです。私にとって見慣れた物が目の前に現れたので」

アプリを起動してパズルの練習画面を開き、アルドさんに見えるようにテーブルの上に置く。これはピースの消し方だけを練習する機能なので、相棒キャラは出てこない。この世界のユーリスさんと親しい彼に、イラスト化しているとはいえゲームのユーリスの姿をあまり見られたくなかった。これ以上ややこしい事になるのはごめんだ。

「これは私の世界で使われている、離《はな》れた所にいる人と話せる道具です。この世界では条件が合わず会話には使えませんが、娯楽用の機能もあって、このパズルはその一つです」

不思議そうにスマホを見つめるアルドさん。体格のいい男性が小さなスマホをのぞき込んでいる様子に何だか和《なご》んでしまったが、気を取り直してパズル画面を指し示す。

「アルドさんは魔法を使った時に邪魔《じゃま》な力は見えず、感覚で消すと言っていましたよね。ですが私には、あの時光の板の中にこれと同じ物が見えました」

スマホから私に視線を移したアルドさんの瞳《ひとみ》からは、私を探《さぐ》っている様子が見て取れる。ここが踏《ふ》ん張りどころだ。まずは魔法について彼に信じてもらわなければ。

指先をスマホに走らせ、ピースを揃《そろ》えて消す。それを数度繰《く》り返してから、アルドさんの目をじっと見つめた。視線がぶつかり合う。

「これはこうして同じ色のピースを揃えて消していき、決まった手数以内でステージごとに定められた数のピースを消すのが目標になるパズルゲームです。成功すると盤面《ばんめん》のピースがすべて消えます。私はこれで何年も遊んでいますので、ピースの最適な動かし方もなんとなくわかりますし、数手先を読んで消す事も出来ます」

「……お前にとっての修繕の魔法は感覚で消していくものではなく、このパズルと同じピースが見えていて、それを消している、という事か？」

「はい。昨日、試しにソファに触《ふ》れてパズル画面をイメージしたところ、魔法が発動しました。魔法自体は初めて触れたものですが、パズルは長年触れてきたものですので」

「短時間で部屋を直す事も出来たし、水場のような広範囲の再生も一発で出来た、と」

「あなた方の言う邪魔な力というものを視認《しにん》出来ておりますし、消すための最善の方法を探す手段も身に付いていますから」

少しだけ眉《まゆ》を顰《ひそ》めたアルドさんからは敵意は感じず、私を疑っている様子もない。ゲームが元になった世界だからか、パズルやピースといった単語も伝わっているようだ。

何やら悩《なや》んでいた様子の彼は、私に向かって片手を差し出した。

「お前が使っている力が魔力かどうか確認したい。俺の手に触れて魔法を発動させるイメージをしてくれ。指先だけでいい」

一瞬戸惑《いっしゅんとまど》ったが、それは私も気になっていた事だ。もし私に魔力が無ければ、家や泉を直したのは別の力という事になってしまう。そっと手を伸《の》ばして、私の倍以上ある大きな手に触れる。魔法を使った時の事を思い出しながら集中すると、僅《わず》かに光が発生した。

「魔力だな。この世界に来て備わったのか、魔法の無い世界では気付かなかったのか……」

どうやらちゃんと魔法を使えていたらしい。ほっとしながら手を離す。

「お前が連れて来られた時、城の連中はお前は聖女ではないと言ったんだったな」

「はい。ただ、聖女が使えるという強力な修繕と再生の魔法の正体が、邪魔な力をパズルとして視認出来るという事なら、もしかして」

「お前にも聖女の力があるという事か。だとすると、何故《なぜ》力が無いと判断されたのか……」

悩むアルドさんに、昨夜考えたゲームのプレイヤーレベルについて説明していく。この世界にはスマホが無いので、遠回しの説明になってしまうのがもどかしい。

この娯楽《ごらく》は人気だったので、聖女の子も遊んでいた可能性がある事。ゲームはスマホがなければ遊べず、私は前に使っていたスマホが壊《こわ》れていたためデータを引き継《つ》ぐまでレベルが無い状態だった事。様々な単語をこの世界でも通じるように説明し、意味や単語がわからない部分は逐一《ちくいち》アルドさんに指摘《してき》してもらって説明しなおし……元々根拠《こんきょ》がない事でもあるので、説明にはかなり時間が掛《か》かってしまった。

「なるほど。確かにお前の説明は筋が通っているように感じる。ただ俺も聖女召喚《しょうかん》については詳《くわ》しくないし、お前の力が聖女の力と同じものかはわからない。あの泉を一度で直せるほどに大きな魔力があるのならば、そうであってもおかしくは無いとは思うが」

「聖女かわからないのは私も同じですし、こう考えれば筋が通るかな、程度の考察です」

「伝承の中にぼんやりと書いてあるだけの力だ。その辺りは召喚士もわからないだろうな」

アルドさんは私の力が聖女の力であってもなくてもどちらでもいいようだ。口角を上げる彼には変わらず余裕《よゆう》がある。

「細かい事は置いておけばいい。どうせ今考えてもわからん。重要なのは、お前が俺達の何百倍もの効率で修繕《しゅうぜん》の魔法が使えるという事だけだ」

笑みを崩《くず》さない彼を見て自然と背筋が伸びる。私もそれは同意見だ。この力が聖女と同じだろうが違《ちが》おうがどちらでもいい。説明のためにテーブルの上に置きっぱなしにしていたスマホを回収して、ぎゅっと握《にぎ》りしめる。ユーリス、と心の中で彼の名を呼んだ。

「私と取引をしていただけませんか？」

「ほう？」

テーブル越《ご》しの彼の余裕のある笑みには迫力《はくりょく》があって、けれどそんな彼相手でも仕事で身に付けた営業用の笑みはちゃんと浮《う》かべる事が出来た。

アルドさんも町の人も優《やさ》しいけれど、出会ったばかりの人のすべてを信じ切れるほどの強さは私には無い。この世界の状況《じょうきょう》とこの力の強さを考えるとなおさらだ。安心して彼らの事を信じるためにも、私の願いを叶《かな》えるためにも、取引は成功させなければならない。

「私はこの力をこの国のために使います。その代わり、私が元の世界に帰る方法を探して下さい。そして無事に帰れるまで、私がこの世界で生きていくために必要な知識を下さい」

声は震《ふる》えていない。少しの恐怖《きょうふ》も、発言するために振《ふ》り絞《しぼ》った勇気も、気を抜けば崩れてしまう作った笑みも、どきどきと煩《うるさ》い心臓の音も……一欠片《ひとかけら》たりとも表には出さない。

そんな私を知ってか知らずか、目の前の彼は先ほどよりも笑みを深めた。

「いいだろう、俺としても国の復興の協力が得られるなんて願っても無い話だしな。取引成立だ。お前を帰す方法は絶対に見つけてみせよう」

目の前に差し出された大きな手を握り返して、彼と握手《あくしゅ》を交《か》わす。私の手をすっぽりと包み込む大きな手から伝わってくる温《ぬく》もりが優しくて、ほんの少しだけ泣きたくなった。

ちゃんとこの世界で生きて、帰らなければ。私の生まれ育った世界に。

「まったく……どうやって力を借りようかと悩みながら来たのに、先を越されるとはな」

彼は相変わらず笑顔で楽しそうだが、私は少し申し訳なく思った。彼が一方的に私に負担を押し付けるような事は無いはずだと思いながらも、信じ切る事は出来ないのだから。

少し暗くなった気分は、突然《とつぜん》部屋に響《ひび》いた大きなぐうう、という音で霧散《むさん》していった。

「ああ、すまんな」

盛大に腹の虫を響かせたアルドさんは悪びれた様子も照れた様子もなく、軽く謝っただけだ。普段《ふだん》はもう夕食を食べている時間なのだろう。この時間まで狩《か》りをして疲《つか》れて空腹になっているのに、誰《だれ》かに命令せず王であるこの人自ら私に会いに来たのか。

話す計画を立てたのは私だが、本当にそれをしているこの人を心底凄《すご》いと思う。

「色々話を詰《つ》めたいし、食いながら話すか。お前も保温魔法が解ける前に食べた方が良い」

「はい、ありがとうございます」

少し戸惑ったが、彼からの申し出だし、一緒《いっしょ》に食事する事は問題無いのだろう。

テーブルの上に広げられた食事は、メインの包みが二人分と、別の料理が入った小さな包みが三つ。アルドさんの体格を考えるとかなり少なく見える。彼は狩りをしながらも王として国の取り纏《まと》めをしているそうなので、いくらあっても足りなそうだが。

「お前はそれで足りるのか？　必要ならもっと食べていいぞ」

「いえ、十分です……遠慮《えんりょ》じゃないので安心して下さい」

ファラが獲《と》った魚は昨日のお肉と同じように良い香《かお》りを漂《ただよ》わせている。焼いた野菜がそれなりの量で添《そ》えられているし、体調が万全《ばんぜん》ではないので食欲もそこまで無い。

アルドさんが私に小さな包みを二つ渡《わた》してきたのを断って彼の方に包みを返すと、その内の一つがまた渡される。本当に大丈夫《だいじょうぶ》だから、と包みを再度彼の方に返すと、遠慮しているのかと疑いの視線が飛んできた。慌《あわ》てて本意である事を告げる。

「私が好きだと言ったら果物を頂いてしまったので、本当に十分過ぎるくらいなんです」

「それならいいが……その青い果物はあまり栄養がないから、間違っても主食にするなよ」

「それ、町の人も同じ事を言っていました」

苦笑《くしょう》混じりでそう返すと、アルドさんはおかしそうに笑った。

「これはこの世界では珍《めずら》しいくらい安定して穫《と》れるんだ。味も悪くはないし、今より食料に悩んでいた時期は主食にしていた事もあるんだが、栄養が足りず倒《たお》れる奴《やつ》が続出してな。皆《みな》それを覚えているんだろう。お前もこれだけで食事を済ませる事は避《さ》けた方がいい」

「はい」

朝食にはぴったりの味なのでこれからも食べるつもりだが、その辺は意識しておこう。

「それと、食える時にはなるべく食っておけ。毎回量があるとは限らん。昨日と今日はたまたま獲れた量が多かっただけで、普段はこの半分以下の量しかない事が多いんだ」

「……わかりました」

差し出された包みを一つ受け取る。確かにこの世界の状況では毎日十分な量を食べられるとは限らない。食べられるなら皆あんなに痩《や》せていないはずだ。アルドさんの言葉には重みがあって、腹八分目、なんて事は余裕があるからこそ出来るのだとわかってしまった。

「アルドさんはそれで足りるんですか？」

「俺は魔物《まもの》の特性も強く引き継いでいるから、周囲に漂う魔力からも多少エネルギーが吸収出来るんだ。食事量が足りなくても痩せる事はあまり無い。まあ、少なすぎると腹は減るしエネルギー不足にはなるがな。だがこれだけあれば十分だ」

体格の良さから人よりも食事の必要量が多いのかと思っていたのだが、そういうわけではなさそうだ。成人男性一人分程度でちゃんと満腹になるらしい。

元の世界では一人暮らしだったので、誰かと一緒に食事を取るのは久しぶりだ。アルドさんの食べっぷりがいいので、私も少し食欲が増してきた。

友人と食べているというよりは、気のいい取引先の人と食事しているような気分だが。

「しかし別の世界に帰るための手段か。まずは古い文献《ぶんけん》を漁《あさ》ってみるしかないな。奥の書庫は直したのか？　無事な本の大部分はあそこの部屋に突《つ》っ込んであったんだが」

「全部直したのはこの部屋だけですね。昨日は蜘蛛《くも》の巣を取っただけなので、他《ほか》の部屋の修繕はまだです。私の力の確認《かくにん》にもなるでしょうし、この後直しましょうか？」

「頼《たの》む。後は本がどれくらい読める状態かだな」

「本は修繕の魔法で直せないのですか？」

「見た目は直るが中身が白紙になる。そして魔法の効果が切れれば破れた紙に元通りだ」

修繕魔法も万能ではないらしい。この家も時間が経《た》てば廃墟《はいきょ》に戻《もど》るし、環境《かんきょう》や大型設備を整え、材料を安定して確保出来る状況にしなければならない事に変わりは無いのだ。

「あの、今日は私が自分で判断して水場を直しましたが、優先する場所ってありますか？」

「あるにはあるが、泉に魔力が浸透《しんとう》するまでは他の場所では魔法が発動しない可能性が高いからな……言っておくが、先に相談されても俺はあの泉を優先したぞ。生活に必須《ひっす》なのに重労働で時間が掛かる水汲《みずく》みが無くなれば、他に人員を回せるようになるからな」

先に彼に相談すべきだっただろうか、なんて悩《なや》みも彼にはお見通しだったようだ。この国に来てから気遣《きづか》われてしまう事が多くて、申し訳ない気持ちになってばかりだった。

「それにお前だって計画していたんだろう？　国にとって重要な場所を直せば、必ず俺はこうしてお前に会いに来る。自分の力を示せばこの国の王である俺に同等の立場で取引を持《も》ち掛《か》けられる。自分の身を守りながら帰宅手段も得る事が出来る、良い方法だ」

「……さあ、どうでしょう」

すべて読まれていたが、そこは営業用の笑《え》みで返しておく。罪悪感はあるが後悔《こうかい》はないのだ。慎重《しんちょう》にならなければ、私はこの世界で生きていけない。

私が気まずそうな顔でもすると思っていたのだろうか。少し驚《おどろ》いた表情になったアルドさんは、すぐに今まで見てきた中で一番愉快《ゆかい》そうな笑みを浮かべた。

「驚いた、外見から受ける印象とは全然違うな」

「……そうですか？」

よく言われる事だ。元の世界でも何回言われたかわからないくらいには。あまり良い思い出が無い言葉だが、それを顔に出すわけにもいかない。

笑顔のまま流そうとした私に向かって、彼はさらに深い笑みを向けてきた。

「ああ……強《したた》かで、良い女だ」

予想外の言葉だ。

驚きで営業用の笑みが崩れて、呆然《ぼうぜん》と彼の顔を見つめてしまう。彼はそんな私を見ても不思議そうにしているので、本心から出た言葉なのがわかる。

言葉にも表情にも嫌味《いやみ》一つない。むしろ好意すら滲《にじ》んでいる。

彼の言葉は、私にとっては凄《すさ》まじい誉《ほ》め言葉だった。嬉《うれ》しさで熱を持ち始めた頰《ほお》を気取られないよう、必死に顔に出さないようにして口を開く。

「ありがとうございます。初めて言われました」

そう、初めてだ。外見の印象と内面が違《ちが》うという言葉の後には、いつも嫌な言葉が付いてくるのが当たり前だったから。

「……私が力を使ったのは、それをこうやってあなた達に見せたのは、この国の人達が優《やさ》しかったからです。私も皆《みんな》に返したいと思っただけで」

「そう言って貰《もら》えるのは俺も嬉しい。良い奴らの集まりだっただろう？」

「はい。こんなに受け入れてもらえるとは思いませんでしたし」

それだけは間違いない。もしも彼らがあの王のような人間だったら、私は即《そく》この国から逃《に》げ出しているか、こっそり力を使って隠《かく》れるように暮らしていたはずだ。

「一応言っておくが、アリローグの王が珍しいだけで、大半の国はここと似たようなものだぞ。国民は国を追い出されたら生きていけないから犯罪も無いに等しいし、王族も国民と協力しなければ国を継続《けいぞく》出来ないから無下に扱《あつか》う事も無い。この国の連中は拒絶《きょぜつ》される

苦しみも受け入れられる喜びも多少なりとも経験している奴らばかりだから、誰かを受け入れる寛容《かんよう》さは大きいだろうがな」

それでも、私は相当運が良かったのだと思う。保護されたのが他の国だったら、住民全員から受け入れてもらえるなんて事は絶対に無かった。確実に怪《あや》しまれ、不満を持つ人達が出るのが当然だ。そして私も協力するかどうか、もっと悩んでいただろう。

「……俺から一つ提案だ。ここからは俺とお前は協力者、同等の立場だ。普《ふ》通《つう》に話してくれていいし、変にへりくだったり遠慮したりしなくていい。その方が俺もお前もやりやすいだろう。何かをする時に相手の出方を窺《うかが》って遠回りになるのは俺も避けたいしな」

差し出された手を見つめる。握手《あくしゅ》なら先ほどもしたが、これはまた違う意味の握手だろう。少し悩んで、彼の手に自分の手を重ねた。彼の笑顔から感じる余《よ》裕《ゆう》が強くなって、ソキウスの人が彼を王として慕《した》う気持ちが理解出来てしまう。不思議な魅力《みりょく》のある人だ。

「わかりま、わかった。これからよろしく」

「ああ、こちらこそ」

彼が私の立場に合わせて話してくれたからか、二度目の握手は先ほどよりも余裕のある気持ちで交《か》わす事が出来た。これなら何とかやっていけそうだ。

「まずはこれからの事か。お前が良いなら、明日の昼過ぎくらいに大型設備を何か所か確認しに行きたいんだが。もしかしたら魔法が使える場所があるかもしれん」

「私はそれで大丈夫だけど、アルドさんは狩《か》りもあるだろうし、忙《いそが》しくない？」

「普段は夕方まで狩りに出ているが、さすがにこちらが優先だ。明日は他の奴に任せて早めに切り上げる。お前のおかげで日が経てば経つほど主要な設備が整うようになると考えれば、嬉しい忙しさでしかないしな。お前の方こそ魔力は大丈夫《だいじょうぶ》なのか？」

「うん、大丈夫。それに、大型設備は数日直せないかもしれないけど、小さな物なら直せるよね？　町で直したら助かる物ってある？」

「良いのか？　自分の生活を先に整えてもいいんだぞ」

「そのあたりは空き時間でどうにでもなるし、一番の問題だった帰宅方法の調査にはあなたが協力してくれるでしょう？　だったらこの家に籠《こも》ってる必要はないし、出来る事から協力するよ。私もみんなの生活が楽になるのは嬉しいし」

「……そうか、ありがとう」

彼の笑みが余裕のある王のものからふわりとした優しい笑みに変わって、一瞬《いっしゅん》ドキッとしてしまった。本当に整った顔立ちをしているので、突然《とつぜん》の優しい笑みは心臓に悪い。

「それなら町の共用水道を直してもらえるか？　自力で自宅の水道が直せる奴ばかりじゃないからな。共用水道が直れば、水汲み自体をしなくて済むようになる」

「そっか。確かに各家庭を私が回るよりもそっちを先に直した方が良さそう」

「共用の設備は多いし、優先するならそちらからだ。自宅の水道が直らなくても近くの水道が使えれば、泉まで行かずに済んで大分楽になる」

「なら明日から水道優先で、それを直し終わったら他の共用設備を直していけばいい？」

「ああ、それで頼む。後はお前の希望だな。帰宅手段はもちろん探すが、この世界で生きるための知恵《ちえ》も欲しいと言っていただろう？　俺はお前が何をどのくらい把握《はあく》出来ているかがわからんからな。お前の状況《じょうきょう》を具体的に聞きたいんだが」

「ええと……まず、文字が読めない。会話は出来るけど文字は私の国とは全然違ってて」

「なら基本からか。お前の国の言葉と照らし合わせながら説明していくしかなさそうだ」

ひらがなカタカナ漢字と様々な文字が入り交じった言語を、この世界の物と合わせながら覚える？　教わりながら色々と調整しなければ混乱しそうだし、かなりきつそうだ。

「後は基本的な常識とか、お金の数え方とかもわからないし、やって良い事と悪い事の基準も……ともかくすべてがわからない状態かも」

「なるほどな。幼児向けの学習から始めればいけそうか……」

具体例を挙げられないほどに何もかもがわからない。人を殺してはいけません、なんて今までは当たり前だった事ですら禁止されていない可能性があるのだ。

「金はすぐに覚えられるだろうし、まず優先すべきは文字か。他の事でも疑問に思った時は俺や町の人間に聞いてくれれば教える。嘘《うそ》を教える奴《やつ》はまずいないから安心してくれ。さっきも言ったが、悪質な嘘をついたり他人を傷つけたりする余裕すらないからな」

良い事なのだが、素直《すなお》に良かったと思えない。災害や余裕の無さで犯罪率が上がる事があるのは知っているが、この世界はそこを通り越《こ》している。この世界の人々の元々の気質もあるのだろうが、あの王のように権力を振《ふ》りかざす人間以外は、コミュニティからはみ出した時点で生きていけなくなるほどに追い詰《つ》められた状況なのだ。

「とりあえず明日、大型設備を見て帰った後に文字を覚え始めてみるか。俺も何か良い手段がないか探しておく。後は何かあるか？」

「聞いてくれるの？」

「当然だ。それをするだけの価値があるし、たとえお前にこの力が無くとも困っているのならば力は貸したさ。最初にも言っただろう？」

「……そうだったね、ありがとう。なら、もしも帰宅手段が見つかったら、私と同じように連れて来られたあの女の子も一緒《いっしょ》に帰らせてほしいんだけど」

「は？」

私の言葉を聞いて驚いたアルドさんは、少しの沈黙《ちんもく》の後に優しく笑った……相変わらず心臓に悪い笑顔だ。

「ああ。わかった。ユーリスとは連絡《れんらく》が取れるし、あいつなら力に溺《おぼ》れて聖女を手放さない、なんて事も無い。帰宅手段が見つかったらお前とその聖女も一緒に帰そう」

ありがとう、と再度お礼を言うと、アルドさんにまた笑みを深めた。よく笑う人だが、どんな表情でもどこか余裕があるというか、強い人なのだとわかる。

しばらく二人で色々と話を摺《す》り合わせ、本棚《ほんだな》を直して力を確認《かくにん》して貰い、軽く雑談した後に帰っていくアルドさんの背を見送った。彼の手には本棚の部屋にあった伝承や古いお伽噺《とぎばなし》が書かれた本が数冊抱《かか》えられている。

忙しい彼の睡眠《すいみん》時間を奪《うば》ってしまわないだろうか、と心配にはなったが、こればかりは彼を頼《たよ》るしかない。その分私も気合いを入れて町を直そう。

家に戻《もど》って一人になった部屋を見回し、ほっと息を吐《は》く。彼と話していた間は忘れる事が出来たが、やはり体調は良くない。むしろ安心したからか、寒気すら感じ始めている。

「今日は、お風呂《ふろ》に入れる」

体調の悪さよりも昨日からお風呂に入っていない不快感が勝つ。着替《きが》えの予備も後一着しかないし、昨日着ていた服も手洗いして干しておかなければ。お風呂の蛇口《じゃぐち》を捻《ひね》ってお湯を溜《た》める。こういう設備は、基本的には元の世界の電気が魔力《まりょく》に置き換《か》えられていると考えればいいのだろうか。文化がある程度進んでいる世界で本当に良かった。

「洗濯機《せんたくき》と自動湯張り機能と追い炊《だ》き機能とシャワーが恋《こい》しい……」

お湯が溜まるのを確認しながら、服を手洗いしていく。怠《だる》い体に後少しだからと言い聞かせ、着ていた服も脱《ぬ》いで洗って、干せそうな場所に引っ掛《か》けた。

お湯が溜まってすぐに体を滑《すべ》り込ませる。熱くて綺麗《きれい》なお湯に浸《つ》かった事で、大きなため息が零《こぼ》れた。体から自然に力が抜《ぬ》けて、湯船に完全に寄りかかる。寒気を感じていた体が温められて、心地よさに目を閉じた。

……閉じた目の奥でじわりと涙《なみだ》がにじんで、目じりから流れていく。

「帰る、絶対に、帰るんだから」

いくらみんなが優《やさ》しくても、ここには私が大切にしてきた物の大半が無い。

幼い頃《ころ》からずっと過ごしていた実家も、一人暮らしを始めてから住んでいた家も、気に入って買った家具や本、服もメイク道具もバッグ一つ分残して全部無くなってしまった。

苦しさに悶《もだ》えながらも、たくさんの人に支えられて乗り越えた闘病《とうびょう》期間の記録もない。

幸いなのは、両親が私がいなくなった事にはまだ気付いていないであろう事だ。私が行方《ゆくえ》不明なのを知ったら酷《ひど》く心配されてしまうし、心労をかけなくて済むのはありがたい。

「お父さんもお母さんも、何してるのかな」

二人の姿を思い出して、涙が引いていく。ゆっくり目を開けて、お湯で涙を洗い流した。

大丈夫。だって生きている。衣食住すべてが違《ちが》っても、不便や不足ばかりでも、遠い未来が見えなくても生きているのだ。心強い協力者も新しい友人も出来た。遠い未来は見えなくても明日は見える……生きてさえいればどうとでもなる事を、私は良く知っている。

しばらく湯船に浸かり、髪《かみ》も体も洗って風呂から出る。泣き言はさっきのが最後だ。

「あー……さっぱりした」

体が綺麗になった解放感は凄《すさ》まじいが、寒気がマシになったとはいえ体調の悪さは変わらない。そのまま昨日と同じようにソファの上で布団《ふとん》に包《くる》まる。明日はベッドを整えよう。

体調の悪さを押してでもやりたくなる自分の依存《いそん》具合に苦笑《くしょう》しながら、落ち着くためにも一面だけやろうか、とスマホを起動し、ユーリスの姿を見つめる。

布団の中でスマホを起動し、ユーリスの姿を見つめる。

「あれ、なにこのゲージ……えっ！」

勢いよく体を起こしたせいで頭痛は増したが、気にしている場合ではない。

ゲーム画面の上部には、見た事が無い青いゲージの枠《わく》があった。長い枠の中には、一ミリあるかないかの僅《わず》かな量のゲージが溜まっている。上に表示された『帰宅まで？』という文字を見て、心臓が早鐘《はやがね》を打つ。この世界の、私の状況に合わせて変化したゲーム。この変化も、何の意味もないとは思えない。

「昨日までは確かに無かったはず。帰宅って事は、これが溜まったら帰れるの？」

どうしたら溜まるのだろう？　少し考えて布団から出て、明日直す予定の部屋に移動した。昨日から今日にかけて私がやった事と言えば、修繕《しゅうぜん》の魔法が大半を占《し》めている。壊れたベッドに触《ふ》れて魔法を発動し、サクサクと解いて直してみた。

「溜まってる……のかな？　たぶん」

ゲージは先程《さきほど》より増えたように見えるが、意識しすぎてそう見えているだけかもしれない。家具を数個直してまわり、ようやくゲージがほんのわずかに増えた事がわかった。

「この国の設備とか家具とか、どんどん直していけば帰れる？」

わからないけれど……明日からもこのゲージは確認する必要があるだろう。帰れるかもしれない手段が一つ増えたのだから。ただ、これが本当に帰宅の手段になるのかはわからないし、確実に帰るためにもアルドさんにはこのまま探してもらおう。

動き回ったせいで体調の悪さは増したが、気分は明るい。直したベッドに布団を移動させて中に潜《もぐ》り込む。ゲーム画面で近くの家具を選び、パズルを起動して解いていく。これはもう落ち着くための習慣のようなものだ。一面解き、ほっと息を吐く。

『今日はもう寝《ね》るのか？　おやすみ』

「おやすみ、ユーリス」

おやすみボイスに返事をして、ゆっくりと目を閉じた。体調も一度寝れば落ち着くはずだ。明日の午前中は家の中の物を直して、昼過ぎにアルドさんと大型設備を見て回る。その後は共用水道を直して、夜は文字を教わって、寝る前にはこのゲージも確認しなければ。襲《おそ》ってくる睡魔に身を任せながら、明日からも頑張《がんば》ろうと気合いを入れた。


ビョービョーと聞いた事のない鳥の声が聞こえて、ゆっくりと目を開ける。

ベッドの上で上半身を起こし、窓から差し込む光に目を細めた。

「……どんだけ図太いの、私」

窓の外は昨日と同じように昼頃《ごろ》の雰囲気《ふんいき》を醸《かも》し出している……確実に寝過ごした。

何故《なぜ》私はこんな状況で二日連続寝坊《ねぼう》出来るのか、自分の事ながら呆《あき》れてしまう。

「昨日の夜はちょっと具合悪かったしなあ。待ち合わせには間に合いそうで良かった」

幸い体調の悪さは残っていない。スーツに腕《うで》を通し、気合いを入れるためにしっかりとメイクもして髪を束ね、元の世界の出勤前と同じように身支度《みじたく》をしていく。

「復興を手伝って、帰宅手段と生きていくための物を貰《もら》う。仕事と同じだ、頑張ろう」

一日しっかり働くために昨日貰った果物を食べ、訪ねて来たアルドさんを迎《むか》え入れた。

「よお」

「おはよう、アルドさん」

扉《とびら》を開けた先、変わらない余裕《よゆう》たっぷりの笑《え》みで私を迎えたアルドさんと並んで、家を後にする。お互《たが》いに何か聞いたり答えたりしながら町を目指す道中は、本当に王様という地位の人と歩いているのか疑問に思ってしまうほどに穏《おだ》やかだ。友人と、と言うよりは気の合う上司と一緒に営業先を回っているような気分だが、未《いま》だ感じる非日常感がそれを少し緩和《かんわ》している。しばらく歩いていたが、ふと彼と並んで歩けている事に気付いた。

今、私は自分のペースで歩いている。これだけ体格差があるアルドさんと並んで歩けているという事は、彼が合わせてくれているという事だ。意識して彼の足元を見ると、踏《ふ》み出す歩幅《ほはば》は狭《せま》く、足取りも本当にゆっくりなのがわかる。

そういえば、ここに来た日も置いていかれる事なく歩けていたっけ。今と同じようにパンプスで、舗装《ほそう》されていない道、それも薄暗《うすぐら》い道を歩いていたのに焦《あせ》った記憶《きおく》が無い。

ああ、大丈夫《だいじょうぶ》なんだ、と安堵《あんど》した。

些細《ささい》な事かもしれないが、何も言わずに歩幅を合わせてくれる人に悪印象はない。

「そこだ、デカい畑があるんだが、今はほとんど機能していない。一応種は取ってあるしわずかだが苗《なえ》もあるから、ここが直れば蒔《ま》く事も出来るんだが」

町の手前で横道に入った所にあった畑は、乾《かわ》いた土が分厚く積もって固まっている。指先に力を入れて触《さわ》っても地面にはまったく刺《さ》さらず、どう見ても荒《あ》れ地にしか見えない。

試しに魔法を使ってみたが、予想通りパズル画面は出現しなかった。

「やはり待つ必要があるな。近くの設備も変わらんだろうし、少し遠くに行ってみるか」

大型設備を数か所回ったが、魔法は発動しなかった。やはり昨日直した水場に完全に魔力が浸透《しんとう》しなければ次は直せないのだろう。残念に思う私とは対照的に、アルドさんは嬉《うれ》しそうだ。不思議に思って彼の顔を見つめていると、視線に気付いた彼が私の顔を見た。

「どうかしたか？」

「その、直せなかったのに嬉しそうだなって」

「そりゃそうだろ。いつ直るかわからない、むしろ俺が生きている間に直らないかもしれなかった物が、高々数日待つだけで直るんだぞ。嬉しさ以外に何を感じろというんだ？」

「……直せるようになったら、すぐに直すね」

「ああ、頼《たの》む」

ご機嫌《きげん》な彼と並んで町へと戻る。彼が変わらず気を遣《つか》ってくれるので疲《つか》れは感じない。町に近付くにつれて昨日と同じような明るい声が響《ひび》いてきて、自然に笑顔になった。

「お、アルドさん、サクラさんもおかえり。畑はどうだった？」

「まだ魔法《まほう》は発動しないな。もう何日か待つ必要があるだろう」

「楽しみだなあ。久しぶりに本格的に畑仕事が出来る！」

うきうきと畑仕事への熱意を口にして盛り上がり始めた人達のためにも、頑張って直そう。私が水場を直した事はもう知れ渡《わた》っているらしく、会う人会う人にお礼を言われてしまって、なんだかむず痒《がゆ》い。それだけ皆嬉《みなうれ》しいという事なのだろうが……。

ファラは狩《か》りが長引いているらしく、姿が見えない。アルドさんが私と行動しているので、その分他《ほか》の人達が狩りの時間を延ばしているようだ。

私も頑張らねば、とアルドさんに案内された路地の間にある錆《さ》びた水道に歩み寄る。設備と周囲の建物に感じる時代的なギャップは、ここが異世界だからだろう。私が生きてきた世界とは違う歴史を辿《たど》り、魔法という力で発展してきた世界故《ゆえ》に、元の世界では何百年も前にあった物と現代にあった物が同時に存在している事もある。

水道の前に立って魔法を発動させ、サクサクとパズルを解いていく。後ろから聞こえる『おお』とか『凄《すご》い』とかいう声が羞恥心《しゅうちしん》を刺激《しげき》するが、仕方がないのだと指を動かし続け、幸い躓《つまず》く事なく解き終える事が出来た。

ふわりと広がる柔《やわ》らかな光。その光が収まると、錆びていたとは到底《とうてい》思えない新品の水道が目の前に現れる。ゆっくりと蛇口《じゃぐち》を捻《ひね》ってみると、綺麗《きれい》な水が流れ出した。

わあっ、と歓声《かんせい》が上がる。

「えっ、もうあの泉まで行かなくても水が使えるのかっ？」

「これで掃除《そうじ》も楽になる！　夜に足りなくなっても朝まで我慢《がまん》しなくていいんだ！」

大喜びの人々の騒《さわ》ぎについていけず、そっと離《はな》れた場所で見守っていたアルドさんの方に近寄る。彼も嬉しそうではあるが、それは水が出たという事に対してだけではなく、皆が喜んでいるからという理由が大きいようだ。喜ぶ人々を見つめている瞳《ひとみ》が本当に優《やさ》しくて、自分が見られているわけでもないのに、どきどきして温かい気持ちになる。

「サクラさん、ありがとう！　もうホント、あんたが来てからずっと助かる事ばっかりだ！」

「やっぱり聖女なんじゃないか？　聖女様って呼んだ方がいいか？」

「い、いえ、今まで通りでお願いします！　この魔法が得意なだけですので！」

アルドさんに近づくまでの短い距離《きょり》でも大げさに持ち上げられてしまい、笑顔がどんどん引きつってくる。しかし彼らの事情や心境もわかってしまうので強く止《や》めてくれと言うわけにもいかず、今まで通りで、と繰《く》り返す事しか出来ない。

ぐったりしながらアルドさんの隣《となり》に辿り着くと、彼は意外そうな表情で私を見た。

「どうした?」

「いや、その……」

一瞬《いっしゅん》彼に失礼にならないかと言葉を探したが、アルドさんの表情がだんだん心配そうになってきたので、諦《あきら》めて口を開く事にした。

「このパズルは長年遊んできたから出来て当たり前というか……もちろん喜んでもらえるのは嬉しいけど、『上手に歩けたね』とか『一人でご飯が食べられて偉《えら》いね』とか、大人が出来て当然の事を赤ん坊《ぼう》が成功させた時みたいに思いっきり褒《ほ》めて貰ってる気分で」

修繕《しゅうぜん》魔法がこの世界の人にとってどれだけ難しかろうと、私にはパズルにしか見えない。けれど彼らがそれに苦戦している事は知っているので、これを素直《すなお》に言うとなんだか馬鹿《ばか》にしていると取られてしまいそうで……でも恥《は》ずかしいものは恥ずかしいのだ。

そんな私の言葉を聞いたアルドさんはというと、少し目を見開いた後に盛大に笑い出した。何かがツボに入ったのか大笑いしている。周りの人達は水道に夢中なせいか、普段《ふだん》からこうやって笑う人なのか、ともかくアルドさんの大笑いは誰《だれ》も気にしていない。

「あ、あの……」

「い、いや、すまん。確かにそれは恥ずかしいというか、微妙《びみょう》な気分になるだろうな。あまり畏《かしこ》まって接されたくないのかと思って普通に話していたが、正解だったようだ」

ふっ、と最後に噴《ふ》き出したアルドさんは、笑いすぎた事で目じりに浮《う》かんだ涙《なみだ》を拭《ぬぐ》っている。一頻《ひとしき》り笑い終えて満足したのか、彼は水道の傍《そば》で騒ぐ人々を見て優しく目を細めた。

「あいつらも今は舞《ま》い上がっているだけだ。その内落ち着くから少しの間勘弁《かんべん》してやってくれ。嫌《いや》がる人間を力があるという理由で変に持ち上げる連中で無いのは、俺が保証する」

畏まられるのが嫌《きら》いな王、という立場で国を治めている彼が言うのだから、その言葉に間違《まちが》いはないだろう。失礼になるかも、と思っていたのは私の考え過ぎだったようだ。

「この辺りにもまだ壊《こわ》れたままの共用水道ってある？」

「いくつかあるな。魔力は大丈夫か？」

「……うん、大丈夫」

これまでも何度か聞かれているが、魔力云々《うんぬん》は良くわからない。おそらく使えなくなった時が魔力切れという事になるのだろうし、魔法が発動する内は大丈夫だろう。

今気がかりなのは、現実で使えるスキルが二つしかない事の方だ。これ以外のスキルが必要になったら苦戦するのは目に見えている。ユーリスが使えるたくさんのスキルは、どうやったら現実でも使えるようになるのだろうか？

悩《なや》みながらもアルドさんに案内されるがまま、共用の水道を直していく。直すたびに上がる歓声に苦笑いする私と、そんな私を見てひたすら笑い続けるアルドさん。夕方までそれを繰り返し、配給を受け取ってから行きと同じように彼と並んで、今度は城の方を目指す。私の家は城の敷地《しきち》内なので、目的地的には変わらないのだが。

「悪いな、共用の設備でもないのに」

「むしろ城の設備が直ってない事に驚《おどろ》いてるけど」

アルドさんの住む城の設備はほとんど手付かずらしい。魔力が強い人だし、私の住む家の壁《かべ》を直してくれたのもアルドさんなので、生活に必要な部分くらいは直していると思っていた。実際は他の場所の修繕を優先していたそうだ。

「どうせ一日中狩りに出ているようなものだし、城には寝《ね》に帰るだけだからな」

「でも共用水道もこのあたりには無いんでしょう？」

「必要な分を汲《く》んで帰ればいいだけだ。壁の穴は塞《ふさ》いだし寝るだけなら特に困らん」

凄い人だな、と隣を歩く彼の横顔を見上げる。話せば話すほど、彼が慕《した》われる理由が理解出来てしまう。

城に入るのは初めてだったが、確かに城というより屋敷《やしき》と呼ぶ方が近い造りだ。一応玉座という扱《あつか》いなのか、大きな部屋の中央に綺麗な椅子《いす》がぽつんと一つ置いてある。

「ああ、それか。あいつらがせめて王らしい物を一つ、と壊れかけた椅子を修理して置いていったんだ。もっと優先すべき物があるだろうと言ったんだがな」

苦笑《くしょう》するアルドさんの視線の先に置かれた椅子は、この国で見た物の中では一番綺麗で豪華《ごうか》だ。ただなんだか寂《さび》しいというか、物悲しい印象を受ける。

「水道はこっちだ。俺は向こうの部屋のテーブルを直しておく。終わったら飯にしよう」

「他に壊れた物があったら直しちゃってもいい？」

「それは助かるが、あまり無理はするなよ？」

去っていく彼の背を見送り、水道に魔法を使ってパズルを出す。

彼は私と一緒《いっしょ》に食べるからとテーブルを直すらしいが、これまではどうやって食べていたのだろう？　王だからといって豪華な生活をする必要はない、という彼の気持ちはわかるが、そのくらいは直してもいいと思うのだが。

水道を直し終え、アルドさんが待つ部屋に向かいながら、目についた家具や建具を直していく。大半の部屋の扉《とびら》が壊れて中が丸見えなのだが、さすがに無頓着《むとんちゃく》すぎやしないだろうか。在宅時間が短いとはいえ、なんというか、自宅として扱っていないような気がする。

最後に見つけた風呂《ふろ》を直し終えたところで、テーブルを直し終えたらしいアルドさんが現れた。これまで私が直してきた部屋を見て、凄いな、と小さく呟《つぶや》く。

「助かった、これで狩場《かりば》で水浴びを済ませて来なくて済む」

「町の人達も水浴びなの？」

「ああ、それか体を拭《ふ》くだけで済ませるかだな。風呂を直してる奴《やつ》は少なかったはずだ」

「……みんなで入れるお風呂みたいな設備ってある？」

「共用の浴場ならあったぞ。壊れて機能していないがな」

「明日《あした》直しに行くよ」

綺麗な水が出るようになったからと張り切って掃除している人も多いし、それに加えて皆がお風呂に入るようになれば、衛生面も町の臭《にお》いも改善されるだろう。

色々と話し合いながら夕食を取り、食後にこの世界の文字の基本を教わる。わかった事は一つ、何もかもがわからないという事だけだった。

「……この年で一から文字を覚え直しになるなんて」

「別の言語が頭にあるから余計に難しそうだな。何か良いやり方を考えておく」

五十音すらない上、ひらがなよりアルファベットに近いようでなおさら難しい。文字を照らし合わせながら覚えるしかないが、完全に覚えられるのはいつになる事やら。

「まあ、あまり悲観的にならん事だ。世話になってる分、いくらでも付き合うさ。とりあえず今日は金の数え方だけ覚えていくか？」

「よろしくお願いします……」

がっくりと頭を下げた私を見て、アルドさんが笑う。彼の笑顔《えがお》を見ていると、私も余裕《よゆう》を感じ始めるのが不思議だ。

まあ何とかなるだろう、とコインの説明を始めたアルドさんの指先を見つめた。

少しずつ知識を増やして、明日からも頑張《がんば》らないと。

第四章

新しい生活

この国に来てから二週間ほど経《た》った。優《やさ》しい人ばかりな事もあり、何とか暮らせている。

朝食を取ってスーツに着替《きが》え、メイクの最後にきっちり口紅を引けば、準備は完了《かんりょう》だ。

扉を開ければ、アルドさんがよう、と声を掛《か》けてくる。この姿もここ数日ですっかり見慣れてしまった。取引した日からずっと夕食を共にしている事もあって、一方的に感じていた緊張感《きんちょうかん》も無くなり、穏《おだ》やかに話す事が出来ている。

「おはよう、今日は畑に行くんだよね？」

「水場に魔力《まりょく》が完全に馴染《なじ》んだからな。もう魔法が発動出来るはずだ」

雑談しながら歩き続け、荒野《こうや》のような畑へ到着《とうちゃく》する。隅《すみ》にある枯《か》れた葉の数が減った分、荒《あ》れ地化が進んでいるように見えた。以前来た時と違うのは賑《にぎ》やかさだけだ。

「おお、アルド。サクラもおはよう」

「楽しみでつい早起きしちまったよ。俺だけじゃなくここにいる全員がだがな」

「おいおい、畑の再生は昼頃《ごろ》だって言ってただろうが」

現在時刻は昼前、朝からここにいるという十人程《ほど》の人達からそっと目を逸《そ》らす。

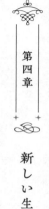

この世界に来てから朝に弱くなってしまったのか、どうにも起きられないのだ。昼過ぎに起きる事は無くなったが、それでも朝と呼べる時間には起きられない。早起きは得意だったのに……同じだと思っていたが、時間の流れが少し違うのだろうか。

起きられない事は伏《ふ》せたまま昼頃に直しに行こうとアルドさんに伝えていたのだが、町の人達は楽しみが勝ったようだ。なんだか申し訳ない。

「今日ここが使えるようになれば食料事情も変わってくるからねえ」

「全員を十分に賄《まかな》うには足りんが、一日一食しか食べられない事は無くなるだろうな」

笑顔の人達を見て、ここ最近の食事を思い出す。アルドさんが言っていた通り、私がここに来てからの二日間は相当食料が充実《じゅうじつ》していた日だったようだ。肉や魚が一切れある日は良い方で、僅《わず》かな肉や魚に色々な物を交ぜて嵩増《かさま》しし、それでも子どもの一食分にすら満たない日も多い。私も体重計が無くともわかるくらいには痩《や》せ始めている。

三食食べるなんて夢のまた夢で、食べられる時には遠慮《えんりょ》せず食べておけ、というアルドさんの言葉の重みを噛《か》み締《し》めた日々だった。常に現実と向き合い続けていた気がする。

だからこそ、こうして集まっている人達の気持ちも以前より理解出来てしまう。畑が再生してすぐに作物を植えれば、その分早く収穫《しゅうかく》出来るのだ。

「ええ……皆《みんな》来るの早すぎじゃない？」

「あ、ファラ。おはよう」

「おはよ、サクラ。そろそろ時間かなって思って見に来たんだけど」

ファラとは毎日のように会っており、アルドさんの次に一緒にいる時間が長い。会話も弾《はず》むし、男性のアルドさんに相談出来ない事は彼女に聞けるので、非常に助かっていた。

じっと畑を見つめる。修繕《しゅうぜん》魔法を前提とした取引を持ち掛けた身としては、今回の畑の再生は絶対に失敗出来ない。緊張感が戻《もど》ってきた私の肩《かた》に、ポンと大きな手が軽く触《ふ》れる。

「まあ、気楽に頼《たの》む。今日再生が終わらなくても、続きは明日以降も出来るからな」

「うん、ありがとう」

軽い調子で笑うアルドさんの顔を見て、顔を出し始めた緊張は霧散《むさん》していく。

そう、わかっている。優しい彼らは私が失敗しても責めてこない事くらい。そんな風に彼らが優しいからこそ、失敗したくない。彼らの希望で輝《かがや》く瞳《ひとみ》を裏切りたくない。

手の中のスマホをそっと握《にぎ》りしめ、心の中でユーリスに『頑張るからね』と呟く。

俺達なら大丈夫《だいじょうぶ》さ、と彼のボイスが聞こえた気がして自然に笑みが浮《う》かんだ。

うん、大丈夫。だってずっと傍《そば》にあったものだから。

魔法を発動すると、水場を直した時と同じような高レベルのパズルが空中に現れた。ゆっくりと触れて指を滑《すべ》らせる。ピースを動かすたびに、周囲の喧騒《けんそう》が遠くなっていく。

一ステージ、二ステージと順調にクリアし、最後のステージが現れる。こちらも順調にピースを消していくが、後少しというところで指が止まってしまった。スキルを使えば問題ない、言い換《か》えれば使わなければクリア出来ないという事だ。

ああ、という残念そうな声をそのままにはしたくない。

スマホを見ると、ユーリスがスキルのリストを出してくれている。だが欲しいのはあの二つのスキルではない。提示されているスキルは、タップしたピースを消す力とステージの壁を消す力で、今欲しいのは壁を跨《また》いで離《はな》れた位置にあるピースをくっつける力だ。

「え……」

思わず呟いた声は小さく、幸い誰《だれ》にも聞かれる事なく消えていった。

ユーリスが笑い、きらきらとスキルのリストが輝き、欲しかったスキルがゆっくりと表示される。少しの間固まっていたが、すぐに気を取り直してそのスキルをタップした。左手の人差し指をパズル画面に這《は》わせ、離れた位置にあるピースを組み合わせて消去する。

途端《とたん》に上がった歓声《かんせい》に、もう何でもいいやと開き直ってパズルの続きを解く事にした。

なんて事はない、またユーリスが私を助けてくれただけだ。

スキルを使った後はスムーズで、あっという間にクリアする事が出来た。

柔《やわ》らかな光が周囲の大地を包み、思わず零《こぼ》れた感嘆《かんたん》の声が周囲の人達と重なる。

パズルがあった場所からゆっくりと広がっていった光に合わせ、硬《かた》い土は柔らかそうな土へ、枯れた草は青々とした美しい緑へと変わっていく。そっと触れた土は柔らかく、簡単に指の跡《あと》を残す事が出来た。

水場が直った時も綺麗《きれい》だったが、こちらは範囲《はんい》が広い分迫力《はくりょく》が違《ちが》う。目に見える場所すべてが荒野から豊かな地へと変わったのを見て、これは聖女と騒《さわ》がれても仕方がないのかもしれない、なんて思った。

歓声の中で掛けられる称賛《しょうさん》とお礼の言葉に顔を引きつらせる私を見て、アルドさんが大笑いしている。受け入れられるかどうかは別だが。

人々を見ていたのに……じっとりとした視線で彼を見つめると、それに気付いたらしいアルドさんの笑い声がさらに大きくなった。一瞬《いっしゅん》前はどこか泣きそうな表情で、でも嬉《うれ》しそうに復活した大地や喜ぶ人々を見ていたのに……

今ここは平和で、喜びの笑顔で満ちているのだから、私も同じように喜べばいいだけだ。仕方がない、とため息を吐《つ》いて自分も笑う。

「よっしゃ、張り切って耕すぞ！　持ってきた種植えてもまだ余裕がありそうだ」

「町の連中に声かけてありったけの種と苗《なえ》持ってこい！」

町へ駆《か》けていく人達を見送っていると、隣《となり》にいたファラも嬉しそうに町の方を見た。

「あたしも兄貴達に知らせてくる！　二人とも畑仕事が好きだし、今種を植えとけば一回目は収穫が早いからね。ありがと、サクラ！」

言うが早いか、ファラはあっという間に走り去ってしまった。畑仕事を始めた人達も彼女と同じように、早く植えなくてはと急いで手を動かしている。

「ねえアルドさん、今種を植えたら生長が速くなるの？」

「ああ、それか。修繕魔法を使った後は一定の期間をかけて魔力が染《し》み渡《わた》っていくのは知っているだろう？　その期間に植えた種や苗は地面と同じ扱《あつか》いになる。大地と同時に植えた物にも魔力が染みて、急生長するんだ。植えた種は壊《こわ》れた物では無いから再生の魔法は使えないが、こうすれば大地の再生の恩恵《おんけい》に与《あず》かれる。裏技《うらわざ》みたいなものだな」

「そうなんだ、だから皆早めに準備して待ってたんだね」

魔法という力で発展してきたこの世界はわからない事だらけだ。魔法で出来る事と出来ない事、そこに付随《ふずい》する別の事、すべてがこの世界の常識で、私にはわからない事だった。

生き生きと笑いながら畑を耕し種を植える人達は本当に楽しそうで、つられるように笑《え》みが浮かぶ。喜んでもらえて良かった。

「一定期間空けないと他《ほか》が直せないのが残念だね。畑以外にも直したい場所があるのに」

「これればかりは仕方がないな。目に見える希望があるだけで十分だ」

優しい目で畑を耕す人達を見守っていたアルドさんが、よし、と声を上げた。

「俺は狩《か》りに行ってくる。今日は畑の方に多少人員を回したいからな。残った奴《やつ》で今日の分の食料を確保して来るから、配給の時間は多少遅《おく》れるかもしれん」

「そっか、気を付けてね……私ももう一つの共用浴場を直しに行ってくる」

「それはありがたいが、魔力は大丈夫か？　広範囲の再生の後だし、休んでもいいんだぞ」

「うん、でもじっとしていられなくて」

畑を耕す人達はどんどん増えている。張り切って作業する彼らを見ていると、私も頑張《がんば》らなくてはと思ってしまうのだ。魔力に関しては良くわからないが、途中《とちゅう》で魔法が使えなくなったら明日続きをすればいい。

「畑仕事をするなら体も汚《よご》れるだろうし、浴場ももう一つあった方がいいでしょう？」

「……そうか、助かる。なら俺は全員の腹が満たせるくらいには頑張って来よう。次の予定は夜に立てるとして、無理はするなよ。強力な魔法を使った後なんだからな」

念を押すようにそう言って、アルドさんは森の方へ去っていく。

私も町へ向かおうとしたのだが、ちょうど苗木や種を抱《かか》えたファラが少し離れた所から手を振《ふ》って駆け寄ってきた。一緒《いっしょ》に近寄ってきた彼女のお兄さん達は日焼けした肌《はだ》が似合う明るい青年で、再生した畑を見て大騒《おおさわ》ぎしながら作業する人々に加わっていく。

「サクラはこれからどうするの？」

「共用浴場をもう一つ直そうかなって思ってる」

「あ、じゃああたしも魔力《まりょく》が必要ない所の片づけ手伝うよ。魚は朝獲《と》って来たし」

「ありがと。でももしきついなら休んでても大丈夫だよ？」

「体力はまだまだ余ってるから大丈夫。泉が汚れてるから呼吸のため以外に視界確保にも魔力を使う必要があって、魔力切れになるのが早いんだ。魔法が使えないだけで動けはするし、むしろやる事があって助かるよ。浴場が直れば泳ぎ必須《ひっす》のあたしも助かるし」

彼女の潜《もぐ》る泉もいずれ再生させる必要があるだろう。町の人達は喜んでくれるが、たった二か所直しただけだ。まだまだ先は長いなと少し憂鬱になりかけたが、私が来るまではその先すら見えなかったのだと思うと落ち込んでもいられない。

町に着いてすれ違う人々にまたお礼を言われつつ、崩《くず》れかけた浴場に入り、設備を直していく。魔法を使わなくても片付けられる所はファラが担当してくれたので、私の担当は崩れてどうしようもなくなっている設備が中心だ。

「ここも魔法が切れたら修繕前に戻っちゃうんだよね？」

「うん。ただここまできっちり魔法で直せば一年は持つだろうから、だいぶ助かるよ」

やはり自然を優先して再生、修繕を繰《く》り返す必要がありそうだ。森や泉を直せば魔法を使わずに直せるくらい材料が集まっていくだろう。アルドさんと相談しなければ、なんて思いながら魔法を使い続け、夕方になる前に綺麗に直し終える事が出来た。

最後に確認《かくにん》を、と蛇口《じゃぐち》を捻《ひね》ると、水場を直す前のあの泥《どろ》混じりの水が流れ出す。

「あー、ここ別の所から水引いてたんだね。あの泉から遠いから仕方ないか」

「これじゃ使えないね。同じ浴場ならみんな綺麗な方に行くだろうし」

「でも水が出る場所が増えたのはありがたいよ。掃除《そうじ》とか水やりには全然使えるし」

なんというか、ショックだ。ずっと思い通りに修繕出来ていたから、ここも直せば使えるようになると当然のように思っていた。だがこれが現実だ。水源を再生しなければ意味がないし、その水源を直せるのはまた二週間近く後で、他に優先する場所もある。

気持ちが沈《しず》んできたが、それを顔に出さないようにしてファラと浴場を後にした。まだ配給までには時間がある。ファラも一度帰ると言うし、私もそうする事にして、彼女と別れて家へと戻《もど》る事にした。足取りが重いのは、先ほどの事だけが理由ではない。

いつもよりも時間をかけて家に辿《たど》り着き、ソファに座り込む。

「……寒い、頭痛い」

またか、と思いながら怠《だる》さで動く気になれず、ソファの上でじっとしておく。しばらく経《た》ってから重い体を動かして水道まで行き、鞄《かばん》の中から鎮痛《ちんつう》薬を取り出して飲み込んだ。

元の世界でもこの独特の体調の悪さを感じる事はあったが、こんなに頻繁《ひんぱん》にではない。

「薬、もう残り少ないな」

市販《しはん》の鎮痛薬は持ち歩いていた分が尽《つ》きれば終わりだ。薬局なんてないし、この世界の医療《いりょう》がどういうものかわからないので恐怖《きょうふ》が勝つ。あまり体調は崩したくないのに。

「栄養は絶対に足りてないだろうし、休日なんて無いもんね。仕方ない」

仕事ならば数日出勤すれば休みはあるが、この世界でそんな事を言っていたら生きていけない。毎日重労働をしている人達はあれだけ元気なのに……元の世界でも運動はしていたのに、私の体力はこの世界の人達と比べるとかなり少ないようだ。

「魔力切れではない、よね？　ファラもアルドさんも魔力切れって言いながら動いてるし」

一瞬病気の再発、という言葉が浮《う》かんで嫌《いや》な気分になる。再発の心配はないと医師にも言われているし、症状《しょうじょう》も違う。栄養不足に加えて疲《つか》れが出ているだけだろう。

「……ちょっと休んでから、配給貰《もら》いに行こう」

ソファに戻り完全に背もたれに体重を預けて目を閉じる。薬が効けば動けるようになるはずだし、一時間くらい仮眠《かみん》しよう。


目が覚めると窓の外は薄暗《うすぐら》くなり始めていた。少し寝過《ねす》ごしたな、とため息を吐く。まだ頭の奥の頭痛と寒気はあるし、肌にもピリピリした感覚が残っているが、動けるくらいには回復した。アルドさんとの話し合いもあるし、知識もつけなければならない。回復のためにもちゃんと配給を貰いに行って、しっかり食べなければ。

気怠い体に鞭《むち》を打って顔を洗い、髪《かみ》を束ね直し、服の皺《しわ》を伸《の》ばして玄関《げんかん》の扉《とびら》を開けた。

「おっと」

「あっ、ごめんなさい」

扉の向こうでノックをしようとしていたらしいアルドさんを見て、ゆっくり開けて良かったと胸を撫《な》でおろす。彼ならば簡単に避《よ》けるだろうが、万が一という事もある。

「すれ違いにならなくてよかった。お前の分の配給も受け取ってきたぞ」

「ごめんなさい、ありがとう。ちょっと休むつもりが気付いたらこんな時間で」

一緒に過ごせば過ごすほど、彼を王様としてではなく身近な人として感じてしまう。気安さと尊敬を同時に感じる不思議な人。国の人達も同じように感じているのだろう。

そんな彼をまるで友人相手のように家に招き入れる事にも、すっかり慣れてしまった。

「夕食にはまだ少し早いな。幼児向けの遊具だが、文字を覚えるのに使えそうな物を見つけたからやってみるか？　カードを捲《めく》って、書いてある物の名前をこの板に書かれた文字を組み合わせて作るだけだ」

テーブルに広げられたのは、文字が書かれた数十枚の木の板とカードの山だった。せっかくだし、と一枚捲ってみると、雫《しずく》の絵が描《えが》かれている。

「これは水、かな？」

普段《ふだん》は漢字一文字で済むものが、見た事の無い文字を組み合わせる必要がある上に『み』と『ず』の二文字とも限らない。会話は出来るので余計に意味が分かりにくく、どうせ連れてくるなら読み書きも出来るようにしておいてくれ、と変な怒《いか》りが沸《わ》き上がってくる。

「これと、これ……ええと」

「後三文字だな」

「じゃあこれとこれを足して、後は、これかな？」

「最後だけ惜《お》しいな。文字の形は似ているがこっちだ」

テーブルを挟《はさ》んで向き合って座った状態で、彼の助言を受けながら板を組み合わせていく。似た文字も多くてなかなかわかりにくい。正解率は五割あるかないかだ。

一通りやってみて、何故《なぜ》かアルドさんと対戦形式でやってみる事になった。対戦と言っても交互《こうご》にやっていくだけだが。

「あれ、これ五文字だっけ？」

「一文字多いな」

対戦形式とはいえ躓《つまず》けばアルドさんが教えてくれるし、彼の方は一応制限時間付きでやってはいる。しかしわかってはいたが、元が幼児向けなのでそもそも勝負にならない。

幼児向けの遊具で大人二人が対戦、しかも片方が真剣《しんけん》という微妙《びみょう》な空気。

しかし自分だけでなくアルドさんが組み合わせた文字も見られるので、正解率は上がっていき、数回戦やった後に一人でやってみると八割方わかるようになっていた。

喜んだのも束《つか》の間で、カードにない物をお題として出されると躓いてしまう。文字としてというより、このカードにはこの形の文字、という感じで覚えてしまったようだ。

「……難しい」

「まあ、こればかりは仕方がないな。多少は進んだし、こっちもやってみるか？」

苦笑《くしょう》しながらアルドさんが取り出したのは、別のカードの束と百マス程度の表が書かれている紙だった。カードには文字が一文字ずつ書いてあるだけで、他《ほか》の要素はない。

「対戦系のゲームらしい。文字が書かれたカードをこの表に並べて、交互に意味のある言葉を作っていく。一応大人でも楽しめるらしいが、なんせ娯楽《ごらく》というものから離《はな》れて長いんでな。俺もどんな感じになるかはわからん」

要はフィールド内をクロスワードのように埋《う》めていくスタイルのゲームらしい。例えば最初に『みず』と縦に文字を置いたら『み』の左側に『か』を置いて『かみ』という単語を作る、といった事を交互に繰り返し、単語が作れなくなるかフィールドが埋まった時に作った単語の数が少なかった方が負けだ。元の世界でも似たようなおもちゃを見た記憶《きおく》があるが、書いてあるのはこの世界の文字なのでいまいち把握《はあく》出来ない。

「私はありがたいけど、アルドさんは大丈夫《だいじょうぶ》？　つまらなくない？」

「まあ、こっちは俺でも楽しめそうな要素があるからな。気になるなら賭《か》けでもするか？」

「賭け？」

金銭を交えた賭けはこの国では成立しない、というか禁止だ。やり始めたら崩壊《ほうかい》するのが目に見えている。それなら何を賭けるのか、という話になるが。

「そうだな、勝った方が負けた方に一つ質問出来る、くらいでどうだ？」

彼は初めて会った時に私の世界について聞きたがっていたし、私もこの世界についてわからない事がたくさんある。お互《たが》いに聞かれれば答えるし聞かないと困る事に対しては遠《えん》慮《りょ》せずに口に出し合ってはいるが、ちょっとした事は忙《いそが》しそうだからいいか、となりがちだ。彼も何か知りたい事があるのかもしれないし、幼児向けの勉強に付き合ってもらっている身なので、そのくらいは受け入れたい。了承《りょうしょう》の言葉を返して、先ほどと同じようにアルドさんは制限時間付きのハンデ有りで始めてみたのだが……。

「あー、この文字はさっき使ったんだったか。ならこっちだな」

「あっ、それは次に使おうと思ってたやつ」

「早い者勝ちだ、諦《あきら》めろ」

「最初にあった手加減はどこへ？」

「ここまで制限時間に焦《あせ》らされるとは思ってなかったんだ」

表に置かれた文字と組み合わせなければならない事、表が埋まるほどに文字数の制限が出てくる事、文字がわかっても単語が思いつかなければ進められない事……様々な要素が絡《から》み合った結果、気づけば二人揃《そろ》って大人げないレベルで夢中になって対戦していた。

助言をくれていたアルドさんもすっかり自分の方に夢中になっているし、私も何とか勝てないかと頭をフル回転させた結果、いくつかの文字は使えるようになっている。

最終的にはもちろんアルドさんが勝ったのだが、最後まで意外なほどに白熱した。

「……一回も勝てなかった」

「ここで負けたらこの世界で二十年以上生きてきた俺の立場が無いだろうが。制限時間には焦ったがな」

気づけばすっかり日が暮れて、外は真っ暗だ。小さなカードを大きな手でちまちまと纏《まと》めるアルドさんを少し可愛《かわい》らしく思いつつ、私も食事のためにテーブルの上を片付ける。

「そういえば賭けしてたっけ」

「ああ、そうだったな。勝負に夢中になりすぎて忘れていた」

なんとなく始めた賭けだったが、正直無くてもいいくらいには白熱した。

何を聞かれるのかと少し警戒《けいかい》したが、アルドさんは予想外の質問を向けてくる。

「そうだな……肉と魚どちらが好きだ？」

にやりと笑うアルドさんと目を見開いた私。もっとこう、私の世界についてとか、連れて来られた時のアリローグについてとか、そういう真面目《まじめ》な事を聞かれると思っていた。

「決められないいなら今の気分でもいいぞ」

「え、ええと、じゃあ魚？」

この間ファラが獲《と》ってきてくれた魚が美味《おい》しかったのでなんとなくそう答えると、彼は配給の包みを一つ私の前に置いた。

「今日は畑が復活したからと皆《みな》張り切っていたからな。肉と魚が両方食べられるくらいには狩《か》りが成功したんだ。ただ大きさには差がある。そっちは魚がメインの方だな」

「……ありがとう」

包みの中には魚の切り身が一切れと少しの肉が入っていた。アルドさんの包みは量が逆転して肉の方が大きくなっているので、質問という体《てい》を取って私に好きな方を選ばせてくれたらしい。彼の優《やさ》しさに何だかむずむずしつつ、貰《もら》った料理を口に運ぶ。

「しかし、かなり白熱したな。幼児向けとは言うが、大人でも十分に楽しめた」

「途中《とちゅう》から本気で遠慮無しになってたもんね」

ハンデである制限時間は最後まで守ってくれたが、それでも途中からはアドバイスも何もなく本気の戦いになっていた。今思い返すと、初めて本当に遠慮なく彼と対等に接していた気がする。楽しかったな、とつい笑ってしまう。

「制限時間のハンデが必要ないくらいには文字を覚えたいかも」

「これからも続けるか。お前も前半のゲームより対戦になってからの方が覚えただろう？」

「そうだね。夢中だったし、楽しかったから余計に覚えやすかったのかも」

「どうせ毎日一緒《いっしょ》に飯を食ってるんだ。食事前か後に一戦するか。他に良いゲームがあったらそっちをやってもいいしな」

ゲームの勢いで遠慮が無くなったせいか、遊ぶ前よりもずっと気楽に彼と話せている。それは向こうも同じようで、良い意味で気遣《きづか》いが無くなっている気がした。ここ二週間彼と食事を共にしてきたが、今日は今までよりもずっと精神的な距離《きょり》が近く感じる。

「狩り、相当大成功したんだね。こんなに品数が多いのは初めて見たかも」

「ここまで多いのは数年ぶりだな。再生した泉目当てに野生動物が増え始めた形跡《けいせき》もあったし、これからは狩りも少し楽になるかもしれん」

「本当？　良かった」

確かに動物だって汚《よご》れた泉や草一本生えていない荒野《こうや》より、ある程度自然があって綺麗《きれい》な水が流れる泉のほうが生きやすいだろう。予想外の部分に良い影響《えいきょう》があったようだ。

「お前も共用の浴場をもう一つ直してくれたんだろう？」

「……うん、そうなんだけど」

あの時の無力感のようなものが蘇《よみがえ》ってきて、食事の手が止まる。

「今日直した所、あの泉じゃない場所から水を引いていたみたいで。汚れた水が出てきたから、しばらくは使えないままになりそう」

「なるほど。確かに近い水場から引いていると考えた方が自然か。まあ、しばらくは別の事に使って、風呂《ふろ》自体は先に直した方に入ってもらえばいいさ」

「もう一つの水場よりも優先して直したい場所もあるからね」

「そうだな、多少家が遠い奴《やつ》はいるが、しばらくは先に直した浴場に通えば……」

不意にアルドさんの言葉が不自然に途切《とぎ》れる。視線を向けると、彼は何かに驚《おどろ》いたように自分の口元に手を当てていた。

「どうかした？」

私の問いにも答えずしばらく固まっていた彼は、もう一度私が声をかけようとした瞬間《しゅんかん》、腹を抱《かか》えて笑い出す。驚いて見つめる事しか出来ない私の前で、彼はしばらく笑い続けた。

「どうしたの？　そんなに面白《おもしろ》い事あった？」

「面白いというか、笑うしかないだろう？　俺達は少し前まであの水を飲み、風呂は水浴びで済ませていたんだ。それに対して不便さは感じても不満なんて無かったのに、今は風呂の水が汚《きたな》いというだけで残念に思っている。他《ほか》に綺麗な湯が出る風呂があるのに、だ」

はあ、と盛大に息を吐《は》きだしたアルドさんは、テーブルに置いていたコップを手に取って、中の水を飲んだ。泥《どろ》や濁《にご》りもなく、悪臭《あくしゅう》も漂《ただよ》っていない透明《とうめい》な水。

「今、あの水を飲めと言われたら嫌《いや》だと思うし、少し歩いてでも別の綺麗な水の出る水道に行くだろう。俺の感覚は、たった十数日で随分《ずいぶん》変わってしまったようだ」

コップを持ち上げて側面から水を見つめるアルドさんとコップの水越《ご》しに目が合って、一瞬心臓がどきりと跳《は》ねた。彼がコップを置いた事で、今度は直接目が合う。優しく穏《おだ》やかに、けれど嬉《うれ》しくてたまらないという笑《え》みで、アルドさんはまっすぐ私を見つめている。

「サクラ、俺達の当たり前の基準を上げてくれて、ありがとう」

「う、ん……」

彼の言葉で、無力感が綺麗に消えていく。私は彼らの現状だけでなく、常識に近い部分の感覚すら変えてしまったのだ。それはとても怖《こわ》くて……でも嬉しい事だった。

「……これからも頑張《がんば》るから。もっとあれは嫌だ、って贅沢《ぜいたく》になってもらえるように」

「ああ。ありがとう。度が過ぎた奴が出た時は俺が説教しておこう」

ソキウスの国民性を考えるとそういう人は出なそうだし心配はいらないだろう。食後に少し話し合い、次は別の畑を直そうと決める。帰ると言う彼を見送って、家へと戻《もど》った。

一人になった部屋の中でほっと息を吐く。ふわふわと温かい心とは反対に、ぞわぞわとした寒気が全身を包んでいる。アルドさんに体調の悪さを気付かれなくて良かった。色々と喜びたい気持ちを、がんがんと頭の中を叩《たた》く痛みが邪魔《じゃま》をする。久しぶりに酷《ひど》い頭痛だ。

急いでお風呂を沸《わ》かして、寒気を少しでも抑《おさ》えようと熱いお湯の中に体を沈《しず》ませる。しばらく浸《つ》かれば頭痛も多少良くなるはずだ。この独特の体調の悪さは元の世界では体調を崩《くず》す前兆だったが、この世界では一日寝《ね》れば治ってしまう。

「……一晩寝ても治らなくなったら、誰《だれ》かに相談しないとだめだよね」

治りますように、と願いながら口元までお湯の中に沈める。今日は早く寝よう。

「今日は楽しかったな」

先ほどのアルドさんとの真剣《しんけん》勝負を思い返して、笑ってしまった。学生時代に友達とゲームで盛り上がった頃《ころ》の思い出と重なって、また楽しくなってくすくすと笑う。

少し元気が出て来たところで急いでお風呂から上がる。着替《きが》えて髪《かみ》を乾《かわ》かす間に体調の悪さはぶり返してきたが、布団《ふとん》の中に潜《もぐ》りこんだ私の手は自然にゲームを起動していた。

『お疲《つか》れ様。今日も頑張ったな』

「……うん、頑張ったよ、ユーリス」

暗闇《くらやみ》の中でベッドに横になり、薄《うす》い布団を頭から被《かぶ》ってユーリスに話し掛《か》ける。画面の向こうの彼がいなければ、こうしてちゃんと立ち上がって歩き続けられなかっただろう。

寒気が増してきて、体をぎゅっと丸める。この薄い布団では寒気が抑えられない。

「ゲージ、少し増えたかも」

畑を直したからだろうか？　ここ数日本当に増えているのか疑わしいレベルでしか増えていなかったあの謎《なぞ》のゲージは、ようやく増えているのだとわかる程度に長さを増した。

「道のりは遠そうだなあ」

ユーリスさんからはあの女の子を無事に保護したと手紙が来た。あの子が無事だった事にはほっとしたが、出来れば連れて帰ってあげたい。しかしアルドさんも手掛かりの欠片《かけら》すら摑《つか》めていないようだし、具体的な希望は見えないままだ。一先《ひとま》ずお礼の言葉と共に私も無事にこの国で過ごしている、という事だけ返信に書き加えてもらった。

スマホ上で一番簡単なステージのパズルを起動して、さっさと解いていく。どれだけ体調が悪くてもこれをしなければ眠《ねむ》れない。元の世界ではここまでては無かったが、一人の時間は悪い方に意識が向きがちで、今はこれをしないと不安が勝ってしまいそうだった。

おやすみ、というユーリスのボイスを聞いて目を閉じる。明日も町へ修繕《しゅうぜん》に行こう。

この世界に来てからつけ始めた手帳の印は、今日が二か月目だという事を示している。

あっという間だったな、なんて思いながら、テーブルに並ぶカードを見つめた。一か月目の印を付けた時は帰れる気配の無さに沈みかけたが、二か月目の今日はため息を吐きつつも暗い気持ちにはならず、一日を終える事が出来そうだった。

町の人はずっと変わらず、明るく元気だ。私が来た頃と変わったのは、町に漂っていた嫌な臭《にお》いが消えた事、共有の設備がある程度使えるようになった事、食事に穀物や野菜が増え始めた事、少しずつ店に商品が並び始めた事。

そして、当たり前の基準が少しずつ上がっている事。

私はアルドさんと相談しながら大型設備を直し、次に直せるまでの間は共有設備を直す生活を続けている。町で色々と直して、アルドさんとご飯を食べ、文字や知識を教わって、そして眠る日々。体調の悪さも続いているが、やはり起きた時には治っている状態だった。

そんなわけで、今日も体調の悪さを隠《かく》しつつ、アルドさんとゲームをしている。

「ああっ、あと一文字だったのに……！」

「今日も俺の勝ちのようだな」

にやりと笑うアルドさんだが、小さく『危ねえ』と呟《つぶや》いたのを私は聞き逃《のが》さなかった。

今日は調子が良かったのに、最後の最後で文字を間違《まちが》えてしまったのだ。

「しかし、よくこの短期間でここまで覚えたな」

感心しながらカードを見つめるアルドさんだが、こればかりは彼のおかげとしか言いようがない。毎日欠かさず一戦していたこのゲームが、彼とワイワイ遊ぶこの時間が本当に楽しくて、勝って彼が驚くところが見たくなって、つい夢中になってしまった結果だ。

「でもまだ本は読めそうにないよ。幼児向けの絵本ですら躓《つまず》くんだもの」

「今覚えている基礎《きそ》部分を完璧《かんぺき》にして、応用を覚えていくしかないだろうな」

日本語の橋《はし》と箸のように、読み方は同じだが意味が違う漢字があるように、この世界の文字にも組み合わせると違う意味になったり、この表現ではこの文字ではなくこっちを使う、なんて条件があったりで、すらすらと本を読めるようになる日は遠そうだ。

「読めるようになれば自分でも色々調べられるのに」

「そこは任せてくれとしか言えんな。お前が働いてくれる分、俺が頑張るさ」

笑ってはいるが、彼だって毎日忙《いそが》しいのだ。一日中狩《か》りをして、空き時間には町を見て回り、色々な作業を手伝い、と私よりもずっと活動量が多い。そこに私の面倒《めんどう》を見る時間が加わったというのに、いつ見ても余裕《よゆう》たっぷりなこの人の事を本気で尊敬している。

「何にせよ、今日も賭《か》けは俺の勝ちだな」

笑うアルドさんが趣味《しゅみ》はあるのか、と問いかけてくる。ここは見合いの席か、と突《つ》っ込みたくなった。あの日から負け続けているが、日々受ける質問はこんな風に何気ない事ばかり。好きな色は、とか、今日食べた物の中では何が一番好きか、とか。しかもその後は話の流れで私が同じ事を彼に聞くので、質問という名の自己紹介《しょうかい》状態だ。

「パズルゲーム。修繕魔法でパズルを解き続けても、寝る前にこれでするぐらいには好き」

「……思っていたよりも凄《すさ》まじい入れ込み具合だな」

スマホを指し示しながらそう言うと、アルドさんは少し驚いたようだが、特に引いた様子はなかった。元の世界では寝る前はだめだよ、なんて言われてしまうので言わないようにしていたのだが、ここにスマホという機械はないので彼にはわからないだろう。

健康に関しては他の所で物凄《ものすご》く気を遣《つか》っているので、スマホは許してほしい。これが私のストレスや不安の解消方法で、寝る前に好きな人に電話しているようなものなのだ。

「アルドさんは？」

本当に賭けになってないな、なんて思いながらいつものように聞き返すと、彼は迷う様子もなく答えを返してきた。

「空を飛ぶ事だ。子どもの頃はこの外見に苦しんだりもしたが、翼《つばさ》だけはあって良かったと思っている。誰もいない空を飛び回って、遠くまで見渡《みわた》す時間を気に入っているからな」

彼がいつも余裕たっぷりなのであまり感じないが、やはり見た目の事で苦しんだ時期はあったらしい。私も怖いとは思わないが、最初に会った時は凄《すご》く驚《おどろ》いた。でも、今は……。

「空を自由に飛び回れるのは確かに羨《うらや》ましいかも。翼も真っ黒でかっこいいし」

彼のきょとん、とした表情を見たのは初めてだった。基本的に余裕のあるオーラを漂《ただよ》わせている彼が素《す》で驚いているのがわかる。アルドさんは常に上から見守ってくれている存在のように思っていたので、今初めて同年代の男性なのだと感じたかもしれない。

「それは、初めて言われたな」

「翼の事？」

「ああ、ここまで人と違う特徴《とくちょう》が出ているのは俺くらいだからな。国の奴《やつ》らやユーリスみたいな気にしない連中はいるが、褒《ほ》められたのは初めてだ」

「意外。魔物の特徴があっても整った顔立ちだし、異性に好かれそうなのに」

「……それも、初めて言われたな」

「え、町の人とかに言われない？　皆《みんな》アルドさんの事良い王様だって褒めてるし」

彼が一瞬《いっしゅん》顔をしかめたので、今度は私が驚いてしまう。彼が顔をしかめたのを見たのは初めてではないが、こんな風にマイナスの感情だけになったのは初めて見た。

「言われた事は無いな。恋愛《れんあい》事をする気も無いし、そもそも俺は王になってはいけなかったんだ。治められる奴が俺以外にいないから、とあいつらに押し切られただけだしな」

今日は彼の新しい一面を見る日なのだろうか。今度は酷《ひど》く寂《さび》しそうに見える。

それに、王になってはいけないとはいったい……？　この世界に馴染《なじ》んでいない私が見ても、彼は王として凄く上手《うま》くやっていると思うし、国の人達も彼の事を慕《した》っている。

私の驚きを気にした様子もなく、彼はすぐにいつもの余裕のある表情に戻《もど》った。聞かないでほしいという拒絶《きょぜつ》を感じて、開きかけた口を閉じる。

「で、俺を褒めてどうするんだ？　何かやってほしい事でもあるのか？」

「酷いなあ、本心なのに」

冗談《じょうだん》混じりの台詞《せりふ》に、同じように冗談混じりで返す。冗談とはいえ彼らしくない台詞だし、本当に聞かれたくないようだ。踏《ふ》み入ってほしくないであろう事を無理に聞く必要もない。ふざけ合いながら会話を続け、何事も無かったかのようにおやすみと言って別れた。

お風呂《ふろ》に入って寝《ね》る準備を整え、いつものように布団《ふとん》の中でスマホを起動する。

明日はあの浴場に繫《つな》がる水場を直す日だ。町が豊かになれば情報が入ってくるかもしれないし、何が帰宅に繫がるかわからない今、やれる事はやっておきたい。

「ゲージ、本当に溜《た》まらないなあ」

このペースだと数年掛《か》かっても満杯《まんぱい》にならない気がする。今はこれが一番帰宅への可能性が高そうなのに、もどかしい。少しずつやっていくしかないとわかってはいるが、どうしても焦《あせ》ってしまう。寒気がする体を丸め、パズルを起動する。

「ねえユーリス。私、いつ帰れるのかな」

その言葉に合う答えはもちろん返って来ず、いつものおやすみボイスが聞こえただけだ。

それにおやすみと返して、目を閉じる。明日は水場を直して、その水場に繫がっている共用水道を直しに行って、と頭の中で計画を立てながら睡魔《すいま》に身を任せた。


次の日、いつも通り迎《むか》えに来たアルドさんに昨日の寂しそうな感じは無く、私もそれに触《ふ》れる事無く雑談しながら目的地の泉を目指す。

辿《たど》り着いた水場は、使用可能なスキルで何とか無事に直し終える事が出来た。

今日は狩りではなく町の見回りをするというアルドさんの案内で共用水道を直して回り、他《ほか》に壊《こわ》れた物を見つけては直しを繰《く》り返し、最後に配給を貰《もら》って家に帰る。

アルドさんと並んで帰る事はたまにあるので慣れているが、今日は決定的に違う事が一つあった。まずいな、と焦るが状況《じょうきょう》は変わらない。気を抜《ぬ》けば体ごと震《ふる》えてしまいそうな寒気をアルドさんに気づかれないように、必死に抑《おさ》える。

どうしよう、今までで一番体調が悪い。

この後夕食を食べて、いつも通り勉強やゲームをして、アルドさんとこれからの計画を立てて……そんな事が出来るのだろうか。一度休みたいと言った方がいいかもしれない。

なんだかくらくらする、気持ち悪い、頭の中から石で殴《なぐ》られているみたいだ。

「……で、…………わか……」

アルドさんの声が遠い、何か話し掛けられている事はわかるのに、返事が出来ない。何か返さなければ、と口を開いたと同時に、目の前の景色がぐるりと一回転する。

「……っおい！」

彼の焦ったような大きな声を最後に、目の前が真っ暗になった。

第五章

世界に馴染む

目を開けるとベッドの上だった。窓の外はもう真っ暗だが、いつ寝たのだろうか。一瞬混乱した頭はすぐに寝る前、いや、倒《たお》れる前の事を思い出して、慌《あわ》てて飛び起きる。

「起きたか」

声が聞こえた方を見ると、ベッドの隣《となり》にはどこか呆《あき》れた表情のアルドさんが座っていた。

彼の左手が私の右手を握《にぎ》っている事に気付いて、先程《さきほど》とは別の意味で頭の中が混乱する。

え、と思わず上げた声と、アルドさんのため息が重なった。

「俺はお前に魔力切れは大丈夫《だいじょうぶ》かと何度も聞いたし、無理をするなとも言っていただろう？　最近は焦っていないようだったから油断していたが、まだ何か不安でもあったのか？」

「え……魔力切れ？」

「すっからかんになるまで使い果たす奴がどこにいるんだ。せめて体調に異変をきたす前に止《や》めておいてくれ」

彼の言葉に呆れ以上の心配を感じ取って申し訳なくなるが、私の混乱は止まらない。

アルドさんの目の前で倒れたのだという事はわかったし、その原因があの時のどうしようもない体調の悪さだった事もわかる。

「あれが……あの体調の悪さが魔力切れ？」

呆れた様子で話し続けていたアルドさんがぴたりと止まる。ぎょっとした様子で私を見て、少しの間の後に私の手を握っていない方の手で頭を抱《かか》えた。

「あー……、そうか、そうだったな。悪かった」

呆れ交じりの表情が酷く申し訳なさそうなものへと変わるが、謝られるような事はされていない。慌てて止めてもらおうと口を開くが、言葉を発したのは彼の方が早かった。

「魔法のない世界から来たお前に、魔力切れという言葉が正確に通じるとは限らない事を失念していた。すまない」

「そんな、アルドさんが謝る事じゃないよ、体調が悪い事を黙《だま》っていたのは私だし」

「そこはまあ、言ってほしかったがな」

食い気味に返ってきた言葉に、う、と口籠《くちご》る。初日はまだしも、体調の悪さが続いていたので彼らに相談するべきだったとはわかっているのだが……。

「体調の悪さを相談出来ないほど、俺達は信用ならないか？」

「そうじゃなくて、その」

体調が悪くなり始めた時は確かに彼らを信頼《しんらい》してはいなかったが、最近は相談した方が良いのではないか、と思い始めてはいた。躊躇《ちゅうちょ》したのは彼らへの信頼の有無《うむ》ではなく……。

「魔法のない世界で育ってきたから、魔法主体のこの世界での医療《いりょう》についてよくわからなくて不安で……それに、体調が悪いのは環境《かんきょう》が変わったせいだと思っていたし、一晩寝れば治るからつい相談も後回しにしちゃって」

元の世界で譬《たと》えるなら、呪《まじな》いで治療するような海外の街で体調を崩《くず》した気分、と言えば近いだろうか。衛生観念も医療基準も違《ちが》う場所で、気軽に体調が悪いとは言いにくかった。

入院中は常に最新医療が身近にあったので、余計に抵抗感《ていこうかん》が増していたのかもしれない。余裕《よゆう》のないこの国で、軽い症状《しょうじょう》で医師に頼《たよ》っていいのか、という気持ちもあったけれど。

ため息を吐《つ》いたアルドさんに申し訳なさを感じて、そっと視線を逸《そ》らす。どんな理由があろうと、ある意味では彼らを信用していないのと同じだ。

「確かにこの世界では基本的に魔法で治す事になるし、医師と呼ばれるのは医療魔法が使える奴《やつ》の事だ。魔法で体の悪い部分を探して取り除いたり、薬を調合したりもするな。この国にも数人の医師はいるが……皆お前が文明の違う所から来た事も、その差異を不安に思うのも当然だとわかっている。お前の不安が消えるまでしっかり説明するさ」

会話を続ける内にだんだん冷静になってきて、自分が焦っていた事に初めて気が付いた。すぐに帰れるわけではないからこそこの世界で生きる術《すべ》を得ようとしていたのに、もしかしたら明日には帰る手段が見つかるかもしれないと心のどこかで期待し続けて、現実逃《とう》避《ひ》をしていた。体調の悪さという、二度と生死の境を彷徨《さまよ》いたくない私にとっての重要事《じ》項《こう》を後回しにしてしまうほどには、現実を受け止め切れていなかったのだ。

きっかけすら摑《つか》めない帰宅手段。可能性が高そうなあのゲージも中々溜まらず、それで帰れる確信も無い。日々膨《ふく》らむ焦りや不安は、栄養が足りない事や細かい不便さを常に感じる事で更《さら》に強くなり、結果的に物事の優先順位すら間違ってしまったようだ。

「ごめんなさい、色々な事を冷静に考えられるだけの余裕が無くなっていたみたい」

「そりゃそうだろう。突然《とつぜん》こんな状況になって今まで通り生活出来るはずもない。だが体調が悪いなら話は別だ。次からはちゃんと言ってくれ、心配するだろうが」

顔をしかめながら発せられたアルドさんの言葉に聞き覚えがある気がして、すぐに幼い頃《ころ》父親に同じように言われたのだと思い出した。

『桜、お前が俺達に気を遣《つか》ってくれたのはわかったし、親としてその優《やさ》しさは褒《ほ》めてやりたい。だが体調が悪い時はちゃんと言ってくれ。心配するだろうが』

実の子の私が見ても照れてしまうほどに愛し合い、一緒《いっしょ》に過ごす時間を何よりも大切にしていた両親。私が病気で倒れ長期の入院と高額な治療費が必要になった時、父はこれまで母と離《はな》れたくないからと断っていた海外勤務をすぐに引き受け、母はそれに対する不満など一切《いっさい》口にせず、働きながら毎日私に会いに来て付きっきりで面倒《めんどう》を見てくれていた。

幼いながらも私の病気のせいで二人が離れ離れになってしまったのを申し訳なく思った私は、久しぶりに父が帰国して会いに来てくれた時に体調の悪さを隠《かく》し、今日は調子が良いから母と二人で出掛《でか》けて来て良いよ、と言った事がある。しかし子どもの嘘《うそ》などお見通しだった父は少し悲しそうに笑ってから、すぐに怖《こわ》い顔になって私を叱《しか》った。にこにこと笑って過ごす事が多い父の怒《おこ》った顔を見たのは、あの時が最初で最後だ。

だからだろうか、あの時の父と同じような表情で、そして同じように心配すると怒ってくれるこの人の言葉は、すっと頭に入ってきた。

「……うん、ありがとう」

どうしてこの人を信頼しきれていなかったのだろう？

こんな風に自分を心配して怒ってくれるような人がいるのに、一人で頑張《がんば》らなくてはと思い込んで無理をして、冷静さも失って。余裕が無かったと言えばそれまでだが、生きる事に精一杯《せいいっぱい》になりすぎて、勝手に一人ぼっちの気分になっていた。

「俺もお前に頼りきりではあるからな。そこはすまなかった」

「それは私が自分でやっている事だし、今回の事とは別だよ。黙っててごめんなさい」

「いや、だが……」

お互《たが》いに謝罪を繰《く》り返す内に何だか可笑《おか》しくなって、二人で同時に笑ってしまう。最後にお互いにありがとうと言い合って、謝罪合戦は終わった。

ずっと心の奥にあったもやもやした何かは、完全に無くなってしまったみたいだ。

しかし落ち着いてくると、今度は私の手を包む彼の手が気になってくる。

「あの、この手は？」

「ん、ああ……一応聞くが、もう体調に異変は無いか？」

「うん、もう大丈夫」

彼の手の力が緩《ゆる》んだのですぐに離されると思ったのだが、アルドさんは私の体調を窺《うかが》っているようで、離れるまで少し間が空いた。さすがにもう嘘をつくつもりはないし、彼もそれがわかったらしく手は離れていったのだが、私の手をすっぽりと包んでいた温《ぬく》もりが消えた事で彼の手の大きさを実感してしまって、少々照れくさい。

「まず、お前の体調の悪さは魔力《まりょく》切れが原因だ。応急処置にしかならんが、繋《つな》いだ手越《ご》しに俺の魔力を送り込んでお前の魔力を回復させていた」

「あ、ありがとう。そういう回復方法もあるんだね。でもアルドさんの魔力は大丈夫なの？」

疑問が一つ解決すると、その過程で新しい疑問が複数湧《わ》いてきてしまう。異世界なので仕方がないのだが、それが人に何かを聞く事へのハードルを上げている気がする。

「今この国でこの回復手段が使えるのは、魔力量の問題で俺だけだ。使う側と受ける側の魔力の相性《あいしょう》もあるから、誰《だれ》にでも出来るというわけではない。俺の魔力も心配はいらん。魔力切れの状態になっただけだし、寝《ね》れば明日には回復する……もう謝罪はいらんぞ」

先に念押しされたせいで、行き場を失った言葉は音にならないまま空気に溶《と》けて消えていった。中途半端《ちゅうとはんぱ》に口を開けたまま黙った私を見て、アルドさんが笑う。

「魔力切れになった、って言ってるけど、アルドさんは体調が悪くならないの？」

「ならないな。お前の考える魔力切れと俺達の言う魔力切れは違う。元々の魔力量を百だと仮定して、十以下になると体調が悪くなったり動けなくなったりする。俺達が魔力切れと言い始めるのは、何かあった時のための予備の力も含《ふく》めて残り二十程《ほど》になった時だ」

「じゃあ、私は十以下になるまで使っていたって事？」

「そういう事だ。魔力の回復手段は寝るくらいしかない。今俺がお前に渡《わた》した魔力もどうしたって他人の力だし、すぐに減っていくだろう。今日の夜はゆっくり眠《ねむ》るんだな」

「私、ここに来てから朝早く起きられなくて……魔力切れになると、睡眠《すいみん》時間も長くなる？」

「ある程度回復しないと目が覚めにくい、というのはあるな。起きて活動出来る分の魔力が回復出来ていなかったんだろう。いや、だが……」

笑顔《えがお》を消して少し悩《なや》んだアルドさんは、何かを思い出しているようだった。沈黙《ちんもく》が少し居心地《いごこち》の悪さを感じさせる。

「以前、お前の力が本当に魔法なのか確かめるために、俺の手に触《ふ》れて魔法の発動をイメージしてもらった時があっただろう？　普段《ふだん》魔法を使う時もあの時と同じ感覚か？」

「うん」

「なら、水場を直した時と皿のような小物を直す時も同じ感覚で使っているか？」

「変えてないと思う」

「なるほどな。どんな事でも細かく擂《す》り合わせが必要になりそうだ」

何やら納得《なっとく》した様子のアルドさんが、先ほどのように私の手を握《にぎ》る。私が驚《おどろ》きで問いかける前に、彼は口を開いた。

「いいか？　修繕《しゅうぜん》魔法は使う対象によって、発動に必要な魔力量が変わる。小物はこの程度、大型設備はもっと力が必要になるから……大体こんなものか」

彼の言葉に合わせて温かい何かが握られた手を包む。不思議な感覚だったが、彼が大型設備に必要な力を込めた時の違いは明確だった。最初の小物修繕のための魔力はそよ風が撫《な》でた程度、大型設備の方は血圧計に腕《うで》を締《し》め付けられている時くらいの力を感じる。

「これが、魔力？」

「そうだ、以前お前に試してもらった時は後者の力強い感じだった。あの時はお前が力を示すためにあえてそうしたのかと思ったんだが……そうだな、先ほどのように数字で譬えるなら、小物修繕の時は力を一使って発動し、大型の時は十使う、と思っておけばいい」

「え……つまり私は、魔力を一使えば魔法が発動出来る物に対しても十使ってるの？」

「そういう事だ。ついでに言わせてもらうと、ピースの移動と消去にも力がいるという事だ。お前に合わせた言い方をするなら、邪魔《じゃま》な力を消す時にも魔力を消費する。おそらくそちらも一の力で動かせるのに十の力を使っている状態だろうな」

発動時どころかピースを動かしている時でも余計な力を使っている？　アルドさんの手

に包まれたままの自分の手を見つめてみるが、魔力の感覚はわからない。

「前にも言ったが、お前は元々魔力の量が多いんだろうな。個人差はあるから本当に譬《たと》えでしかないが、一般《いっぱん》の人間の基本魔力量を百とするならお前は一万くらいあるんじゃないか？　計る手段が無いから適当だがな」

「それはさすがに多すぎじゃない？　それに、アルドさんも魔力は多いんだよね？」

「俺はあっても千程度だぞ。そもそも俺達は大型設備の修繕を一人で、それも一度で終わらせるなんて不可能だし、お前はその後に他《ほか》の物も直して回っている。だからこそ、お前が魔力切れになるなら無理をした時くらいだろうと思っていたんだが」

そういえば、以前そんな話を聞いていた気もする。初日から色々ありすぎた上に魔法というものがよくわからない事もあり、自分の良いように解釈《かいしゃく》していたようだ。

ここへ来た日に熟睡したのは家の中を直して回ったからで、ずっと朝起きられず体調が悪くなったのも、日中色々と直した事で魔力切れを起こしていたから。夜に体調が悪くなるのも残りの魔力量に比例していたからで、アルドさんやファラに何度も魔力は大丈夫《だいじょうぶ》かと聞かれたのも、彼らが私の魔力切れを危惧《きぐ》していたからだ。

「魔力の調整ってどうやって覚えるの？」

「生まれた時からある程度感覚としてあるものだし、使っている内に自然と慣れてくるとしか言えんな。魔力を消費する感覚はわからないか？」

「わからない、と思う」

「突然《とつぜん》魔力が出てきたようなものだし、そこは仕方が無いか」

どうしたものか、と悩んでいると、アルドさんが握っていた私の手を繋ぎ直した。まるで恋人《こいびと》がするような指先を絡《から》める繋ぎ方に驚いたものの、彼の瞳《ひとみ》は真剣《しんけん》だ。戸惑《とまど》いながらもじっとしていると、ふわりとした魔力らしきものが手を包んだ。

「一応、魔力制御《せいぎょ》が苦手な子どもへの教え方はあるんだ。このまま魔法発動のイメージをしてみてくれ」

言われるがままそうしてみると、アルドさんの表情が険しくなる。彼の魔力が自分の手を包んでいるのはわかるが、自分の手から魔力らしきものが出ている感覚は一切《いっさい》無い。

「これ、今私の手からも魔力が出てるの？」

「かなり強く出ているな。やはりわからないか……とりあえず感覚でいいから、俺の力と同じくらいに抑《おさ》えられないか試してみてくれ」

男性と指を絡めて繋いでいるという、非常に照れくさい事から必死に目を逸《そ》らし、彼の力と自分の力を揃《そろ》えようと試みる。数分格闘《かくとう》の後、アルドさんが首を捻《ひね》った。

「……もう一度やってみてくれ。もっと小さく弱く、のイメージだ」

私は後どれくらい彼と手を繋いだままなのだろうか。この状態が集中を阻害《そがい》している事は間違《まちが》いないが、真剣なアルドさんの気遣《きづか》いを裏切りたくなくて色々と試してみる。

もう一度、と何度も繰り返し、気付けば一時間以上魔力制御について話し合っていた。

「多少は下がったな。だが上手《うま》く制御するのは難しそうだ」

「でもこれ、結構重要な問題だよね？　私が魔力をコントロール出来れば今よりももっとたくさんの物を直せるし、体調を崩《くず》す可能性も減るし」

「そうだな。発動の時に多いだけならばともかく、パズルを動かすたびに大量の魔力を消費するのはまずい。このまま魔力切れになる日が続くと、魔力が回復しなくなる可能性もある。むしろなりかけているな。今回倒《たお》れたのも、回復出来る魔力が減ってきたからだろう。知識の勉強も必要ではあるが、こちらも同時進行で身に付けた方が良いな」

思ったよりもずっと事態は深刻なようだった。アルドさんが険しい表情になるわけだ。

「魔力の扱《あつか》いが身に付くまでは魔法の使い過ぎには注意しておけ。畑や水場を直した日は他の物は直さず、普段も魔法を使う時間を決めた方が良い。一応聞くが、水道から水を出すだけでも魔力を消費している事には気付いているか？」

「えっ」

「水道から水を出す、ランプを点《つ》ける、そんな些細《ささい》な事でも魔力は消費するんだ。それこそ一にも満たない力だがな。スイッチの起動に魔力がいる、と言えばわかるか？」

電気のような力の代わりに人間の魔力を使っていると考えればいいのだろうか。魔力のコントロールを身に付けなければ、この世界で生きてはいけない事がよくわかった。

「とりあえず明日はゆっくり休め。そうすれば明後日《あさって》の朝はしっかり起きられる。明後日からは朝に一時間くらいこの訓練をして、徐々《じょじょ》に魔力制御を覚えていくようにするか」

それはつまり、毎朝彼と一時間近く指を絡めて手を繋ぐという事だろうか？　照れくさいのもあるが、貴重な彼の時間をこれ以上自分の事で奪《うば》ってしまうのは申し訳ない。

「言っておくが、これ以外の方法は無いぞ。本来なら幼い子どもが親にやってもらう事だから大人向けではないが、逆に大人になって魔力制御が出来ない奴《やつ》はいない。魔力差がありすぎる相手にも出来ないから、おそらく俺以外にお前に教えられる奴もいない」

「……お世話になります」

「あまり気にするな。お前が魔力制御を身に付けてくれれば修繕回数も増えてありがたいし、これもこの世界で生きるために必要な事だ。お前が出した条件の一つだろう？」

「うん。でも、ありがとう」

私のお礼の言葉を聞いて苦笑《くしよう》したアルドさんが何か話そうとしたのか口を開けたが、言葉より先に大きなぐうう、という音が彼のお腹《なか》から響《ひび》いた。

「え、アルドさん、もしかしてご飯食べてないの？」

「あー、まあな」

彼がどこか気まずそうに視線を向けたテーブルの上には、配給で貰《もら》ってきた今日の夕食が二人分置いてある。私が倒れた時から随分《ずいぶん》時間が経《た》っているし、もう保温魔法も切れて冷めきっているはずだ。元の世界ならば一食冷えたくらいたいした事ではないが、この世界では一食の重みが違う。なるべく美味《おい》しく食べたいと皆《みな》が思っているのに。

「ご、ごめんなさい。私の魔力回復のために……」

「いや、違うんだ」

気まずそうに苦笑したものの、アルドさんはすぐにいつもの愉快《ゆかい》そうな笑《え》みへと戻《もど》った。

「食おうと思ったらお前の手を握《にぎ》りながらでも食えたし、ある程度回復したら一旦《いったん》手を離《はな》しても良かったんだ。ただ……これまで食事は一人で食う事が当たり前で、ただのエネルギー補給でしかなかったんだが、お前と食い始めてからは楽しくてな。今日も、温かい飯を一人で食うより、冷えた飯をお前と食いたいと思ったから待っていただけだ」

楽しそうに笑うアルドさんとは逆に、私は言葉が見つからずに呆然《ぼうぜん》としてしまう。酷《ひど》く照れくさくて、油断したら顔が赤くなってしまいそうだった。

でも確かにそうだ。元の世界では一人で食事を取る事が多かったし、一人なのを良い事にスマホやテレビを見ながらぼーっと食べていた。けれどアルドさんと食べるようになってからは知らない世界の話が聞けるのが楽しくて、ちょっとした事で笑い合いながら食べるご飯が美味しくて、食事の時間をしっかり満喫《まんきつ》していた気がする。

笑顔のアルドさんを見ていると謝り続けるのも違う気がして、同じように笑う。

「私もあなたと食べるのは楽しいし、ゲームで対戦して遊ぶのも楽しいと思ってるよ」

「それは良かった。俺も大人げなくゲームで争える相手が出来て嬉《うれ》しいと思ってるぞ。この国に来て俺と対等な立場になるために取引を持ち掛《か》けて来た奴も初めてだったしな。町の奴らはどうしても王という肩書《かたが》きを前提に慕《した》ってくる。良い奴らなんだが」

アルドさんはどこか寂《さび》しそうにも見えるが、町の人達を思い浮《う》かべているであろう瞳はやはり優《やさ》しくて、国民に愛情を感じている事もわかる。もしも私が元々この国の人だったら、町の人と同じように彼を慕うだろう。そういうカリスマ性のようなものが彼にはある。

「お前はまだ俺に遠慮《えんりょ》しているようだが、俺はお前の事を異世界から来た不思議な友人だと思っている。俺と過ごす事を楽しんでいるなら遠慮なく接してくれていいぞ。ゲームとはいえあそこまで遠慮なく戦えるくらいだしな」

にやりと笑う彼の顔を見て、おかしくなってさらに笑ってしまう。なんだか負けた気分だ。嫌《いや》な気は全然しないけれど。

「なら、遠慮なく頼《たよ》るけどいいの？」

「ああ。俺も遠慮なく異世界の話を聞くがな」

「それは全然いいよ……よろしく、アルド」

嬉しそうな彼を見て、一人で生きられるようにならなければと焦《あせ》っていたこれまでの自分を少し反省する。一人じゃないんだなあ、としみじみと感じた。

「起き上がれるなら夕食にしよう。冷めはしたが美味い事に変わりはないからな」

ゆっくりとベッドから降りて、彼とテーブルを挟《はさ》んで椅子《いす》に腰《こし》かける。いつも通り楽しい食事だが、今日はまた一段と楽しい気がした。

アルドさんの事をアルドと呼び始めた日から二か月程《ほど》経ち、日差しを感じながらベッドの上でゆっくりと体を伸《の》ばす。時間は早朝、昼まで起きられなかった頃《ころ》が嘘《うそ》のようだ。魔《ま》法《ほう》を使い過ぎないように気を付けてからは体調を崩す事も無くなった。

きっちりとスーツを着込んでメイクをし、朝食の準備をする。テーブルにはいくつかの果物と小さなパンが二つ。そう、パンである。

「まさかあんなに実るとは思わなかったな」

最初に直した畑は魔力が染《し》み渡《わた》ったと同時に植えた作物すべてが実り、大地を彩《いろど》った。大半は備《び》蓄《ちく》に回したが、それでもここ数日は配給にパンや穀物が追加されている。

パンが初めて出た日は久しぶりの主食に泣きそうになったな、なんて思い出しつつ、ノックされた扉《とびら》を開けた。

「よう、サクラ」

「おはよう、アルド」

朝に魔力制御の練習をするようになったのをきっかけに、彼とは朝食も一緒《いっしょ》に取るようになった。元々夕食を一緒に取っていた事もあって、すんなりと習慣化している。私には無い強さを持っているこの人ともっと話したいと感じる事も多く、遠慮なく話せる時間が増えたのはちょっと嬉しい……話す時間は、だけれど。

「まだまだ多いな、もっと落としていい」

「……これが私の魔力だ、っていう感覚さえ摑《つか》めたら何とかなりそうなのに」

朝食を取った後は魔力制御《せいぎょ》の訓練の時間だ。テーブルを挟んで向かい合う普段《ふだん》の勉強の時とは違《ちが》い、ソファに並んで座って指先を絡《から》めた状態で手を繫《つな》ぎ、一時間以上過ごしている。しかも休む事なく毎日だ。恋人《こいびと》同士でも中々しないと思う。

本当に恥《は》ずかしい。これが習慣化してから大分日数が経過しているのに、照れくささは増すばかりだ。しかしこれを覚えられないと生死に直結する可能性もあるので、やめるわけにもいかない。多少コントロール出来始めているらしいのが救いだ。

「元々自分の中にある魔力だからな、余計に感じにくいのかもしれん」

照れ続ける私と違い、アルドは常に平常心だ。私ばかり意識しているせいで、恥ずかしさは更《さら》に増している。

覚えなければならないという真剣《しんけん》さと羞恥心《しゅうちしん》が混ざる朝の時間を終え、狩《か》りのために森へ向かう彼の大きな背を見送ってから、町へと向かう。ごつごつして歩きにくい道は変わらないが、木の間に咲《さ》く小さな赤い花を見つけて思わず微笑《ほほえ》んだ。私がこの国に来た日には枯《か》れ木ばかりだったこの道は、今は木も増え、時折小さな花が見られるようになった。

畑も数か所直したので、後少し経てばまた収穫《しゅうかく》出来る。魔力の恩恵《おんけい》が無くなった最初の畑も普通の畑としては使う事が出来るし、収穫の期間が空いたとしても備蓄があるので一日一食しか食べられないなんて事は無くなるだろうと、皆嬉《みなうれ》しそうに笑っていた。

「変わったなあ」

小さく呟《つぶや》いて、それが良い事なのか悪い事なのかわからず苦笑する。

この世界に来てから何か月経っただろう？

周囲の環境《かんきょう》は一見してわかるほどに良い方向へと変わって、私も不便で何かと足りない事が多いこの世界での生活に慣れてきた。ファラと話すのも楽しいし、アルドとももっと仲良くなりたいと思っている。打算混じりだった修繕《しゅうぜん》の魔法を使うという行為《こうい》も、いつの間にか皆が喜んでくれて嬉しいという意識の方が強くなって、この国の人達の事も信じられるようになった……帰宅手段だけが見つからないまま。

「……頑張《がんば》ろ」

私が帰った後に、皆が困らないくらいには色々と直しておかなければ。


日々はあっという間に過ぎていく。町では物資に少し余裕《よゆう》も出て来て、商売を再開する人も増えている。私も仕事として、個人所有の小物や家具の修繕の依頼《いらい》を受け始めた。

共用設備は今まで通りアルドと相談しながら直しているし、魔力制御の訓練中なので無理は出来ないが、一先《ひとま》ず生きていくために仕事を見つける、という目標はクリアだろう。

食料等は配給のままなので稼《かせ》いだお金を使う機会はあまり無いが、自分で稼げるようになったので兵士さん達から頂いた分はお守りとしてしまってある。

色々と変わり始めたこの国。この間初めて休日というものが取れたくらいには余裕が出来て、町の人達も時折今日は休み、と頭を切り替《か》えてゆっくり休んだり遊んだりしている。

この世界で生きるために魔力の扱《あつか》いを練習して、アルドやファラともどんどん仲良くなって……じわじわとこの世界に馴染《なじ》んでいく。

「この単語はこれじゃなくてこっちの文字だよね？」

「ああ。この文字にすると読み方は同じだが意味が変わってくる」

もうすっかり習慣化したアルドとの対戦。今日も負けてしまい、今はのんびりと間違ってしまった部分のおさらいをしている。最初と比べたら慣れてきたものの、完全に文字を理解出来るまではまだまだ掛かりそうだ。帰る前に一度くらいは勝てるだろうか？

「勝てると思ったんだけどな。勝ちを意識した瞬間《しゅんかん》頭の中から文字が飛んで行っちゃった」

「甘かったな。今日の賭《か》けも俺の勝ちだ」

アルドとはお互《たが》いに遠慮が無くなり、賭けの質問も個人的な事や私の世界について聞かれる事が増えた。少しずつ込み入った話題になっているが、私はそれを嫌だとは思っていない。元の世界の知識が足りない分野を詳《くわ》しく説明出来ないのは申し訳ないが。

「お前の、元の世界の友人や家族はどうしてるんだ？　ああいや、これに関しては話したくないのならばそう言ってくれ。お前は帰るために色々と努力している割に、あまり家族の事を気にしている風には見えなくてな」

なるほど。確かに私は帰りたいと言いながら、誰《だれ》かを恋しがるような事は言っていない。

「ちょうど人間関係が途切《とぎ》れたところだったんだ。友達は皆結婚《けっこん》して疎遠《そえん》になって、勤め先も無くなったところで……両親はまだ私がいなくなった事に気付いてないと思うし」

「そんな事があるのか？」

「うん。離《はな》れて暮らしてるし、最後に会ったのはもう何年も前になるかな」

最後に会ったのは成人式だろうか。そろそろ声を忘れてしまいそうだが、それでいいと思っている。二人の事を思い出して可笑《おか》しくなって笑ってしまったが、私を見るアルドの目はどこか心配そうだ。

「両親は今世界中を旅して回ってる。たまに思いもよらない国から絵葉書が届いて驚《おどろ》く事もあるけど、いつも元気そうだよ。連絡《れんらく》先は知ってるけど、今まで連絡した事は無いかな」

「……両親の事が好きなんだな。随分《ずいぶん》嬉しそうだ」

「わかる？　お父さんの事もお母さんの事も大好きだよ。たくさん愛情掛《か》けて育ててもらったし、二人の事を尊敬もしてる。憧《あこが》れてる部分もあるしね」

元の世界では『放置されて可哀《かわい》そう』とか『親の役目を放棄《ほうき》している』とか言われてし

まう事が多くて話題に出さなかったが、アルドはすんなりと私が両親を慕《した》っている事を受け入れてくれた。親の庇護《ひご》が無くても生きていける年齢《ねんれい》だし、自分を優先してほしいとも思わない。両親に愛されて、私も二人を愛している事に変わりは無いのだから。

「そういう状況《じょうきょう》だから、私が家にいない事は気付いてないと思うよ。二人とも日々いる場所が違うから、私から手紙の返事を送る事は無かったし」

迷惑《めいわく》をかけるとしたらマンションのオーナーだろうか。夜逃《よに》げ扱いで退去になっていそうだが、事件性ありと判断されて警察が介入《かいにゅう》していないといいのだけれど。

……もしも帰れたとしても、私の居場所はまだ残っているのだろうか。

「そういえば、アルドの家族は？」

「気付いた時には一人だったたな。親兄弟は弱って死んだのか、それとも人と違う見た目の俺を捨てたのか、それすらわからん。赤ん坊《ぼう》の時から一人だったわけではないから、ある程度は育てられたんだろうが……まあこんな世界だからな。親のいない子どもは珍《めずら》しくないし、あまり気にした事が無い。この町の奴《やつ》ら全員が家族のようなものだしな」

「……確かにみんな家族みたいだもんね」

いつものように同じ事を聞き返してしまったが、重い話題に触《ふ》れてしまった。ただ話の内容とは逆に、アルドは町が見える窓の方を見つめて笑っている。この国の人達を思い出して、自分が家族の事を同情と思い込みで悪く言われた時の事を思い出して、謝らずに同意する。彼が謝られたいわけでも同情されたいわけでも無い事だけはわかるから。

「他人事《ひとごと》か？　お前だってこの国に住んでいる以上、家族の一員のようなものだぞ」

「うん、そうだね。ありがとう」

お互いに笑い合って、この話題を終える。家族だと言われて本当に嬉《うれ》しいのに、心の中は靄《もや》が掛かった気分だ。よくわからない感情を気にしないようにして、色々と話し合う。

「次はまた畑を再生する？　それとも森の方を優先する？」

「森の再生が進めば動物は増えそうだが、今の食料ももう少し安定させたい。まず畑を直して、次は森の中の釣《つ》り場にしている川だな、自然を再生しつつ食料の確保も出来る」

「釣りもしてるんだ」

「ああ。ファラのように素潜《すもぐ》りで獲《と》れる奴は限られているからな。狩りに行く連中の何人かは竿《さお》を使って釣りをしてるぞ。お前も興味があるなら来るか？」

「……私が、やってもいいの？」

「妙《みょう》な事を聞くんだな。やりたい事がある奴は挑戦《ちょうせん》すればいい。食料確保なんて何人いても良いし、お前ももう無理はしないだろう？　やれると思った事はどんどんやってくれ」

「なら、今度付いていってみようかな」

「来る時は言え。予備の釣り竿もあるからいつでもいいぞ」

元の世界でも釣りに興味はあったが諦《あきら》めていたのでこれは嬉しい。この国に来てから不便になった事や無くなった物は多いのに、出来る事は増えているのが少しおかしかった。

そろそろ帰るというアルドを見送るために、彼に付いて外へ出る。おやすみ、と口にしようとして、空に視線が吸い寄せられた。

「わあ……」

夜は厚い雲に覆《おお》われている事が多いこの世界。今日は珍しく晴れているが、目が吸い寄せられたのは空いっぱいに流れ落ちる星だ。目に見える範囲《はんい》すべて覆うほどの流れ星が、途絶《とだ》える事無く流れ続けている。

「すごい……！」

「そうか今日だったか。晴れているのは久しぶりだな」

空から目が離せない。元の世界でこんなに星が流れたらそれこそ宇宙ごと滅亡《めつぼう》しそうだが、違《ちが》う世界なのでこの辺りも違うのだろう。アルドも一切焦《いっさいあせ》っていない。

「こういう風に流れ星が多い日って頻繁《ひんぱん》にあるの？」

「半年に一度くらいだ。大体曇《くも》っていて見えないがな」

崩壊《ほうかい》寸前の世界故《ゆえ》に余計な物が無い分、空が綺麗《きれい》なのだろう。どこまでも広がる空一面に星が流れる様子は圧巻で、言葉では言い表せないほどに美しい。

「綺麗……」

「……ああ、綺麗だな」

ここに来てから一番気持ちが高揚《こうよう》しているかもしれない。元の世界では絶対に見られない光景だとわかっているからこそ、余計に目が離せない。

少しの間星を見上げてからアルドを見ると、彼は少し驚いた顔で口元を押さえていた。

「どうかしたの？」

「ああ、いや。何でもない。お前が気に入ったならもっと上で見るか」

ひょいっ、と簡単に抱《かか》え上げられ、驚いた時にはすでに飛び上がっていた。え、と疑問の声が出るが、アルドはすぐに彼の家の一番高い屋根の上に私を下ろす。地面よりもずっと広範囲《こうはんい》に空が見えて、家の前で見るよりずっと迫力《はくりょく》があって、また見惚《みと》れてしまう。

「流星は数時間は続く。たまには夜更《よふ》かしも良いだろう。毛布と飲み物を持ってきてやるから少し待っていろ」

言うが早いか、彼は屋根から飛び降りて家へ入っていった。広大な空の下、自力で降りられない屋根の上に一人。そんな状況でも不安を感じないのは、彼が私を置き去りにするはずがないという信頼《しんらい》があるからだ。遠慮《えんりょ》なく星を見ていると、彼はすぐに二人分の毛布と湯気の立つ飲み物を持って戻《もど》ってきた。どうやら一緒《いっしょ》に夜更かしをしてくれるらしい。

「こういう時は茶が飲めるようになったありがたみを感じるな」

「再生した森の一部に茶畑が残ってたからね。ちょっと甘みがあって美味《おい》しいから好き」

「……そうだな。ただ沸《わ》かした湯を飲むよりずっといい」

一瞬《いっしゅん》アルドが何か言い淀《よど》んだような気がして彼の方を見るが、彼は静かに私の隣《となり》に腰《こし》かけて空を見上げていた。整った横顔が星に照らされているのが見えて、少し気恥《きは》ずかしい。

「半年に一度、こんなに星が降るんだね」

「ああ。俺も王になる前は時々山の上まで行って見ていたんだが、いつの間にか星が降る日がいつなのかも忘れていたようだ」

「山の上で見たら、もっと迫力がありそう」

「気になるなら次の時に連れて行ってやるぞ」

「えっ、いいの？」

この世界の山は大半の木が枯《か》れているので、空を遮《さえぎ》る物はほとんど無いだろう。ここよりもずっと広い空が近くで見られそうだ。

「その頃《ころ》には、王が一晩国を空けても問題ないくらいには国に余裕《よゆう》もあるだろうしな。短時間なら抱えて飛んでやってもいいぞ。どうしても羽ばたく音が気になってくるから、ゆっくり見たいなら山の上で座って見た方が良いが」

「すごい迫力になりそう」

星空に包まれたような状態で流れ星を見るのはどんな感じなのだろう。うまく想像できないが、綺麗である事だけはわかる。

「じゃあ、その時を楽しみにしてるね」

「俺も星が流れる日を忘れないように気を付けよう」

少しの間無言で空を見上げて、時折ぽつぽつと会話をして。ゆっくりと流れていく時間の中で、ただずっと星を見つめ続けた。


「綺麗だったなあ」

次の日の朝、あくびを噛《か》み殺しながらベッドから起き上がり、思いっきり伸《の》びをする。上を見続けていたせいで首が痛いが、感動は残っていた。

「外で夜更かしなんて初めてだったし、楽しかったな」

結局、星が流れ終わるまでアルドと二人で空を見続けていた。この世界の流星は星自体が流れるのではなく、星が溜《た》め込んだ強大な魔力《まりょく》を放出しているそうだが、綺麗な事に変わりはない。空が白んで来た頃にアルドと別れて家に戻り、少し眠《ねむ》ればもう朝だった。眠気を堪《こら》えて立ち上がると、近くの棚《たな》に置いた布の山に視線が吸い寄せられる。

「服、買ったんだっけ」

昨日の仕事終わり、ファラと最近増え始めた店を見て回って購入《こうにゅう》した数着の服。これまでも店で服を見かける事はあったし、ファラに買わないのかと聞かれた事もあった。その度《たび》にまだ着られる、お金も大切にしたい、と何かと理由をつけて買っていなかったのだ。

布の山に歩み寄り、一枚手に取って広げる。暖かい地方の海のような爽《さわ》やかな青が美しいワンピースは、軽くて動きやすいデザインで、透《す》ける素材でもないので一枚で着ても問題ない。肩《かた》が大きく出てしまう事以外は本当に気に入ったし、店主さんの商売道具をいくつか直した代わりに肩に掛《か》けるストールも頂いてしまった。

近くの床《ゆか》にはワンピースと同じ青いサンダルが置いてある。足首で固定出来るタイプの歩きやすい物だ。服も靴《くつ》も汚《よご》れや水を弾《はじ》く素材で出来ているそうで、不思議な質感をしている。布部分が少ないのはやはり材料が足りないからなのだろうが、それを生かすようなデザインなので気にならない。

どちらもすごく気に入ったし、着替《きが》えも数枚買う事が出来て嬉しく思う。だけど……。少しワンピースを置いて、少し離《はな》れた所に置いていたジャケットを手に取って見つめる。少しほつれ始めて、僅《わず》かに裂《さ》けてしまった部分もあって、洗っても取れない汚れの痕《あと》も出来てしまった。ブラウスやパンツもそれは同じで、ストッキングも大半が穴が開いて穿《は》けなくなり、残る数枚も伝線が酷《ひど》く、誤魔化《ごまか》しながら穿いている。足元に置いてあるパンプスも踵《かかと》やヒール部分がボロボロになり、一部剝《は》がれ落ちて薄汚《うすよご》れていた。

舗装《ほそう》されていない道をヒールで歩くせいで何度も足を捻《ひね》りそうになったし、長時間歩くのに向いていないので常に足が痛かった。荒《あ》れた場所を一日中歩き回る生活ではスーツは本当に動きにくくて、体温調節もしにくくて……だからこそ、今日からは買った服を着ようと思っていたのに、手に持ったスーツを置く事に抵抗感《ていこうかん》を覚えている。

最近感じるようになったもやもやとした気持ちが、胸の中で渦《うず》を巻く。

「私、ずっと戦ってる気分だったんだ」

元の世界に帰るのだと、それだけを思って努力し始めたのに……。

帰宅のための取引として使い始めた修繕《しゅうぜん》の魔法は、いつの間にか皆《みんな》が喜んでくれるのが嬉しいという理由の方が大きくなった。眠る前は常に不安を感じていたのに、今は明日が楽しみだと思い始めている。むしろ日数が経《た》ちすぎた事で、元の世界に帰ったらどうなるのだろうという不安が出来てしまった。

「何の躊躇《ちゅうちょ》も無く星を見る約束しちゃった。次は半年後なのに」

帰りたい意思に変わりはないのに、考えの変化が起き始めた事が怖《こわ》い。

楽しかったのだ、本当に。星を見上げ続けた事も、夜更かしに誘《さそ》ってもらった事も。

このスーツは、これがこの世界での私の仕事なのだと自分を奮い立たせるための服だった。この世界で生きる不安を消すために、毎朝気合いを入れてスーツに着替え、髪《かみ》をまとめ、仕事用のメイクをして……そんな日々が今日終わる。

「……ありがとう」

綺麗に畳《たた》んでまとめたスーツ達にそう声を掛けてから、大きく息を吐《は》きだしてワンピースを広げた。ただ服が変わるだけだ。私にとって受け入れるのが少し怖い変化なだけで。

仕事だからと割り切る必要が無いほどに、この国に愛着が出来てしまった。

ゆっくりとワンピースを頭から被《かぶ》り、ふわりと広がった裾《すそ》の綺麗な青色を見つめる。同じように買ったストールを肩から巻くように引っ掛け、素足《すあし》のままサンダルに足を入れた。

「なんだかスースーする気が……」

きっちりと締《し》め付けられる服装でずっと過ごしてきたからか、ストッキングの無くなった足元だけでなく全身が頼《たよ》りないというか、少し不安になる身軽さだ。

鏡の前に移動して、髪を纏《まと》めようとしてやめた。今日はあまり動かない日だし、元々私服の時は下ろしていたのだ。わざわざ仕事用にシニヨンにする必要はもうない。

メイクポーチを開けて中身を広げる。指先が痛くなるほどに力を込めて絞《しぼ》り出していたチューブ、抉《えぐ》り出すように使っていた口紅、底が見えるファンデーションの容器。どれも無理やり絞り出せばあと数回分はありそうだが、もう大丈夫《だいじょうぶ》だ。節約しながら無理やり使い続けていたメイク道具達にもありがとうと呟《つぶや》いて、使う事無くポーチに戻した。

鏡に映るノーメイクの自分と昨日までの自分とのギャップに苦笑《くしょう》する。どうしても儚《はかな》い印象を持たれがちなので、仕事用メイクは少し濃《こ》い目できりっと見えるようにしていたのだ。あまり効果は無かったけれど。

「もう、化粧《けしょう》をする事も無いのかな」

肩甲骨《けんこうこつ》の辺りまでしかなかった髪も伸びて、背中の中ほどまで来ている。念のためにシュシュを持ち歩いて、何かあったら束ねられるようにしておこう。

頑張《がんば》ろう、と呟いて朝食の準備を始める。

しばらくして響《ひび》いたノックの音に、彼も寝不足《ねぶそく》だろうなと苦笑しながら扉《とびら》を開けた。

「……そんなに固まられるとは思わなかったな」

「いや、すまん。雰囲気《ふんいき》が変わりすぎて混乱した」

扉の向こうに立っていたのはもちろんアルドだったのだが、彼は私と目が合った瞬間硬《こう》直《ちょく》した。数度瞬《まばた》きをした後に『サクラ？』と疑問符《ぎもんふ》付きで名前を呼ばれて笑ってしまったが、いつものように彼を招き入れる。

普段《ふだん》ならばそのまま朝食の席に着くのだが、ものすごく見られて少し居心地《いごこち》が悪い。

「服を買ったって昨日言ったでしょう。そんなに違《ちが》う？」

「一瞬誰《だれ》だかわからなかったくらいにはな。最初に会った時も、お前が話し始めるまでは随分《ずいぶん》儚い印象の奴《やつ》だとは思っていたが、服装が変わると余計に儚さが増す気がする。まあ、話したらいつも通りのお前だったが」

アルドはすぐに私をじっと見る事をやめて、昨日までと同じ態度に戻《もど》った。変わらず余裕のある笑顔《えがお》で、普段と何一つ変わっていない。

「……釣《つ》りとか山とかって、今履《は》いてるこの靴で行っても大丈夫？」

「ああ。この世界の靴や服は特殊《とくしゅ》な効果のある布や革《かわ》で出来ている物が多い。お前が今履いている靴も足先は出ているが、危険な物は弾く効果がある素材で出来ている。問題ない」

「なら良かった」

やはり危ないから連れていけない、と言われたらどうしようかという不安が頭を過《よ》ぎったのだが、そんな事は無く、彼は私をちゃんと連れて行ってくれるつもりのようだ。

その事に安堵《あんど》を覚えながら、朝食の果物を一つ口に入れた。


仕事の服装をやめた事で会う人会う人に驚《おどろ》かれはしたが、平穏《へいおん》に一日は終わった。

今日は早く寝ようという事で、同じようにあくびを噛《か》み殺していたアルドも早々に帰宅し、今は家に一人きりだ。寝る準備を終えてベッドに潜《もぐ》り込み、ゲームを起動してユーリスの姿をじっと見つめる。不安は減ったが、それはそれとして彼の顔は毎日見たい。

「ねえユーリス。皆何も変わらなかったよ。アルドも、ファラも」

ファラと会った時も一瞬《いっしゅん》誰だかわからなかったよ、と笑われはしたが、彼女も特に態度を変える事は無かった。あくびを噛み殺していた事に気付かれてしまったので、夜更《よふ》かしした事を伝えたのだが、今日は早く寝なよと笑い飛ばされただけ。

「皆私が倒《たお》れた事も知ってるのに、前と変わらずやりたい事をやらせてくれるし、元の世界では止められて諦《あきら》めた山登りも連れて行ってくれるって。ファラも泉に泳ぎに行こうって誘ってくれて、泳ぐ用の服も買ったの」

眠気が増してきて、ぼんやりとしながら画面の向こうのユーリスに話し掛ける。元の世界で言われた事が次々と浮《う》かんでは消えていく。

『夜更かししたって、体調は大丈夫？　嘘《うそ》はいいから休んできなよ。次から気を付けてね』

『確かに山登りの予定は立てたけど、桜は室内で遊べる方が良いかと思って。美術館好きでしょう？　新しく出来たらしいしそっちにしようよ』

『えっ、桜もスカイダイビングやりたい？　駄目《だめ》だってば。何かあったらどうするの』

思わずため息が零《こぼ》れる。最近、元の世界で自分が不自由な思いをしていた事に気付かされる事が多い。元々不満が無かったわけではないが、思っていたよりも自分が我慢《がまん》していた事を思い知らされている。

狭《せま》い田舎《いなか》ゆえに職場には私の幼少期を知る人が複数おり、彼らが話した事で私の過去の病弱さは皆に知られてしまった。それ以降、この外見の妙《みょう》な儚さも相まって、なにかと気《き》遣《づか》われてしまう事が増えてしまったのだ。どれだけ完治した事を説明しても彼らの気遣いは変わらず、わかっていても気になってしまうと言われてはどうしようもない。

少しでも寝不足だと思われると心配されてしまうし、激しく体を動かすとすぐに大丈夫かと声を掛《か》けられてしまう。どれだけもう大丈夫だと説明してもそれは変わらないし、職場での私しか知らない人に私服で会うと、それは更《さら》に酷くなる。

心配からだとわかってはいるが、何かしようとするたびに大丈夫なのかと聞かれる上に止められてしまう事が多くて憂鬱《ゆううつ》になり、その問いに大丈夫だと返すのもだんだん億劫《おっくう》になって、自分から何かに挑戦《ちょうせん》する事を諦めていた。わかってもらうための努力すら億劫になっていた事を、今は少し後悔《こうかい》している。健康や環境《かんきょう》に気を遣っていたのは自分のためだけではなく、心配する周囲のためでもあったのだろう。

この世界では無茶《むちゃ》をした事を怒《おこ》られてもそれをいつまでも引きずらず、回復すればまた一緒《いっしょ》に何かをやろうと言ってくれる人ばかり。魔力《まりょく》切れで倒れた後でも、私が何かをするのを誰《だれ》も止めない。これをやってもいいのかと聞くと、何故《なぜ》そんな事を聞くのかと言わんばかりの不思議そうな顔で、出来るならやってくれと言われる。

結局、私は皆《みな》で助け合うのが当然で、ある意味対等なこの国を気に入ってしまったのだ。

「私、色々な事をやってみたい。病気は完治したのに、病室の中と同じ過ごし方は嫌《いや》」

いっそ遠くに引っ越《こ》そうかと悩《なや》んだ事もあったが、変に心配される事以外は問題が無くて、今一歩踏《ふ》み切れなかった。一番の味方である両親は応援《おうえん》してくれる側だったし、その両親と過ごした日々の思い出の場所も多く、心配性《しんぱいしょう》ではあるが学生時代から仲が良い友人もいたからだ。しかしこうして強制的に離《はな》されてみると、この自由が楽しくて仕方がない。

「でも、私は帰りたい」

今はまだ気づかれていなくとも、いずれ両親は私が行方《ゆくえ》不明だと知るだろう。ただでさえ幼少期に一生分の心配をかけているのに、これ以上二人に心労をかけたくない。

自分の気持ちを再確認《さいかくにん》しつつ、襲《おそ》ってくる睡魔《すいま》にゆっくりと身を任せた。

色々と悩む事はあれど、これまで通り修繕《しゅうぜん》と再生の魔法を使って壊《こわ》れた物を直しながら日々を過ごす。この世界の服を着るようになって一か月ほどが経《た》っただろうか。

本来ならアルドは狩《か》り、私は修繕の仕事をしている昼の時間だが、今私達は揃《そろ》って最初に直した畑に来ている。町の人達は慌《あわ》てて畑を耕しながら種を植えており、町の方からはたくさんの種や苗《なえ》を抱《かか》えた人が走ってきて、それに合流していた。

「本当に再生直後の状態に戻っているとはな。今は魔法は発動しないか？」

「うん。使った直後だからかな？」

「この状況《じょうきょう》が初めてだからな。俺にもわからん」

今日は農機具修繕の依頼《いらい》を受けて最初に直した畑に来ていたのだが、直し終えたところで、この再生後に収穫《しゅうかく》まで終わった畑に修繕魔法を使ったらどうなるのかが気になった。

そんな軽い気持ちで魔法を使ってパズルが現れた瞬間、周囲の人が驚いて騒《さわ》ぎになり、狩り中のアルドが呼び出されるという予想外の大騒動《おおそうどう》になってしまったのだ。収穫後で荒《あ》れているとはいえ再生済みではあるので、本来なら魔法自体発動しないらしい。

アルドに頼《たの》まれてパズルを解くと、畑は以前再生した時と同じような一切《いっさい》荒れていない状態へ変わった。魔力が浸透《しんとう》する間の恩恵《おんけい》も受けられそうで、皆慌てて畑作業をしている。

「今回のパズルは妙に小さかったようだが、何か変わったか？」

「うん。パズル自体は小さかったけど、解くために特殊なスキルがいくつか必要な難しいものだったよ。スキルの話は前にしたでしょう？」

「本来消せないピースを消したり、移動出来ない場所に動かせたりするようになる力か」

どうやらスキルの数は私の魔力制御《せいぎょ》に関係していたようで、私の魔力制御が良くなると数が増える事に気が付いた。アルドが良くなった、と褒《ほ》めてくれると増えている事が多い。

魔法を使えば使うほど、そして魔力制御が出来るようになればなるほど、ユーリスのスキルを私が現実で使えるようになっているようだ。

「さっきのパズル、魔力制御を教わる前の私じゃ絶対に解けなかったよ。それに、なんというか、零《ぜろ》から一に戻す再生というよりは、一から二に状態を上げた風に感じるんだけど」

「そうだな。俺も再生したというよりは改善したと言った方が近いと思う。これが他《ほか》の場所でも出来るなら、思ったよりもずっと早く復興が進むかもしれないな。これまで直した泉や他の畑も確認しておきたい。お前も来てくれ」

畑を町の人達に任せて、最初に直した泉に向かう。私が魔法を使うと畑と同じようにパズルは現れたが、アルドが試しても魔法自体発動しないようだった。

「異世界から来た人間にしか出来ないのか、最初に癒《いや》した人間にしか使えないのか……」

「今までこういう風に使った事って無いの？」

「無いな。この魔法についても直せるという事がわかっているだけで、細かい事はわかっていない。荒れ地や壊れた物以外には発動しないとわかっていたし、試した事も無い」

細かい理解が必須《ひっす》な科学との差だろうか。魔法に関しては修繕魔法以外でも原理がわかっていないものが多く、私もそういうものだと思っておくしかない。現れたパズルを見つめてみるが、このパズルは今の自分には解けない事がわかっただけだった。

「ごめんアルド。今の私が使えるスキルだけじゃ、ここのパズルは解けないみたい」

悔《くや》しい、なんて修繕魔法に対して初めて思ったかもしれない。以前浴場を直した時は水場が駄目だっただけでパズル自体は解けていたし、目の前のパズルはゲームならば簡単に解けるものだ。出来るのに出来ない事が酷《ひど》く悔しい。

もっと魔力制御が出来るようにならなければ、このパズルは解けないままだ。パズルを解く自信はあるのに、みんなの助けになると思ったのに、今は何も出来ない。

小さくため息を吐《つ》いてから顔を上げると、アルドは泉を見つめながら何かを悩んでいるようだった。口が弧《こ》を描《えが》いているので、喜んでいるのはわかる。

「アルド？」

「ああ、すまない。また贅沢《ぜいたく》な悩みが出来たなと嬉《うれ》しくなってな」

笑顔《えがお》を崩《くず》さないアルドがいつも通り余裕《よゆう》たっぷりなので、悔しさがゆっくりと無くなって、肩《かた》の力も抜《ぬ》けていった。そういえば前もこんな感じだった気がする。

「思ったより畑に植えられる回数が増えたからな。植える種や苗が足りないだなんて、今までではありえないほどの贅沢な悩みだ。この泉もお前ならその内魔法を成功させるだろう。それまでは今まで通り魔力制御を覚えながら壊れている物を直せばいいだけだ」

「……うん、そうだね。ありがとう」

彼は私が魔法を成功させる事を微塵《みじん》も疑っていない。出来なそうだからやめておけと止められる事は多々あったが、家族以外にこんな風に言って貰《もら》えたのは初めてだ。

それからこれまで直した所をすべて回ったが、今の私の力で解ける場所は無かった。悔しさを感じないのは、アルドが私ならいつか解けると信じてくれたからだろう。回っている内にどんどん時間は過ぎてしまい、今日はもう配給を受け取って帰る事にした。

二人で夕食を取りながら、今後の計画を立て直す。

「今回のように再度直した時は周囲の大型設備に影響《えいきょう》は無いようだな。次に直す予定だった畑も時間を空けずに直せそうだ。問題はその後どこを直すかだが……」

「新しいスキルさえ覚えられればこれまで直した所を回ってもっと便利に出来るかも、って思ったんだけど。でもやっぱり壊れた物を直すのが優先だよね。私が帰る時に、壊れたままの物が一つも残っていないくらいにはしておきたいし」

私がそう言った瞬間《しゅんかん》、食事を口に運んでいたアルドの動きが不自然に止まった。仲良くなっていなければ気付かなかったくらい短い時間だったが、何かに驚《おどろ》いたようだ。

「……そうだな、一か所とはいえ収穫から植えるまでの時間は短縮されたし、畑優先なのは止《や》めて他の場所を直そう」

私が問いかける前に、彼はすぐにいつものように話し出した。気にはなったが、確かに計画を練り直す必要がある。しばらく二人で話し合い、新しい計画を立て直した。

そうして食後に恒例《こうれい》の対戦を始めたのだが……お互《たが》いに中々文字が出て来ない。普段《ふだん》の倍以上時間が掛《か》かっているのは気のせいではないだろう。

「今日は相当頭を使ったからな。集中力も途切《とぎ》れているし、ここまでにしておくか」

「そうしようか。今日頭を使ったのがアルドだけだったら、勝てたかもしれないのに」

「残念だったな」

あまり頭が動いていないのは私も同じなので、今日も私の負けは変わらない。

「帰るまでに一度くらいは勝ってみたいんだけどなあ」

「……お前は」

不自然に言葉が途切れたので、盤面《ばんめん》から顔を上げてアルドの方を見る。彼は少し目を見開いて、何か言おうとしたのか口を開けたまま固まっている。

「アルド？」

「いや、何でもない。この間見つけた文献《ぶんけん》なんだが、この世界の古い言葉で書かれていてな。異世界について書いてあるようだが、解読には相当時間が掛かりそうだ」

「え、これとは違《ちが》う文字があるの？」

「ああ。完全に読める人間はいないし、俺も辞書を頼《たよ》りに解読しているだけだがな。その辞書も大半が戦争で焼けて残っていない」

「ごめんね、手間かけさせて」

「それが約束だからな。守るさ……守るとも」

いつも通りの笑みのはずなのに、彼はなんだか苦しそうだ。最近は時折こんな風に何かに悩《なや》んでいるようなのだが、聞くなという無言の圧を感じて何も言えずにいる。

彼にはずっと助けられているし、何かあるなら力になりたいのだが。

「今日の質問は？」

「ああ、そうだったな……」

とりあえず空気を変えようと話題を振《ふ》ってみる。賭《か》けをしなくても遠慮《えんりょ》なく何かを聞ける仲にはなったが、お互いになんとなく楽しみになって賭けは続行中だ。ちょっとした事を聞かれる事が多いため、今みたいに何を聞くか真剣《しんけん》に悩む彼を見たのは初めてだった。

「……お前は、元の世界に恋人《こいびと》はいるのか？」

「えっ」

長考の後の質問は完全に予想外で、気の抜けた声で聞き返してしまった。彼から恋愛《れんあい》面の質問を受けたのは初めてだし、そもそもそういう事を気にするタイプでは無いと思っていたのに。じっと答えを待っている様子も彼らしくなくて、少し戸惑《とまど》ってしまう。

「いないよ。もしいたら今よりもっと帰れない事に焦《あせ》ってると思うし」

「なら好きな奴《やつ》は？」

「ええ……いないかな」

現実には、と心の中で付け足して、スマホの中のユーリスの事を思う。

それにしても、追撃《ついげき》の質問が来るとは思わなかった。アルドも恋愛に興味があるのだろうか、ちょっと不思議な気分というか、変な感じがする。

「アルドは？　王様なんだし、結婚《けっこん》とかしないの？」

「しない」

いつものように聞き返すと、あっさりと否定の言葉が返ってくる。以前も恋愛事をする気はないと言っていたが、跡継《あとつ》ぎ問題等は無いのだろうか。

「俺は結婚はしないし、恋もするつもりはない。今までも、これからも」

アルドの声にはやけに力が籠《こも》っていて、恋など絶対にするものかと言わんばかりだ。ただ瞳《ひとみ》は迷っているように見えて、どう言葉を返したらいいのかわからない。聞くなという強い拒絶《きょぜつ》も感じる。

「お前はどうなんだ？　過去に恋人がいた事は？」

「……最短三日、最長一か月」

「は？」

「恋人が出来てから付き合った日数。告白は全部向こうからで、別れを切り出すのも全部向こうから。恋人らしい事をする時間どころか、相手を好きになる暇《ひま》すら無かったよ」

「そ、そうか」

私の答えに返す言葉を探しているアルドは気まずそうで、先ほどの息苦しさを感じるような空気は消えていった。少し狙《ねら》っていたとはいえ、おかしくなって笑ってしまう。

「別れる時の言葉も同じ。だからアルドが私に、もっと守ってあげたくなる子だと思ったのに、外見と中身が全然違う、って。見た目と違って強《したた》かで良い女だって言ってくれたのは嬉しかったよ。見た目と違うって言われる時はいつも嫌《いや》な言葉が付いて来てたから」

「……世辞ではないぞ。今も良い女だと思っている」

「うん、ありがとう。アルドみたいな良い男に言われると自信が持てるよ」

そうだろう、といつもの余裕のある笑みが返ってくると思ったが、彼は少し驚いた後に苦笑《くしょう》しただけだ。うまくいっていないというか、すれ違っている気がして落ち着かない。

どこかもやもやしたものを残したままその日は別れたが、次の日にはアルドはいつものように笑っていた。

帰る手段に繋《つな》がりそうな情報は見つかったし、ゲームの帰宅ゲージも半分以上溜《た》まっている。修繕《しゅうぜん》の魔法《まほう》は魔力制御《せいぎょ》を覚えれば覚えるほど、これまで直した物を便利に出来そうだ。何もかもが順調なのに、心の中には少しだけ不安が宿り始めていた。

間章

孤独な王の変化

「らしくない事をしたな」

薄暗《うすぐら》い部屋の中、玉座を見下ろしながら呟《つぶや》いた言葉は、自分が思っていたよりもずっと力が無かった。埃《ほこり》の積もった玉座から目を逸《そ》らして、奥にある寝室《しんしつ》へと向かう。ベッドに腰《こし》かけて異世界について書かれた本を開いてみるが、内容が頭に入って来ない。

「もしもここに帰宅手段が示されていたら、あいつはいなくなるのか」

寂《さび》しいだなんて、本当にらしくない。

「……あいつを帰したくないのか、俺は」

どうやら俺はサクラと過ごす時間を随分《ずいぶん》気に入ってしまったようだ。だが彼女のおかげで国は良くなってきている。別れが寂しいなんて理由で約束を違《たが》えるわけにはいかない。

本を読み進めてみるが、手持ちの古代文字の辞書ではわからない文字が多く、頭が働いていない事もあり翻訳《ほんやく》は進まない。本を閉じて、ごろりと横になる。

「俺は、何故《なぜ》あんな事を聞いたんだ？」

恋愛話など自分にとっては一番縁《えん》のない、避《さ》けて通りたい話題だ。なのに無性《むしょう》に気にたって、何とか聞き出そうとしてしまった。サクラも俺の様子がおかしい事に気付いたようだし、変な心配をかけてしまって悪い事をした。

「……今日はもう寝《ね》るか」

心の奥から噴《ふ》き出してきそうな何かを必死に抑《おさ》えつけ、目を強く閉じる。まだ、まだ間に合うはずだ。気付かなかった事にしなければならない。


次の日、いつも通り二人で朝食を取り、魔力制御の訓練を始める。握《にぎ》った手が吹《ふ》き飛びそうなほどに強力な魔力だ。これがわからないのは、彼女が別世界の人間だからだろう。

「もう少しだ。昨日よりも下がってはいる」

「その下げるっていう感覚が上手《うま》く摑《つか》めないんだよね」

しかし、よくもまあこんな小さな手から強大な魔力が飛び出してくるものだ。彼女の目安となるように自分でも魔力を放出しながら、ぼんやりと彼女の手を見つめる。不意に自分の手に少しだけ力が籠った事に気付いて、慌《あわ》てて力を抜《ぬ》いた。気付かれていない事に胸を撫《な》で下ろして、この手を離《はな》したくないと思う自分に頭を抱《かか》えたくなる。

何とか訓練を終えて狩《か》りへ向かったが、調子は戻《もど》らず狩りもうまくいかず、仲間に心配されて切り上げる事になってしまった。サクラのおかげで食料に多少余裕《よゆう》は出来たし、狩りの成果が無い日でも食べ物はある。毎日それなりの量を食べられるようにもなってきた。

「そういや、今日は二個目の畑の収穫《しゅうかく》だろ？　時間空いたし、様子見に行ってみないか？」

「収穫量によっては狩りの目標を変えなきゃならんしな。アルドさんも行きます？」

「ああ、そうするか」

　狩りの成果を担当の奴に預け、畑に向かう。農業好きな奴らが楽しそうに野菜を収穫している様子を見て、自然と笑《え》みが浮《う》かぶ。あばらが見えるほどにやつれていた人間も減り、嵩増《かさま》しのために硬《かた》く旨味《うまみ》のない草を交ぜて何とか食べられるように工夫《くふう》する事も減った。

　自分が生きている間にこんな日が来るなんて、想像すらしていなかった事だ。

「ここの畑は囲いか何か付けないと獣《けもの》が入ってきそうだな」

「動物が増えた分、凶暴《きょうぼう》な獣も増えたしな。町の修理用の材料を少しこっちに回すか」

　色々と話し合いながら足元にあった邪魔《じゃま》な石を拾って顔を上げると、楽しそうにファラと話すサクラを見つけた。なんとなく二人の会話が気になり、耳を欹《そばだ》てる。二人の間に遠慮は見えず、揶揄《からか》いあったりふざけたりして笑っているようだ。

　……こうして気の許せる相手が出来ても、彼女は帰りたいのだろうか。

　一瞬《いっしゅん》過ぎった考えに、当たり前だろうとすぐに思い直す。この世界に来た時から、彼女は一貫《いっかん》して帰りたいと言っているのだから。昨日から妙《みょう》な事ばかり考えてしまう。落ち着こう、と静かに息を吐《は》きだしたと同時に、サクラとファラの会話が耳に飛び込んできた。

「えー、サクラなら家《うち》の兄貴の嫁《よめ》に来ても良いけどなあ」

「あはは、もう何があっても帰れない、ってなったらよろしく」

カッ、と頭に血が上り、目の前が一瞬真っ白になった。

同時に響《ひび》いたバキッという大きな音で、周囲の景色が視界に戻ってくる。

「あ……」

「お、おお……力加減を間違《まちが》えるなんて珍《めずら》しいな、アルド」

手の隙間《すきま》から砂になった石がサラサラと流れていく。先程《さきほど》拾った石を握り潰《つぶ》してしまったようだ。近くに立っていた狩り仲間の顔が引きつっている。それなりの大きさの石だったので音も大きく、周囲の人間の視線が俺の方へ集中した。

俺に気付いたサクラがこちらへ歩いてくる。今は来ないでくれ、と思った自分に混乱して、うまく身動きが取れない……そのせいで、笑顔で俺の名を呼んだ彼女の背後に影《かげ》が掛《か》かった事に気付くのが一瞬遅《おく》れた。

周囲から悲鳴が上がる。一拍《いっぱく》遅れて動いた自分の手が彼女を引き寄せたのと、目の前で赤い物が飛び散ったのは同時だった。

「えっ」

俺の腕《うで》の中で呆然《ぼうぜん》と呟く彼女の腕から流れる赤い血と、その向こうで唸《うな》る大きな獣。再度飛びかかってきたその獣の長い爪《つめ》に彼女の血が付いている事に気付いて、頭の中で沸騰《ふっとう》したような怒《いか》りが爆発《ばくはつ》した。

「わあ……」

少し呑気《のんき》にも聞こえるサクラの声で、すぐに我《われ》に返る。自分に抱《だ》きしめられたまま首だけ後ろを向いている彼女の視線は森の方へ向いており、周囲の人間も彼女と同じ所を見つめていた。彼女を抱き寄せていない方の手がじんじんと痛む。

「いやあ……随分遠くに飛ばしたな、アルド」

「落下した辺りを見てくるか。食料が増えるかもしれん」

普段《ふだん》と同じように交《か》わされる会話に頭の中が一気に冷めて、冷静さが戻ってくる。足元にはあの獣の爪が落ちているが、姿自体は見えない。俺が怒りのままに殴《なぐ》り飛ばしたせいで、森の奥まで吹き飛んでいったようだ。手の甲《こう》には獣の爪が当たって出来た傷がある。

それを見た瞬間、サクラが怪我《けが》をした事を思い出して慌てて彼女の腕を見た。

「おい、怪我は」

「え、あ、切れてる」

突然《とつぜん》獣に襲《おそ》われて怪我をしたにもかかわらず、サクラの返答は随分のんびりとしたもので……肩《かた》に入っていた力が一気に抜けて、盛大にため息を吐いた。

「いやいや、呑気すぎるって！　大丈夫《だいじょうぶ》なの？」

慌てて駆《か》け寄ってきたファラがサクラの傷を見始めたが、傷自体は少し掠《かす》っただけのようだ。ちょうど血管がある部分に当たって、勢いよく血が飛んだらしい。

「とりあえず二人とも医者の所に行ってこい。アルドも調子悪そうだしな」

「調子が悪いって、大丈夫なの？」

「俺の心配をしている場合か。今日は色々とうまくいかなかっただけで、体調は問題ない」

否定はしたものの、いいから行って来いと背中を叩《たた》かれてしまった。抱き寄せていたサクラを放そうとして、放したくないと思ってしまう自分に頭を抱えたくなる。

この感情が何なのかなんて、わからないはずもない。だが、認めるわけにはいかない。

「行くぞ。化膿《かのう》して腕を切断する事になるのは遠慮《えんりょ》したいからな」

「うん」

目の前で大きな獣を殴り飛ばしたというのに、サクラの態度は何一つ変わっていない。当たり前のように隣《となり》に並ばれて感じる嬉《うれ》しさをどうする事も出来ず、持て余してしまう。

「……俺は、恋《こい》などしない。するわけにはいかない」

自分に言い聞かせるように小さく呟く。声に出せる程《ほど》に自覚したとしても、認めるわけにはいかない。ともかく今は彼女の怪我の治療《ちりょう》をしなければ、と気持ちを切り替《か》える。

「アルド、助けてくれてありがとう」

「……ああ」

せっかく放したのに、笑顔を向けられてしまうとまた腕の中に戻したくなる。いっそ力の差を怖《こわ》がってくれればよかった。怖がって離れて欲しかった。

帰らないでくれ、ここにいてくれ、このまま俺の隣に。そう叫《さけ》ぶ心から必死に目を逸らす。恐怖《きょうふ》を感じたのはいつぶりだろう。早く一人になって、冷静になりたかった。

俺もサクラも傷は浅く、魔法で痕《あと》すら残さず治す事が出来た。サクラは一瞬で治った事に驚《おどろ》いていたが、以前より魔法という力を受け入れているように見える。それならずっとこの世界にいてくれれば、と言いそうになって、油断すると口を滑《すべ》らせそうで……調子が悪いからと今日の勉強を断り、一人で城に戻ってきた。

一人での食事は久しぶりで、酷《ひど》くつまらない。サクラと対戦する事も無いので後は寝るだけだ。薄暗《うすぐら》い城はこんなに静かだったろうか、時間とはこんなに長いものだったろうか。

ソファに腰《こし》かけ、獣を殴った感触《かんしょく》が残る手を見つめる。あの程度の獣なら軽く睨《にら》みつけるだけで逃《に》げていく。普段狩《か》りをしない時はそうしているし、どう考えてもやりすぎだ。

『もう何があっても帰れない、ってなったらよろしく』

昼間のサクラの楽しそうな声が頭に響いて、大きくため息を吐いた。あの時石を握り潰したのは、サクラが他《ほか》の男と結婚《けっこん》する状況《じょうきょう》を想像して力の加減が出来無かったからだ。

「やはり、駄目《だめ》なのか。俺は」

一つ間違えば、この力が一瞬で大切なものを壊《こわ》してしまうと知っている。力の調節を覚えてからは、感情に振《ふ》り回されて何かを破壊《はかい》した事は無かった。だが昼間の自分に……。

「友人間のふざけ合いだとわかっていたんだ、なのに」

思わず両手で抱えた頭の中で、最近の出来事が次々と思い起こされる。

流星を見た日、綺麗《きれい》だと呟《つぶや》いた俺は星ではなく彼女の横顔を見ていた。あの日以来、今まで気にもしていなかった半年後の流星を待ち遠しく思ってしまっている。

「半年……半年後にあいつはいるのか？」

もしも帰る方法が見つかったら、間違いなく彼女は帰るだろう。そうしたら自分は、一人きりで流星を見るのだろうか。それが酷く寂《さび》しい事のような気がして、頭から離した手を強く握《にぎ》り締《し》める。彼女が隣にいない状態で見る星を、俺は楽しむ事が出来るだろうか。

……俺の知らない世界に戻《もど》った彼女は、別の誰《だれ》かとその世界の星を見上げるのだろうか。

まずいとわかっていても思考は止まらない。

彼女の好きという言葉につい反応してしまった、恋人がいたと聞いて胸がざわついた、恋人らしい事はしていないと聞いて安堵《あんど》した。いつの間にか彼女と夕食を取った後に城に帰りたくないと思うようになって、もっと長い時間を共に過ごしていたいと思うようになって。友人では足りない、手だけでなく全部に触《ふ》れてみたい。

「恋愛事《れんあいごと》なんて絶対に許されない事だとわかっていたのに。どうしてこうなったんだ。どうして俺はあいつの、サクラの事を好きになったんだ……！」

口にして完全に自覚して、けれど目を背《そむ》けていたい。握り締めた手にさらに力が籠《こも》り、僅《わず》かに痛みを感じる。それでも力を抜《ぬ》く事が出来ず、コントロールを失いかけている事への恐怖がどんどん増していく。ずっと恐《おそ》れていた事がついに起こってしまった。

「俺は、過《あやま》ちを繰《く》り返すわけにはいかないんだ」

静かに立ち上がって窓の傍《そば》に歩み寄る。広がる荒野《こうや》を作るきっかけになった俺の先祖である魔物《まもの》の王は、たった一人を深く愛する本能を持つ種族だった。先祖返りしている俺はその魔物の特性を、愛した人のためならば世界すら滅《ほろ》ぼし、凄《すさ》まじい独占欲《どくせんよく》で愛した相手を閉じ込めてでも自分の傍へ置いておくような本能を、強く受け継《つ》いでいる。

戦闘《せんとう》力も知能も人間よりずっと高いが、愛する人のために他の犠牲《ぎせい》を厭《いと》わない以上、決して王になってはいけない種族。その特性を持っている俺がソキウスの王でいるのは、皆《みな》に頼《たの》みこまれた時に、自分は恋はしないと覚悟《かくご》を決めたからだ。

窓から見える町並みは、夜でも以前との違いがわかるほどに復興が進んでいる。もし愛した相手に何かあった時、俺はこの町すら壊してしまうかもしれない。それが酷く怖い。

「いつからだ、いつから俺はこんな……」

突然《とつぜん》の想《おも》いの自覚に自分でもついていけない。もし恋愛感情を覚えそうになった時に気付けていればきっと抑《おさ》えられたし、ここまで気持ちに振り回される事も無かったはずだ。

初めて会った時は迷子《まいご》のように不安そうにしていた彼女が、次の日には俺と対等に渡《わた》り合おうと強い笑《え》みで交渉《こうしょう》してきた時。あの時は良い女だとは思ったが恋愛感情は無く、話すのが楽しい相手だと思っていた。共に過ごしていく間に、対等の立場でいてくれる彼女のおかげで日々の楽しさは増して、良い友人が出来たと嬉しく思っていたはずだ。

「……ああ、そうか」

あの日、彼女が元の世界の服からこの国で買った服に着替《きが》えた日、仕事という意識を捨てた彼女が柔《やわ》らかく素《す》を出して笑った時、彼女の中で何か大きな変化があったらしいあの時に、俺の中でも友愛が恋心に変わったのだ。

「サクラには帰ってもらわなければ困るんだ。彼女もそれを望んでいる」

自分に言い聞かせるように声に出すが、帰したくないという気持ちは強くなるばかりだ。そしてこの世界に残るなら、他の男ではなく自分を選んでほしいとも思ってしまっている。

この制御《せいぎょ》出来ない感情のせいで、いつ国民を、サクラを傷つけるかわからない恐怖を感じながら生きていくのはごめんだ。気持ちを落ち着かせようとしても、自覚した恋心は消えるどころか溢《あふ》れんばかりに強くなり、頭を抱《かか》えて唸《うな》る事しか出来なかった。


あの日から五日が経《た》つ。時間が経つほどに増す恋心は持て余したままだ。冷静にならなければ取り返しが付かない事になる。調子の悪さを理由にしばらく休ませてくれと頼んで城に籠っているが、いつまでも休んでいるわけにはいかない。それでも動く事が出来ない自分は、結局恐れていた通り、恋心に振り回されて国の事を後回しにしてしまっている。

そして、今俺の前には一番会いたくなかった人物が立っていた。

「もう大丈夫なの？」

「ああ、明日には狩《か》りに復帰する予定だ。届けてもらって悪いな」

自分はちゃんといつも通りだろうか？　夜に配給を届けに来てくれたサクラを見て不安になってくる。昨日までは狩り仲間が届けてくれていたので、油断していた。

「悪かったな。魔力制御の訓練も勉強も出来なかった」

「いや、そこは体調を優先してよ」

くすくすと笑う彼女に、冷静さを保とうとする意志がどんどん弱くなっていく。

心のどこかで、恋をしても自分は大丈夫《だいじょうぶ》ではないかと思っていたのに、種族としての特性は制御出来ないものだと突《つ》き付けられた気分だ。少しでも気を抜けば、彼女の意思を無視して傍にいてくれと言いたくなる。ここに閉じ込めておきたいと思ってしまう。

いつか帰るのだと、前だけを見て努力する姿を見てきた。その強さに惹《ひ》かれたのに、俺の手でその意思を押し潰《つぶ》したくない。けれど気持ちの整理はつかず、執着心《しゅうちゃくしん》は増していく。

「……サクラ、少し話を聞いてくれるか？」

「私で良ければ」

そうだ、彼女がこうやって無防備に近寄ってくるから余計に我慢《がまん》が出来なくなる。怖がって離れてくれれば、諦《あきら》めが付くはずだ……付いてくれなければ困る。

「以前、俺は王になってはいけないと話しただろう？　俺の種族が王になってはいけないというのは世界の共通認識《にんしき》なんだ。以前先祖がこの世界を崩壊《ほうかい》寸前にまで追い込んだのは、種族の特性が大きく影響《えいきょう》しているからな」

サクラの視線を感じながら、彼女を抱《だ》き寄せてしまいたい衝動《しょうどう》を、自分の意思でコントロール出来ない本能を必死に抑えつけて、話し続ける。

「戦争を起こした時の俺の先祖は、今の俺達と違《ちが》って純粋《じゅんすい》な魔物だった。その先祖の愛した人間をアリローグの王が攫《さら》い、激怒《げきど》した先祖がアリローグに攻《せ》め込んだんだ」

まっすぐに俺の目を見つめるサクラは、静かに俺の言葉を待っているように思えた。少しの違和感《いわかん》を覚えながら、話したい事を言葉にするために強く手を握り締める。

「俺の種族は、一人だけを深く愛する事が食欲や睡眠欲《すいみんよく》と並ぶほどに強く本能に刻み込まれている。自分の治める国が滅びるか、愛する人の命が助かるかで天秤《てんびん》にかけられた時、躊躇《ちゅうちょ》無く愛する人を選ぶ奴《やつ》が王になっていいはずもない。独占欲も異常なほどに強く、一度愛してしまえば相手の意思を無視して、閉じ込めてでも自分の許《もと》へ置いておこうとする。純粋な魔物で無くなった今もそれは変わらないし、俺も恋《こい》をすればそうなる」

自分は大丈夫かもしれないなんて思っていた己《おのれ》の呑気《のんき》さが嫌《いや》になる。握り締めている自分の手がいつ彼女を傷つけるかわからないだなんて、本当に最悪だ。

「へえ、素敵《すてき》だね」

「……は？」

予想もしていなかった返答に、今まで出した事の無いような間抜《まぬ》けな声が出てしまった。

確かに想い人はお前だ、なんて事は伝えていないが、目の前の奴が惚《ほ》れた相手を問答無用で監禁《かんきん》するような存在だとわかったら、多少なりとも怖《こわ》がるものではないのか？

「恋愛感情が監禁を企《たくら》むほどに重いんだぞ？」

「え？　でもアルドは相手と両想いなら、閉じ込めるよりも、色々と自由にやってるのを見る方が好きそうだし」

「それは……」

確かにどこかに閉じ込められて暗い顔で俯《うつむ》くサクラを見るよりは、今のように色々と楽しみながら外で笑っている彼女を見る方が良いかもしれない。閉じ込めてしまえば以前星空を見上げて目を輝《かがや》かせていた彼女の姿は見られないのだから。

だがそれは、彼女の言う通り両想いの場合だ。

「……一人を特別扱《あつか》いする奴が王には向かないのは確かだろう。俺の先祖は戦争中に愛した人間が殺された事で余計に手が付けられなくなった。誰が止めようとも、治めていた国が滅ぼうとも、死ぬまで暴れまわるのを止《や》めなかったんだ。戦争が終わった今でも、俺の種族から愛する人間を奪《うば》う事が絶対的なタブーとされるほどに、被害《ひがい》は甚大《じんだい》だった」

「先祖が過去に何をしでかそうと、アルドが王に向いているかどうかを判断するのは、関係ない国の人でもアルドでもなくて、この国の人達だよ。皆《みんな》がそれでもあなたが良いって言ってるのに、何の問題があるの?」

否定出来る言葉が見つからず黙《だま》った俺を見て、サクラは楽しそうに笑った。

「私が今日ここに来たのは、私が来たかったっていう理由以外に、町の人達に頼まれたっていう理由もあるんだ。あなたの種族についてももう皆から聞いてた。ごめんね」

驚《おどろ》きと同時に、先程《さきほど》までのサクラの様子に納得《なっとく》がいった。話し始めた時に知っていると遮《さえぎ》らずに話を聞いていたのは、俺が吐《は》き出したいと思っている事に気付いたからだろう。

「……お前は、それを知ったのにここに来たのか?」

「私にとって怖がるような事ではなかったからね。後、町の人達から伝言。『時には自分を犠牲にしてでも俺達を優先してくれたアルドには幸せになってほしい。もしアルドに恋人が出来たとしてもずっと王でいてほしい。愛する相手と国を天秤にかけられた時は遠慮《えんりょ》なく相手を選んでくれ、俺達は勝手に逃《に》げるから心配するな』だって。自分達が言ってもアルドは礼を言うだけで本気にしてないから、念押しして言ってくれってさ」

この沸《わ》き上がる気持ちをなんと譬《たと》えたらいいのだろうか。本能すら覆《おお》い隠《かく》してしまいそうな、喜びにも似た感情が溢れ出しそうで、うまく声にならない。

王に向かないと悩《なや》んでいたのも、王になったからには恋はしないと縛《しば》りを設けていたのも俺だけで、あいつらはとっくの昔に俺を種族ごと受け入れてくれていたのか。

世界が一転する、という感覚を、俺は今初めて味わっている。

「すごかったよ、皆アルドに助けられた話とか、アルドがいかに誠実で良い人かっていう話を延々としてくるんだもの。元気になるまで遠慮なく休んでくれ、って言ってた。手助けが必要そうなら付いててやってくれって言われてるし、何かあるなら気軽に言ってね」

「……おい、ちょっと待ってくれ」

気付かれている、確実に国民達には気付かれている。俺がサクラに惚れた事にも、そのせいで悩み始めた事にも。羞恥心《しゅうちしん》とはこういう感情の事を言うのか。先程とはまったく違う感情で強く握《にぎ》り締《し》めた手が、わなわなと震《ふる》える。

王として認められていたのは嬉《うれ》しいが、恋愛《れんあい》の後押しまでされているとはどういう事だ。俺は俺の長所をサクラにアピールしてくれなんて頼《たの》んでいないぞ。本人がアピールだと気付いていないのが唯一《ゆいいつ》の救いだ。

羞恥心で顔が赤くなっているのを気付かれないように、必死に下を向く。頼むから国民達の言葉に感動しているだけだと思ってくれ。いや、もちろん感謝はしているのだが、自分の恋心がすべて筒抜《つつぬ》けになっていたという羞恥心の方が勝つのだ。

そんな俺の前で、サクラは少し懐《なつ》かしそうに目を細めて笑った。

「前に私の両親が少し特殊《とくしゅ》だって話したでしょう？　私の両親もお互《たが》いが一番、っていう考えの人達なんだよね。親なのに子どもを優先しないなんて、って私本人が問題に思ってないのに怒《おこ》る人が多くて嫌になったから、あまり話さないようにしていたんだけど」

窓の外を見つめるサクラは元の世界での事を思い出しているようだ。確かに娘《むすめ》と数年連《れん》絡《らく》を取らず、行方《ゆくえ》不明になっても気付かないとはどういう事だろうとは思っていたが……。

「お互いの事が本当に大好きだから、何かと相手の命を比べたら間違いなくお互いを選ぶよ。例えば私と母が死にかけて、どちらか一人しか助けられない、ってなった時には父は母を助けるし、死にかけているのが父と私なら母は父を助ける」

と思う、なんて想定ではなく助けると言い切ったサクラの瞳《ひとみ》からは、両親への愛情がしっかりと感じられる。自分が助けられなくても、何も気にしていないようだ。

「でも二人とも他《ほか》の人がどうでもいいってわけじゃない。ぎりぎりまで両方助けられる手段は探してくれるし、今だって、私が行方不明になったって知ったら必死に捜《さが》してくれるよ。ただ、私がいなくても二人は悲しむだけで生きてはいける。でもお互いがいなければ生きていけない人達なんだ」

「お前は、それでいいのか？」

「うん。私、子どもの頃《ころ》に命に関《かか》わる病気で長期入院してたんだけど、あ、今は完治してるから心配しないで」

命に関わる病という言葉に反応した俺に、サクラは慌《あわ》てた様子で笑って見せた。執着心やら独占欲《どくせんよく》やらを一瞬《いっしゅん》忘れる程の衝撃《しょうげき》だったが、普段《ふだん》の彼女の様子からしても完治したのは事実だろう。安堵《あんど》に胸を撫《な》で下ろして、話の続きに耳を傾《かたむ》ける。

「私の入院中、両親は私の治療費《ちりょうひ》を稼《かせ》ぐために離《はな》れ離《ばな》れになって、それでも嫌な顔一つせずに終わりの見えない長い闘病《とうびょう》期間をずっと私に付き添《そ》って、絶対に治るって励《はげ》まし続けてくれた。これが愛じゃないなんて、私は絶対に思わない。だからこそ行方不明になった事を気付かれる前に帰りたいんだけどね。私に付き添ってくれた分、何の心配もなく二人きりで楽しく過ごしてほしいから」

帰りたい、という言葉を聞いただけで、また執着心が増してくる。ただ、少し前の追い詰《つ》められていた時よりもずっと楽だ。これは一番大切にしていたかった、裏切りたくないと思っていた国民達が認めてくれたからだろう。

「もしもアルドがその先祖の王様みたいに、国と恋人のどちらかを選ばなくちゃいけない日が来ても、絶対ぎりぎりまで全部助ける手段を探す事くらい私でもわかるよ。そもそも、何でもかんでも背負いすぎだと思う。私は他の国の事は知らないけど、ソキウスでは皆《みな》家族のように助け合って生きてるんだから、そこも助け合えばいいだけじゃない？」

「……そうだな」

王になるのだから国民達を守ると決めて、あいつらを危険に晒《さら》すわけにはいかないからと恋をしない事を決めた。だからこそサクラに惹《ひ》かれてしまった事に苦しんでいたが、なんてことはない。家族と助け合えばいいだけだった。

「もしもあなたが明日愛する人を選んで、王である事をやめて国を出たとしても、私も恨《うら》んだりしないよ。今まで使った魔法《まほう》の分以上に助けてもらってるし、アルドが両親と同じ考えをしてるならその選択《せんたく》も納得出来るから。あ、でも……」

「でも？」

「怒《いか》りも恨みも無いけど、アルドと会えなくなるのは寂《さび》しいとは思うかな」

「……そうか。俺もお前に会えなくなると、日々つまらなくなりそうだ」

締め付けられるような焦燥感《しょうそうかん》は無くなった。いつもの余裕《よゆう》が心に戻《もど》ってきている。

俺は本当に、優《やさ》しい家族達に恵《めぐ》まれた。後押しまでされてしまっては動かないわけにはいかない。残る問題は一つ、彼女に怖《こわ》がられたくはないという事だけだ。

「なあサクラ、もし俺の想《おも》い人がお前だったとしたら、俺の事を怖いと思うか？」

「え、どうだろう？　そもそもこの国でアルドと過ごしてる間に怖いと思った事が無いし」

「力の差を感じた事はあるだろう？　襲《おそ》ってきた獣《けもの》を殴《なぐ》り飛ばした時もそうだ。本来なら威圧《いあつ》するだけで逃げていくような相手を、お前の至近距離《きょり》で遠くまで殴り飛ばした」

「目の前でずたずたになるまで殴って殺したとかならともかく、遠くに飛ばしただけで怖いとは思わないよ。おかげでもう一回襲われる危険も無くなったし」

彼女の返答に安堵したのと同時に、ああそうかと自分でも気が付いた。あの時の自分は頭が真っ白になってはいたが、それでも理性は働いていたのだ。

ここであの獣の命を奪えばサクラが怯《おび》えてしまう、と。

「アルドでも、好きな人に怯えられるのは怖いんだね」

「当たり前だろう。惚《ほ》れた相手に会うたびに怯えられて、傷つかないはずがない。だが相手が怯えるのは仕方がない事だともわかっている。自分でも制御《せいぎょ》出来ないような凄《すさ》まじい執着心《しゅうちゃくしん》やら独占欲やらを向けられるんだからな」

「なら私の意見は参考にならないかも。私はどちらかといえば羨《うらや》ましいと思っちゃうし」

「……羨ましい？」

「いつか私も両親みたいな一途《いちず》な恋《こい》がしたいって憧《あこが》れてたからね。でも実際恋人が出来たらすぐに『もっと守ってあげないと生きられない子だと思ってたのに』って別れを切り出されて、その後付き合った人は何度話し合っても過去の病気の事で過度に制限を掛《か》けてきて、一か月くらいで『勝手にしろ』って言われて別れちゃった。まあ、告白された時にこの人良い人だし、程度の軽い気持ちで付き合った私も悪いんだけど」

「見る目が無い奴《やつ》だな」

「男運が悪いのも、相手の説得に疲《つか》れて早々に諦《あきら》めたのも認めるよ。でも一人で生きるのも自由で楽しいし、この先誰《だれ》かと恋人になるとしたら、本気で好きになった時だけかな」

俺が見る目が無いと言ったのはサクラではなく男達の方だったのだが。まあ俺に目をつけられた時点で男運が悪いのは確かだろう。

「一人の人しか見えないのは素敵《すてき》な事だと思うし、アルドに想われる人は心変わりの心配もなく付き合えるんでしょう？　私はアルドが嫌《いや》がる人間を閉じ込めて満足するとは思ってないし、ちゃんと話し合える、話を聞いてくれる人だって知ってるから危機感も無いよ」

「……そうか。まあ、その期待にはちゃんと応《こた》えるさ」

国民達からは種族など関係なく王であってほしいと言われ、後押しも貰《もら》った。

サクラからも恐怖《きょうふ》は感じないと言われた。

たったそれだけで、心の中には余裕が出来ている。サクラへの執着心も独占欲もあるが、頭の中は冷静なままだ。

ゆっくりと手を伸《の》ばして、サクラの腕《うで》を摑《つか》む。摑まれた腕を見て不思議そうにしたサクラが俺の顔を見て、その瞳が一瞬で驚《おどろ》きと警戒《けいかい》を含《ふく》んだものへと変わる。彼女は決して鈍《にぶ》くは無い。このわずかな時間でも、頭の中でこれまでの会話を思い出し、今の俺の表情と重ね合わせて正しい答えを出したはずだ。

彼女が口を開く前に腕を引き寄せ、胸元《むなもと》にぶつかった彼女の背にもう片方の腕を回した。摑んでいた方の手で彼女の頰《ほお》に触《ふ》れて顔を上げさせ、至近距離で顔をのぞき込む。吐息《といき》がかかる距離でも、サクラの瞳には警戒心があるだけで嫌悪感《けんおかん》は無い。

想いが伝わる可能性は零《ぜろ》ではないとわかって、口角が上がった。

「なあサクラ。俺が好きなのはお前なんだが、お前はどう答えを返してくれる？」

第六章　異世界での恋と葛藤

なあ、と至近距離で開いた口から甘さに満ちた声が響《ひび》く。頬に添えられた手も腰《こし》に回された手も力強く身動きは取れないが、それでも加減されているらしく痛みは感じなかった。細められた目から視線が離せず、硬直《こうちょく》したまま彼の目を見つめ続ける事しか出来ない。

「俺が本気なのは気付いただろう？　返事を聞かせてほしいんだが」

私は、私は何かとんでもない物を解き放ってしまったのではないだろうか。色気混じりのぎらぎらとした目がまっすぐに自分を射貫《いぬ》いているのを見て、そんな事を思う。

腰に回された手も、頬に添えられた手も、密着している体すべてが熱い。

「これでも逃《に》がしてやろうと思っていたんだぞ。お前が俺を怖がって離れてくれれば、これ以上深追いせずに済むと思っていた。王としての自分か、恋をする自分か、どちらか片方しか選べないと思い込んでいたからな。だがもう迷わない、どちらも手に入れる。この国であいつらと協力して王として生きて、お前の事も幸せにしてみせる」

数分前までの沈《しず》み切っていた彼はもういない。目の前にいるのは初めて出会った時に感じた肉食動物を思わせるような、どこまでも余裕のある笑《え》みを浮《う》かべる強い人だ。

少しでも気を抜けば色々な意味で食われそうで、それでも答えを返さなければと口を開く。彼が元気になったのも、きっと長年一人で悩《なや》み続けていたであろう事を吹《ふ》っ切った事も嬉《うれ》しい。それでもこれは別問題だ。

「今の気持ちを、遠慮《えんりょ》無しで正直に言っていい？」

「ああ、そうでなければ俺も困る」

「あなたの事は嫌《きら》いじゃない。良い男だと思うし、あなたに愛される人を羨ましく思う気持ちも変わらない。でも、帰る事を諦めて選べるほどに好きかと聞かれたら、違《ちが》う」

出会った時は少し遠い存在だった人。交流を重ねる内にどんどん仲良くなり、今は大切な友人だと思っている。悩む彼を見て、彼も絶対の強者では無いのだと親近感のようなものも湧《わ》いた。でも、異性として愛しているかと言われたら違う。

私が好きなのはユーリスだ。彼が現実にいないのはわかっているから恋人を作った事もあるが、ここは異世界。帰宅を望む以上、気軽に誰かと恋人にはなれない。

「そうか」

少し残念そうな声ではあるが、アルドは余裕があるままだ。腕の力が緩《ゆる》む様子もない。

「なら、俺はお前が帰る方法を探し続けよう。見つけても隠《かく》す事は無いと誓《ちか》う」

言葉とは裏腹に腕に籠《こも》る力が強くなる。ギラギラとした笑みがさらに近くなった。

「帰宅手段を見つけるまでの間に、必ず俺を選ばせてみせるさ」

キスでもされるのかと思うほどに近くなっていた距離は、その言葉を最後にゆっくりと離《はな》れていった。アルドの腕の力が抜けて、抱《だ》き締《し》められた体勢から解放される。緊張《きんちょう》で強《こわ》張《ば》っていた体の力が抜けて転びそうになったところを、また彼の腕で支えられた。

「……せっかく心配して来たのに」

「おかげで長年の悩みが解決したし、惚れた女を遠慮なく口説ける。ありがとう」

せめてもの抵抗《ていこう》で発した言葉は笑い飛ばされ、逆に私が反撃《はんげき》を受けて照れる事になってしまった。なんだか悔《くや》しい。この人から口説かれ続けて私の心臓は持つのだろうか。帰宅手段を探すという言葉を今更《いまさら》疑いはしないが、別の心配が出来てしまった。

「すっきりしたら腹が減ってきたな。飯にするか」

「この状況《じょうきょう》であなたと一緒《いっしょ》に食べろと？」

「ああ、食べてくれ。久しぶりに話がしたい。お前のいない食事の時間はつまらん」

余裕《よゆう》たっぷりの笑みをしばらく見つめ、ため息を吐《つ》いてから食卓《しょくたく》に着く。一人での食事をつまらなく感じていたのは私も同じだ。

彼が苦しい表情で無くなった事に安堵《あんど》している時点で私の負けなのだろう。私の悩みは増えたが、それでもアルドにはいつものように笑顔でいてほしいと思ってしまうのだから。

「これは、新しく収穫《しゅうかく》した物か」

「うん。種が結構採れたから、次に植えた時はもっと収穫出来そうだって言ってたよ」

食事を始めてからは、いつものように他愛《たわい》のない雑談が続く。何事も無かったかのようだが、アルドの視線に熱が籠っているせいで落ち着かない。あの告白の後に普通《ふつう》にご飯を食べている自分が信じられないが、冷静なふりをしているだけで混乱自体は続いている。

「あのゲームはお前の家か……今日は対戦は無理だな」

いつもよりも遅《おそ》い時間の夕食なので、もう外は真っ暗だ。最近は対戦すると白熱してしまい、続けて何戦もするようになったので、今日は時間が足りない。

「やりたかったの？」

「お前とやると楽しいからな。それに、今の俺にはあの賭《か》けの存在はありがたい」

「……そろそろ賭け止《や》めない？」

「断る」

なんとなく続けていた賭けだが、もっと早く止めておけば良かった。愉快《ゆかい》そうにこちらを見つめる彼が何を質問してくるかわからないが、ゲームに勝てる気がしない。

食事を終え、ゆっくりとお茶を飲みながら彼を見つめる。相談されている間に誰か好きな人が出来たのだろうとは気付いていたが、まさかそれが自分だとは思わなかった。

「どうして私なの？　少し前までそんな素振《そぶ》り無かったのに」

「どうして、と言われてもな……自覚したのは城に籠る前日だ。ファラと結婚《けっこん》の話をしていたのが聞こえた瞬間《しゅんかん》、持っていた石を握《にぎ》り潰《つぶ》した」

「……あの時響いた謎《なぞ》の音の正体がようやくわかったよ」

「その後、お前が襲《おそ》われて怪我《けが》をしただろう？　頭が真っ白になるほどの怒《いか》りを覚えたのは初めてだったし、抱き寄せたお前を放したくないとも思った。恋愛《れんあい》事は許されないと思っていたから落ち着くために城に籠ったが、どれだけ考えてもお前を帰したくない、俺のものにしたい、という気持ちが消えなくてな」

　自分から聞いたが、なんだか恥《は》ずかしい。聞きたいけど聞きたくない複雑な気持ちだ。

「それまでお前が帰った後の事を具体的に想像した事は無かったが、いざ自分の生活からお前がいなくなる事を考えたら凄《すさ》まじいショックを受けたんだ。ただ、俺の意識が明確に変化したのはお前が服を変えた時だな。それまでは気の合う友人で仕事仲間だという意識が強かった。お前も着替《きが》える前は、修繕《しゅうぜん》を仕事という意識でやっていただろう？」

「うん」

「あの日、ドアを開けた先にいたお前からは仕事という感覚が抜けていた。そこで素《す》で笑うお前を見て、初めて一人の女性として意識したな」

　なんとなく言いたい事はわかる。私自身もあの着替えで相当意識が変わったのだから。

　ふと、来たばかりの頃《ころ》に彼と並んで歩いた時の事を思い出した。上司と一緒に営業先を回っているような時間が、友人との楽しい時間に変わったのはいつからだっただろう？

「疑問は解けたか？」

「まあ、うん」

「なら良かった。俺はまた明日から色々と聞く事にしよう」

「……ねえ、やっぱり賭けは中止に」

「断る」

先ほどと同じ会話をして、やっぱり駄目《だめ》かと頭を抱《かか》える。そんな私を見て愉快そうに笑うアルドが楽しそうなので、まあいいかと思ってしまった。薄暗《うすぐら》い城の中で、一人ぼっちで苦しまれるよりはずっと良い。

それから少し話した後、彼は私を家まで送って、また明日な、と笑顔で帰っていった。

静かな家の中で一人になり、大きくため息を吐く。

「もう今日はお風呂《ふろ》だけ入って寝《ね》る……」

アルドと話し込んだものの、現実味は薄い。色々吹っ切ったらしいアルドは落ち着いたようだが、私も落ち着きたい。そのまま風呂に入り、寝る準備を済ませて布団《ふとん》に潜《もぐ》り込む。

「私の事が好き、か」

口に出すと余計に実感してしまう。ただでさえ頭の中で告白された時の事がずっとぐるぐると繰《く》り返されているのに。彼の体温や力強さまでリアルに思い出してしまって、唸《うな》る事しか出来ない。一途《いちず》に愛される事は理想だったはずなのに、会話中に時折交ざる告白じみた言葉や瞳《ひとみ》から感じる私への好意を、どう受け止めたらいいのかすらわからない。

「告白されてここまで悩むのって初めてかも」

社会人になると両想《りょうおも》いだから付き合う、なんて事は少ない。過去の恋《こい》がうまくいかなかったのは、相手を深く知らず恋愛感情も薄い状態で付き合い始めたという事も大きいだろう。

ユーリスの事は好きだが、彼は二次元の存在。別に現実の恋を拒絶《きょぜつ》する気も無いが……。

「アルドの告白を受けるって事は、帰るのを諦《あきら》めるって事」

元の世界には両親もいるし、二十年以上生きてきた思い出もある。この世界に慣れてはきたが常識すら把握《はあく》しきれていないし、ここで一生暮らす決意が出来るほどの勇気も無い。

「……やめよ」

今は何をどう考えても私の気持ちは帰る方へと向く。アルドが自分の好きなように私を口説くというのなら、私も自分の思ったように動くだけだ。

まっすぐに私を好きだと言ってくれたアルドの言葉を軽く扱《あつか》う事だけはしない、と決めて目を閉じる。睡魔《すいま》が襲ってくる気配はない。

気付けば朝で、いつも通りの時間に目が覚めた。告白の事が頭から離れず寝付くのが遅くなったせいで寝不足だ。怠《だる》さを感じながら枕元《まくらもと》に伸《の》ばした手が空を切って、あれ、と思いながら手を伸ばした先を見る。いつもそこに置いているスマホが見当たらず血の気が引いたが、すぐに部屋のソファの上に置いてあるのを見つけて胸を撫《な》で下ろした。

「スマホがここにあるって事は、私、昨日アプリ開いてない？」

信じられない気分でゲームを起動し、ユーリスのおはようというボイスを聞く。今まで毎晩欠かさずプレイして、ユーリスのおやすみボイスを聞いてから眠《ねむ》っていたのに、ゲームで遊ぶどころかベッドに持ち込んですらいなかった自分が信じられない。

「……ああ、もう」

わかっている、自分が動揺《どうよう》している事くらい。頭の中はずっとアルドの事でいっぱいだ。ずっと帰る事だけを考えて生きてきた。生きる手段を得ようと必死だったのも、より多くの物を直そうとしているのも、すべて無事に元の世界に帰るためだ。

それなのに、この世界にいてくれと言われてしまった。帰宅の意思は変わらないが、このままこの世界で生きるという選択肢《せんたくし》を明確に出されてしまったのだ。

「アルドが来る前に支度《したく》しなきゃ」

何故《なぜ》私は悩《なや》みの元凶《げんきょう》である彼を迎《むか》えるために準備しているのだろうか。自分でもよくわからないが、彼を無視するつもりは無いし、寝間着で迎える気も無いので仕方がない。

どんな顔で会えばいいのか悩んでいる内にも時間は過ぎ、聞き慣れたノックが響《ひび》く。

一瞬躊躇《ちゅうちょ》したものの、これからもこの日々は続くのだからと自分に言い聞かせて扉《とびら》を開ける。隙間《すきま》から伸びてきた腕《うで》に引き寄せられて、硬《かた》い胸板《むないた》にぶつかった。

「え、ちょっと」

「おはよう、サクラ」

ゆっくりと腰《こし》に回された手と私の顔をのぞき込むアルドの瞳が、昨日の告白の時と重なる。顔が沸騰《ふっとう》したみたいに熱い。私の顔が赤くなった事に気付いたアルドの笑《え》みが深まる。

「……おはようアルド。手を放してくれませんかね？」

「まあそう言うな。これでもお前が扉を開けてくれなかったらどうしようかと不安になりながら来たんだぞ」

色々と吹《ふ》っ切ったこの人でも不安になる事があるのか、なんて思ってすぐに、その原因が自分だと気付いて頭を抱えたくなる。

全身で愛を伝えられているというか、大量のハートマークをぶつけられている気分だ。

「あの、私、外で堂々と愛を叫《さけ》ぶようなタイプじゃないというか、こういう場所で言われると恥ずかしさが勝つというか……ともかく、家に入りたいんだけど」

人前での愛情表現が平気な人もいるのだろうが、私は無理だ。いつ誰《だれ》に見られるかわからない場所で抱《だ》きしめられても、そちらばかりが気になってアルドの言葉は入って来ない。

「……なるほど。悪かった」

じっと私の顔を見たアルドがすんなりと腕を放した事にほっとしつつ、彼を家に招き入れる。彼もずっと私を口説き続けるつもりは無いらしく、食事が始まってからの話題は修繕の計画についての真面目《まじめ》なものだった。

「明日畑を直しに行く計画はそのまま変えずにおくとして、問題はその後だな」

「その前に報告してもいい？　アルドが休んでる間に収穫《しゅうかく》が終わった二個目の畑でも魔法を使ってみたんだけど、一日目は発動しなくて、三日目にようやくパズルが出てきたの。収穫したその日に魔法を使ってまたすぐに植え直す、っていう手段は使えないと思う」

「そうか。一応、別の畑の収穫後にそっちでも試してみよう。土を休ませてからまた耕す時間を考えると、数日で使えるようになる魔法がありがたい事に変わりはないからな」

「これ、町の人から預かった収穫量の報告書ね……昨日渡《わた》しそびれたやつ」

私の顔が引きつっている事に気付いたアルドは、おかしそうに笑ってから差し出した報告書を受け取って真剣《しんけん》に目を通し始めた。正直、今の会話は彼にとって口説く理由が出来そうな内容だったと思う。彼の告白に心乱された結果、この書類を渡しそびれたのだから。

しかし彼は軽く笑っただけで、王としての仕事を優先している。やはり、彼が恋心に振《ふ》り回されて国民をないがしろにするなんて事は無いと思うのだが。

「別の世界から来た私でも、アルドは良い王様だと思うけどね」

「そう言って貰《もら》えるのは嬉《うれ》しいが、出来ればそこに良い恋人という関係も追加してくれ」

「……それで、畑の次に直す場所なんだけど」

私を口説いたアルドは笑顔になっただけで、視線は先ほどと変わらず書類の文字を追っている。こういう部分があるから嫌《きら》いになれないし、口説かれても不快に思えない。

「食料に余裕《よゆう》が出来そうなら下水設備も何か所か直しておきたいが、そろそろ森や山の再生も本格的に始めたくもあるな」

「自然の再生はやってみないとどこまで再生するのかわからないもんね。畑みたいに区切られてないし。最初に再生した時は家一軒《けん》分くらいの範囲《はんい》の木が再生したのに、次にやった時は木が一本再生しただけだったし」

「一先《ひとま》ず下水設備を優先するつもりでいく。国の連中にも不便を感じている所が無いか確《かく》認《にん》して、他《ほか》に緊急性《きんきゅう》が高い場所があればそっちに変更《へんこう》だ。お前は今日は休みだったか？」

「うん、ファラと泉に行ってくる」

「あそこは良い所だからな。楽しんでくると良い」

「魚が獲《と》れたら持って帰ってくるね」

「潜水《せんすい》用の魔法を使いこなせないと厳しいと思うぞ」

「うん。だからまったく期待しないでくれていいよ」

なんだそれはと笑うアルドは、私が友人と遊びに行く事を普《ふ》通《つう》に受け入れているようだ。

「私が誰かと二人で遊びに行くの、止めないんだ」

「あいつらは家族だからな。この件に関しても俺の味方だとわかっている」

「……やっぱりそうなんだ」

薄々《うすうす》感じてはいたが、ファラに聞く事が出来た。彼女以外の町の人達も共犯だろう。

「でもあなたの先祖だったら家族相手でも許さなそうだし、やっぱりアルドなら監禁《かんきん》まではしないと思うんだけど」

「俺がこうして穏《おだ》やかでいられるのは、お前が関《かか》わる相手がソキウスの奴《やつ》らだけだからだ。他の国に行くと言ったら意地でも止めるし、それこそ閉じ込めるかもな」

「なら大丈夫《だいじょうぶ》だね。この世界にいる間はこの国から出る気は無いし」

「そうか、良かった」

共に朝食を食べ終えて片付けを済ませる。普段ならばこの時間は魔力制御《せいぎょ》の訓練をする時間なのだが……隣《となり》に腰かけて笑顔で手を差し出すアルドの手をじっと見つめる。

「どうした？」

「わかってて言ってるでしょう」

指を絡《から》めて手を繋《つな》がなければ、私は魔力使用量の基準がわからない。これまでだって恥《は》ずかしかったのに、この状況《じょうきょう》でもやらなければならないとは……。

伸ばした手がアルドの手に包まれる。彼が幸せそうに笑ったせいで余計に恥ずかしい。

「ほら、やるぞ」

彼の視線には好意が溢《あふ》れているし、幸せそうな笑みを浮《う》かべてもいる。しかし訓練が始まっても、いつも以上に手に触《ふ》れられる事も力が籠《こも》る事も無い。手のひらから感じるアルドの魔力《まりょく》の量が下がっていくのに合わせて、私も魔力を下げるイメージを繰《く》り返す。

「下がってる？」

「ああ、順調だ。もう少し下げるぞ」

甘さを含《ふく》んだ視線はいつの間にか真剣なものへと変わっていた。指導も今までと同じように、下がっていなければいないとしっかり教えてくれる。下がった、上がったからまた下げろ、と何度か繰り返し、訓練の時間が終わる。アルドの魔力を感じなくなって、ゆっくりと息を吐《は》きだした。集中出来て良かった、と安堵《あんど》したところで、握《にぎ》られたままの手に力が籠る。顔を上げると、柔《やわ》らかく微笑《ほほえ》むアルドと目が合った。

「そう心配せずとも、訓練中に余計な感情は挟《はさ》まないさ。スキルを増やしたいという事もあるが、何よりもこれを身に付けなければお前の命に関わってくる可能性があるからな」

「……うん、ありがとう。頑張《がんば》る」

ちょっと申し訳ない心配をしてしまったな、と思いつつ、笑顔のアルドに笑いかけて繋いだ手を放そうとする。彼の手はピクリともしない。

「アルド？」

「訓練は終わったからな」

手を放そうとする私と握ったままにしたいアルドの攻防《こうぼう》が始まるが、本当に手が動かない。強く握られているのに痛みが無い辺り、相当力加減がうまいのだろう。静かな笑顔のまま続いた攻防は、お互《たが》いが仕事に行く時間になるまで続いた。

しかし、いざ一歩家から出てみると、彼は私に触れる事も距離《きょり》を詰《つ》めてくる事も無く、告白じみた事も言わずに歩き始めた。復帰を喜ぶ人達に囲まれて笑うアルドを見て、ようやく日常が戻《もど》ってきた気分になる。狩《か》りに行くアルドとはそこで別れ、私はファラとの待ち合わせ場所に向かう事にした。


泳ぐ約束をした泉は透明《とうめい》度が高く魚も多い。かなり深いので、ファラの魔法が無ければ溺《おぼ》れてしまいそうだ。腰まで水に浸《つ》かりながら、岸に腕をついて凭《もた》れ掛《か》かる。

「ねえファラ、この前の事なんだけど」

「いやあ、それにしてもアルドさんの調子が戻って良かったよ」

「そうだね、ところでファラ」

「こんな事今まで無かったからね。サクラに伝言頼《たの》んで正解だったよ」

「ファラ」

「……うん、ごめん」

風と水の感触《かんしょく》が心地《ここち》好《よ》くて誤魔化《ごまか》されそうになるが、本格的に泳ぐ前にはっきりさせておきたい事がある。何かを察して話題を変えようとしていたファラだが、数回名前を呼ぶと観念したのか、気まずそうに視線を逸《そ》らして謝罪の言葉を口にした。

「やっぱり、知ってたんだ」

城に籠ったアルドの事が心配であまり気にしていなかったが、あの数日間、ファラも含めた町の人達が頻繁《ひんぱん》にアルドの話題を私に振ってくる状況が続いていた。今にして思えば、あれは町の人からアルドへの後押しのようなものだったのだろう。

アルドが石を握り潰《つぶ》したり、獣《けもの》を遠くへ殴《なぐ》り飛ばしたりしたのを、この国の人達も見ている。ずっとアルドを慕《した》って共に過ごしていた人達が、彼の変化に気付かないはずもない。

「おかしいとは思ってたよ。色々な人がアルドの種族とか戦争について話してくれたけど、説明の中に毎回恋愛《れんあい》に関する話とかアルドの良い所についての話が交ざってたし」

当事者よりも早くアルドの恋心《こいごころ》に気付いたのは、彼らがアルドの事を慕っている証《あかし》だろう。あの伝言からも、どれだけ彼らがアルドの幸せを願っていたのかはわかる。

「……元々、サクラがアルドさんと対等な立場で仲良くなってくれて、皆《みんな》喜んでたんだ。あたし達はあの人の家族や仲間にはなれるけど、どうしても王様と国民っていう前提がある。アルドさんに自分を犠牲《ぎせい》にしてほしくないのに、結局あたし達はあの人に頼《たよ》らなきゃ生きていけなくて、すごくもどかしくて悔《くや》しかった。でもサクラが色々な物を直してくれたおかげで余裕も出来て、そんな時にアルドさんがサクラの事を好きになったから、何か変わるんじゃないかって期待してたんだ」

彼らが私を何の抵抗《ていこう》も無く受け入れてくれたのは間違《まちが》いなく優《やさ》しさからだろうが、こういう理由も含まれていたのだろう。来たばかりの人間が王と親しげに過ごしていても、誰《だれ》も文句一つ言わなかった。

「これを逃《のが》したら、もう二度とアルドさんにあたし達の気持ちは伝わらない。それに、サクラがアルドさんに恋してくれれば、あたしもサクラとずっと友達として過ごせる。サクラが帰りたいって思ってるのは知ってたし、申し訳ないとは思ったんだけど」

「その気持ちは嬉しいけど、やっぱり私はまだこの世界に残る選択《せんたく》は出来ないよ」

「うん、わかってる。これはあたし達の我儘《わがまま》でしかないって事も」

「……いつか帰る選択をするかもしれないけど、まだ仲良くしてくれる？」

「当たり前だよ。むしろこっちからお願いしたいくらいなのに」

彼らの真意はわかったし、そもそも私だって皆に助けられたからこそ、こうして生きていけているのだ。この国に来た日、不安しかなかった私に差し伸《の》べられた手も掛けられた温かい言葉も、忘れる事なんて絶対に出来ないし、今も町の人達には感謝しかない。

「ファラ、これ潜《もぐ》っても大丈夫なんだよね？」

「うん、目も開けて大丈夫だよ。地上と同じように見えるようになってるから」

ファラが差し出してくれた手を握って、思い切って水中に頭まで沈《しず》める。薄《うす》く開けた目に映る美しい水の中の世界に、悩《なや》んでいたものが吹《ふ》き飛んでいった。

わあっ、と零《こぼ》れた声に合わせて、泡《あわ》が水面に向かって上っていく。笑うファラに手を引いてもらって、少し冷たい水の中を泳いで回る。元の世界では絶対に味わえない感覚だ。

ファラと二人で大はしゃぎしながら、空がオレンジ色になるまで泳ぎ続ける。帰りの道は疲《つか》れてしまって足が重かったが、ずっと笑いながら話し続けた。見惚《みと》れるほどに美しい水中の景色も、初めて経験する友達と疲れるまで遊び続ける時間も、私はずっと忘れないだろう。次に休めるのがいつかはわからないが、また来たいと思ってしまった。


ファラと別れて家に帰った後、今まで通りアルドと二人で夕食を取る。この習慣は変わらないんだろうな、と思いつつ、彼が文字のカードを並べているのを見つめた。

配給を受け取る段階でアルドと合流したのだが、朝と同じように彼が人前で私に触れてくる事は無く……大半の人がアルドの恋愛感情を知っているので、アルドと並んで歩く事自体が恥ずかしいのだが、そこはもうあまり考えないようにすると決めた。

「そういえば、異世界について書かれた本の翻訳《ほんやく》が進むかもしれんぞ。古代文字について書かれた新しい資料を見つけたからな」

「本当？」

声を上げたと同時に、アルドが笑顔《えがお》のままな事に気が付いた。確かに帰宅手段は今まで通り探すと言ってくれたが、私を帰したくない彼にとって決して嬉《うれ》しい事ではないだろう。

「本当に探してくれてるんだね。アルドの言葉を疑ってたわけじゃないけど、もっと嫌《いや》そうに報告されると思ってた」

「まあ帰したくないのが本音だし、決して喜ばしい事ではないな。だがこれがお前との約束だ。これだけ国のために働いてもらっているのに、俺が裏切るわけにはいかん。帰宅手段を見つけたとしても俺を選ばせればいいだけだ」

凄《すご》い人だな、と思う。瞳《ひとみ》に宿る自信も、私が帰る確率が上がるとわかっていながら調査に手を抜《ぬ》かない姿勢も。帰したくないという自分の意志は曲げないが、私の気持ちにもちゃんと寄り添《そ》ってくれている。

彼は私のスマホに帰宅に繋《つな》がるかもしれないゲージがある事を知らない。情報が見つからなかった事にしておけば、彼の中では私の帰り道は無いままなのに。

「……アルドが今日外で私に触《ふ》れて来なかったのは、私が嫌だって言ったから？」

「人前で口説かれるのが苦手なら、べたべたされるのも苦手なんだろう？　なんだ、くっついても良いのか？」

「ごめんなさい、苦手です」

私の返答を聞いた彼がははは っ、と豪快《ごうかい》に笑う。伸ばされた手が私の頬《ほお》に触れた。

「まあ、こうして二人の時は触れさせてくれると嬉しい。お前の帰る手段は必ず見つけるが、その分俺にもお前を口説き落とすチャンスはくれよ？」

まいったな、と苦笑いで返す。私が嫌がる事はしないと言う彼は、こうして二人きりの時ならば触れられても嫌ではないと思っている私にも気付いているのだろう。

「……あなたが、同じ世界で生きている人なら良かったのに」

もしも出会ったのが元の世界だったら、私は何の躊躇《ちゅうちょ》も無く彼の告白を受けていた。今は恋愛感情が無くとも、この人だったら好きになれるとわかっているのだから。いつだって強くて余裕《よゆう》があって、たくさん助けてもらって……一緒《いっしょ》にいるだけで楽しい時間が過ごせる相手が私の事を好きだと全身で伝えてくれているのに、好きにならないはずがない。

「そこはお前がこの世界に残れば解決だな」

「それは難しいかも」

「今は、だろう？　少なくとも、世界の差さえ無ければ俺と恋人同士になっても良い、と思うくらいには好かれているわけだしな」

「……言わなきゃ良かったなあ」

少し口を滑《すべ》らせたばっかりに、彼にそれなりの好意を持っている事が伝わってしまった。

「俺は俺でお前を好きに口説くし、お前はお前でその時の気持ちのままに行動すればいい。俺に遠慮《えんりょ》はするなよ？　お前の気持ちが本気じゃなきゃ意味が無い」

笑いながらそう言ったアルドに言葉を返そうとした時だった。

部屋の壁《かべ》がチカッと光り、端《はし》からボロボロと崩《くず》れていく。あっけにとられる私の前で、壁や床《ゆか》はこの家に来た日と同じ、穴やヒビの入った状態へと変わってしまった。

「え、えっ……？」

「そうか、お前が来た日から随分《ずいぶん》経《た》ったからな」

アルドの呟《つぶや》きを聞いて、修繕《しゅうぜん》の魔法《まほう》が全能でない事を思い出した。本来魔力が必要ない家具や壁は、魔法をかけてからしばらく経つと元の壊《こわ》れた状態に戻《もど》ってしまう。わかっていたはずなのに、こうして実際に目《ま》の当たりにするとショックが大きい。

この世界の我が家、それなりに気に入っていたのに。

「今日は勉強は中止だな。俺も手伝うから壊れた部分を直そう。魔力は足りそうか？」

「うん、今日はずっとファラと泳いでたから何も直してないし」

修繕の魔法を一日使わなかったのは魔力不足で倒《たお》れた時以来だったが、それが救いになるとは思わなかった。大型設備を直した日でなくて良かった、と心底安堵《あんど》する。直そうにも魔力が無ければまた具合が悪くなってしまうし、もう無理は出来ないのだから。

壁と同時に崩れてしまったいくつかの小物をアルドに任せて、壁や床を直して回る。

「水道も同じ日に直したんだけど、こっちは壊れてないね」

「壊れるまでの時間は決まっていないからな。同じ日に同じ種類の物を直しても壊れる日は違う。一生持たないのは確かだから、しばらくは魔力を多めに残した方が良いな」

「わかった、気を付ける」

久しぶりに現実を突《つ》き付けられた気分だ。今は森や大地の再生が出来るとわかっているので、その内材料が手に入るという希望がある。しかしこの国の人達は材料が手に入る可能性が限りなく低い状況《じょうきょう》で生きてきたのだ。何もかも足りないのに、せっかく直した物が目の前であっけなく壊れるなんて、私なら耐《た》えられそうにない。

「アルド。私、もっと魔力制御《せいぎょ》の訓練頑張《がんば》るよ。そうしたら一日に直せる物も増えるよね？」

「……ああ。ありがとう」

柔《やわ》らかく微笑《ほほえ》むアルドと一緒にしばらく物を直して回って、ようやくすべての壊れた物を直し終える事が出来た。魔力を消費してしまったからと早めに帰る事にしたアルドを見送ろうと、玄関《げんかん》へ向かう。

「手伝ってくれてありがとう、疲れてるのにごめんね」

「気にするな。むしろこれから色々な場所で壊れる物が出始めるはずだ。大変だろうが、また修繕の協力を頼《たの》む」

「うん。アルドも城の物が壊れたら遠慮なく言ってね」

ああ、と微笑んだアルドの笑みが、にやりとした笑顔へと変わる。それに気付いて体を引くよりも早く、私の体は彼に引き寄せられていた。

「おやすみ、また明日《あした》な」

強く抱《だ》きしめられた上に色気たっぷりな声で耳元で囁《ささや》かれ、頬が一気に紅潮する。声にならない私を見て笑ったアルドは、そのまま扉《とびら》を開けて出ていった。直したばかりの床にへなへなと座り込んで、吐息《といき》の感触《かんしょく》が残る耳を押さえる。

「……油断した」

まだ玄関の扉を開ける前だったので、今抱きしめられたのは家の中。つまり彼が私に触れても良いと判断する場所だ。壁が壊れるなんて事が起こったせいで完全に油断していた。

ふらつく足で何とか立ち上がり、ソファへと倒れこむ。近くのスマホを手に取ってゲームを起動し、ユーリスの姿を見つめた。

「現実の恋《こい》って、複雑で難しい……」

予想も出来ないような動き方をするアルドにずっと振《ふ》り回されている。別に不快ではないのだが、ある程度自分の思い通りに動いてくれるゲームのユーリスとはまったく違《ちが》う。

「あの至近距離《きょり》で囁かれても不快じゃないなんて……」

呟いたと同時に先程《さきほど》の感触を思い出してしまって、寝転《ねころ》がったまま体を丸める。

熱い頬を両手で挟《はさ》んで、これからどうなるのだろうかと不安になった。


わずかな不安を抱《かか》えていても、時間は過ぎていく。今まで通り大型設備を直しつつ、色々な物を修繕し、以前修理した物で壊れてしまった物もまた直して……。

魔力制御の訓練も変わらず続いているし、食事をアルドと一緒に食べる時間も変わらない。賭《か》けの質問はどんどん込み入ったものになっているけれど、私が嫌だなと思うような事は聞かれない。彼が私の態度から色々と察して質問を選んでいるのだろう。

相変わらずこの世界の事はわからない事が多くて、予想外の事が起こってショックを受けたり、魔力制御がうまくいかなくてスキルが覚えられず歯がゆい思いをしたり……そんな大変な日々を過ごしていても、どんどんこの世界が大切になっていくのが少し怖《こわ》かった。

「サクラ、今日は俺の家の方で夕食にしたいんだが」

「え、うん、良いけど」

そう提案したアルドは誰《だれ》もいない道を歩いているにもかかわらず、少し声を落としている。不思議に思っていたが、城についてすぐに見慣れた人物を見つけて疑問は解決した。

「ユーリスさん？」

「お久しぶりですサクラさん。雰囲気《ふんいき》が変わっていて驚《おどろ》きましたが、元気そうで良かった」

「問題ないと手紙に書いただろうが」

ユーリスさんと話すアルドは渋《しぶ》い顔をしているが、どこか嬉《うれ》しそうだ。敵国同士とも言える立場の二人だし話せない事もあるのだろうが、やはり気は許し合っているのだろう。

「ユーリスさん、あの時は助けていただいてありがとうございました」

「いえ、巻き込んでしまったのはこちらですから」

穏《おだ》やかに微笑むユーリスさんの笑顔《えがお》に、ゲームのユーリスの笑顔が重なる。安心出来る笑顔だなあ、と肩《かた》の力が抜《ぬ》けた。

「あの女の子は元気ですか？」

「しばらく塞《ふさ》ぎ込んでいましたが、最近は笑顔を見せてくれる事も増えました。あなたにお礼を伝えてほしいと頼まれましたよ。あの時庇《かば》ってくれてありがとうございます、と」

「そんな……結局ユーリスさんに頼《たよ》ってしまったのに」

でも、あの子が元気でやっているのは嬉しい。私よりも若い子だし、不便さに慣れるまでは大変だっただろうに。

「あの、彼女に聖女の力はあったんですか？」

「はい。召喚《しょうかん》魔法の失敗で彼女に聖女の力は無かったという理由で強引《ごういん》に保護しましたので、今は王に気付かれないように修繕魔法を使ってもらっています。王に気付かれれば彼女を奪《うば》われてしまいますから。最初は危険なので力は使わないようにと言っていたのですが、彼女の方から保護のお礼に、と」

「ユーリス。その聖女の力とは、邪魔《じゃま》な力をパズルに見立てて消す力か？」

「何故《なぜ》それを？」

ユーリスさんの反応から、やはり聖女の力があのパズルゲームの事だったのだとわかる。

自分の力の正体が完全に判明して少しだけほっとした。散々使っておいてなんだが、もしも違ったらどうしようという気持ちはあったのだ。

「サクラにもその力がある。おかげで俺の国も大分余裕《よゆう》が出来た」

「やはりか。ここに来るまでのソキウスの様子でもしかして、とは思っていたが。だが召喚士は……いや、同じ力を使っているのならばこちらが間違っていたのか。サクラさん、今まで以上にアリローグには気を付けて下さい。決して近づかないように」

「はい。ありがとうございます」

「俺が守っているんだから問題ない。そっちの国に近付く手段も無いしな」

「それはそうなんだが、王は当初召喚の失敗について疑い、サクラさんの方に力があったのではないかと調べていたみたいなんだ。ソキウスに近づく人間がいない事や空を飛んで移動した事で足取りが追えず、こちらの情報操作もうまくいって、もう死んでいると判断したようだが……警戒《けいかい》するに越《こ》した事は無い」

ユーリスさんとアルドの会話を聞いて、背筋がぞっとする。もし二人に助けられていなかったら、私は今頃《いまごろ》あの王の許《もと》にいたのだろう。二人への感謝を強めつつ、もう狙《ねら》われていない事に安堵する私の横で、アルドは不機嫌《ふきげん》そうに「あの王か」と呟《つぶや》いた。

「……アルド、お前まさか」

そんなアルドの様子を見たユーリスさんは何かを察したのか、ひどく驚いた顔をした。彼は少しの間アルドの顔を見つめていたが、軽くため息を吐《つ》いてから苦笑《くしょう》する。

「なるほど。良かったな、と言っておく。お前なら問題無いさ」

ユーリスさんはしばらくの間私達の疑問に答えたり、逆に色々と聞いたりしてから帰っていった。どうやら僅《わず》かな時間を作って訪ねて来てくれたらしい。

あの女の子に何か元気の出るような物を贈《おく》りたい、元の世界にあった物でこの世界でも手に入るものが無いか、と聞かれたのは少し驚いたが、とりあえず私の知識で思いつくものは伝えておいた。あんな風に気遣《きづか》って貰《もら》えているならあの子も大丈夫《だいじょうぶ》だろう。

……問題なのはユーリスさんが帰った後に露骨《ろこつ》に機嫌が悪くなったアルドの方だ。

むすっとしたまま有無《うむ》を言わさず引き寄せた私を、ソファに座り込んだ状態で後ろから抱えている。膝《ひざ》の上に乗せられるという恥《は》ずかしい体勢から早く抜け出したいのだが、例のごとく力加減が絶妙《ぜつみょう》でまったく抜け出せない。

どうしたらいいのかわからず、なんとなく感じていた疑問を振ってみる。

「アルドってユーリスさんにかなり気を許してるように見えるけど、子どもの頃《ころ》からの腐《くさ》れ縁《えん》なんだっけ？」

「ああ。あいつとは俺がこの国に来る前、一人で放浪《ほうろう》していた時に偶然《ぐうぜん》出会った。もう大分長い付き合いになる」

「放浪？」

「この見た目では定住出来る居場所も無いし、当てもなく何年も世界を回っていたんだ。空を飛べばどこへでも移動出来るからな」

言葉の内容とは裏腹に、アルドの声色《こわいろ》はどこか弾《はず》んでいるように感じた。悲痛さは無く、どちらかといえば懐《なつ》かしさを感じているようだ。

「あいつと初めて会ったのは、放浪を始めて一年を過ぎた頃だ。自分が人間達に歓迎《かんげい》されない事は理解していたが、俺もまだ年齢《ねんれい》が一桁《ひとけた》の頃だったからな。どうしたって感じる孤《こ》独感《どくかん》を持て余し始めた頃、アリローグの近くの森で一人で歩くユーリスと会った」

くくっ、と笑う声は心底楽しそうだ。未《いま》だ後ろから抱《だ》き込まれているので彼の表情は見えないが、笑っている事はわかる。

「俺の見た目に驚きはしたが、あいつは他《ほか》の奴《やつ》と違って逃《に》げ出すどころか走り寄って来て質問《しつもん》攻《ぜ》めにされた。なんだこいつは、と思ったが俺も久しぶりの誰かとの会話が楽しくて、なんやかんや話し込んだ。あいつがアリローグの王子で城を抜け出していたと聞いた時は驚いたが……まあ、俺も人恋しかったんだ。その森周辺を拠点《きょてん》にして色々な国を見て、戻《もど》って見聞きした事をユーリスに話して、数年間そうやって過ごした」

「……アルドは、ユーリスさんの事が好きなんだね」

言葉の端々《はしばし》から感じるユーリスさんへの信頼《しんらい》や好意に思わずそう呟くと、楽しそうな笑い声はぴたりと止まった。少しの間の後、唸《うな》るような声が響《ひび》く。

「他意が無いのはわかっているが、その言い方はやめてくれ」

疲《つか》れたような声に、今度は私が笑ってしまった。私は女友達と大好き、なんて冗談《じょうだん》交じりに言い合えるが、アルドにとっては複雑なのだろう。大きなため息が聞こえる。

「そうだな、あいつには感謝しているさ。常に前向きで、俺相手でも臆《おく》する事無く話すあいつには随分《ずいぶん》支えられた。俺がソキウスの王になった時、王としてあるために必要な知識の大半はあいつが教えてくれたものだ。先祖は確かに魔物の王だったが、国ごと崩壊《ほうかい》してから長いし、王族としての知識なんぞ俺には欠片《かけら》も無かったからな」

「そっか、アルドは最初から王族だったわけじゃないんだね」

「ああ。放浪していた期間の方が長いくらいだ」

意外なところでアルドの過去を聞いてしまった。彼が放浪の過程で見聞きした事も気になるが、この世界の景色はどんなものがあるのだろうか。想像しても荒野《こうや》しか思い浮《う》かばず苦笑していると、私を抱き込むアルドの腕《うで》にさらに力が籠《こも》る。

「お前こそ、随分ユーリスに懐いているじゃないか」

楽しそうな声が突然《とつぜん》ピリピリとしたものに変わる。一瞬《いっしゅん》で変わった雰囲気は彼の言う独《どく》占欲《せんよく》の強さを感じ取るには十分だったが、腕に籠る力が増しても痛みは感じないままだし、怒《いか》りよりも拗《す》ねていると言った方が近い気がして、恐怖感《きょうふかん》はまったく無い。

「懐くって、動物じゃないんだから」

「今思えば、初めて会った日も初対面だったはずのユーリスの事を相当信頼していたな。しばらく一緒《いっしょ》に過ごした俺には体調の悪さすら隠《かく》していたのに」

確かに推《お》しであるユーリスとほぼ同じ存在のユーリスさんへの信頼は厚かったが、彼を信じた理由はそれだけではない。

「あの時は、もう何でもいいから信じたかったんだよね。ユーリスさんが私を助けようとしてくれてたのはわかったし、とりあえずこの人を信じようって思って。でも完全に信じたのは、その場に居合わせただけのアリローグの兵士さん達が、手持ちのお金を全部渡《わた》して私の無事を祈《いの》ってくれるような人達だったからだよ」

「……お前が大切にしまい込んでいるコインはそれか」

「いつかお礼を言いたいんだけどね。でも、今私が一番信じてるのはアルドなんだけど」

私の言葉に納得《なっとく》したのか、腕の力が少し緩《ゆる》む。むすっとしているのは変わらないが。

普段《ふだん》あれだけ強い人が、嫉妬《しっと》全開で余裕を無くしているのがなんだか信じられない。それも余裕たっぷりに迫《せま》りながらではなく、まるで子どものようにふてくされて。

告白の時のアルドは自分の気持ちが強くなる事を恐《おそ》れていたようだったが、実際に嫉妬心をぶつけられても恐怖は感じない。むしろここまで嫉妬されるほどに思われた事が初めてで、なんだかむず痒《がゆ》い。

それを少し幸せだと思ってしまっている自分に苦笑する。今の自分では、彼が嫉妬する必要がないくらいに好きという気持ちを返す事は出来ない。それがなんだか寂《さび》しい気がして、この人の事を好きになれたらいいのに、と考えてしまった自分に驚《おどろ》いた。

「ねえアルド、まだ先だけど、お互《たが》い半日休みが取れる日があったよね？　予定入ってる？」

「いや。一緒に過ごそう、とお前を誘《さそ》うつもりだっただけだ」

「なら、この前言ってた釣《つ》りに連れて行ってくれない？　実はずっと楽しみにしてたんだ」

「なんだ、デートの誘いか？」

どうやらふてくされたままでも私を口説けるくらいには回復したらしい。普通に会話も出来るし、執着心《しゅうちゃくしん》や独占欲の強さでは彼が危惧《きぐ》していた暴走状態になる事は無さそうだが。

「そうだね、デートの誘いだね」

「……は？」

少しの悪戯心《いたずらごころ》でそう答えると、相当驚いたらしい彼の腕から力が抜《ぬ》けたので、さっと腕の中から抜け出した。ソファに座り込む彼の前に立って、きょとんとした顔を見て笑う。色気たっぷりの良い男でも、こんな風にぽかんとした時は幼く見える。

「連れて行ってくれるなら、初めてだから教えてくれると嬉《うれ》しいんだけど」

「……ああ、もちろん。いくらでも教えてやるさ」

告白に了承《りょうしょう》する事が出来なくても、口説かれる事に困っても、それでも強い嫉妬心で彼が嫌《いや》な思いをしているよりは、いつものように笑っていてほしいと思ってしまうのだ。

一度直した物が壊《こわ》れ始めた事もあって、私の日々は忙《いそが》しくなった。生活に必要な物が壊れた状態に戻り続けるので、新しい物を直す事が出来ない。最初はがっかりしていたのだが、国の人達は相変わらず楽しそうにしているのでその気持ちも薄《うす》れていった。

彼らいわく、一つ壊れたら生活が一気に苦しくなっていた時と違って、今は綺麗《きれい》な水も作物が育つ畑もあるのだから問題は無い、だそうで。生活に余裕《よゆう》が出来ても、彼らの優《やさ》しさは変わらない。私が何か困っているとすぐに手を差し伸《の》べてくれるし、アルドとの関係についても、もう後は本人次第《しだい》だからと首を突《つ》っ込んでくる事も無かった。

帰りたいのに、ここにいたくないと僅《わず》かにでも思う事が出来ないのが逆に苦しい。せめて私の能力が惜《お》しいから残ってほしい、と言われたのならこんなに悩《なや》まず断れたのに。

そんな私の悩み事を作り出した本人は、夕食後の対戦に勝った事で嬉しそうに笑っている。ちょっと腹が立ったが、負けたのは自分なので、どうしようもない。

「なんで、後ちょっとでいつも勝てないの……」

「文字を覚えるという目標には近づいているからいいじゃないか」

「それは嬉しいんだけどね」

今まではわけのわからない形をした物が並んでいるだけだったこの世界の本も、幼児向けの絵本を一冊読めるくらいにはなった。元の世界で譬《たと》えるならひらがなを覚えた事になるだろうか。時々間違《まちが》えてしまうので完璧《かんぺき》にとは言えないけれど。

「で、今日の質問は？」

「……お前は、俺が触《ふ》れてくる事に対してどう思っているんだ？」

「どう、って？」

「俺も一応お前の反応を窺《うかが》いながら距離《きょり》を詰《つ》めているんだが、もしもお前がこの国の王である俺に不興を買ったら生きていけない、なんて考えて我慢《がまん》していたら困るからな」

予想外の質問だ。むしろ私は、私が嫌がる事を悉《ことごと》く避《さ》ける彼に感心しているのに。笑顔《えがお》の彼の瞳《ひとみ》の中に不安の感情を見つけて、またむずむずとした気持ちになる。そういう種族だと言われればそれまでだが、それでも彼のような強い人が私の事でここまで心乱されているのが不思議で、それだけ愛されているのだとわかってしまって……苦しい。

「アルドって、結構酷《ひど》い人だよね」

目を見開く彼を見て、何だか泣きたくなる。一人の人の事でこんなに悩むのは初めてだ。

「あなたが今言ったみたいな酷い人だったら、何の悩みも無く絶対に帰るって言えるのに」

帰りたい気持ちは変わらないが、それとは別にここにいたいと思う事がどんどん増えて参ってしまう。ファラと泉で遊ぶのも楽しかったし、国の人達も優しくて居心地《いごこち》がいい。

数日前にアルドと釣りに行った時も、一日中楽しかった。木々に囲まれた池、太陽の光を反射して輝《かがや》く水面。周囲の枯《か》れ木を再生したらもっと綺麗な場所になるだろう。

時間が経《た》っても全然釣れなかったけれど、その分時間の流れがゆっくりに感じられて、穏《おだ》やかな空気の中で釣り糸を垂らしたまま、アルドと他愛《たわい》のない事を話し続けた。そんな中で突然、釣り竿《ざお》が持って行かれそうなくらい強く引っ張られて、四苦八苦しながら釣り上げた魚の大きさにアルドと子どものように騒《さわ》いで笑って……。

「帰りたいのに、またあなたと釣りに行きたいと思ってるし、山の上で星を見る約束もずっと楽しみにしてる。だから、その……別にあなたに触れられるのも抱《だ》きしめられるのも嫌じゃない。ただ、ここに残るって言えないのが心苦しいだけ」

安心したように笑ったアルドは、いつものように私を強く抱きしめ、おやすみと囁《ささや》いて帰って行く。彼は誠実だ、立場を利用して無理やりこの家に泊《と》まるなんて事もしない。

彼の背が見えなくなった辺りで部屋に戻《もど》り、ソファに座り込んでゲームを起動する。

帰宅まで、と書かれたゲージは後少しで満たされる。この国に来てすぐはゲージが中々増えない事に苦しんでいたのに、どうして私は今喜べないのだろう。あれだけ力を貰《もら》っていたユーリスのボイスですら、今は助けにならなかった。

帰りたい、でもここにいたい。どちらの気持ちも消えてくれなくて苦しい。

アルドに抱きしめられるのも、嫌でないどころか嬉しいと思い始めている。さっきの質問に答えたのも、誤解されてアルドに避けられるのは嫌だと思ってしまったからだ。

結局自分はどうしたいのだろう？　帰りたいのか、残りたいのか。アルドの事が異性として好きなのか、好きならば彼の気持ちに応《こた》えるのか、応えないのか。

「……明日《あした》は大型設備の修繕《しゅうぜん》の日だし、早く寝《ね》なきゃ」

悩みに答えが出ない日が続いているのは、集中して悩める時間が無いというのもあるだろう。朝起きてすぐにアルドとご飯を食べて魔力制御《まりよくせいぎよ》の訓練をして、散々口説かれて彼の事しか考えられなくなって。アルドと別れた後は修繕と再生の仕事をして、あっという間に夕食の時間になって、この世界について勉強しながらまたアルドに口説かれて……。

「口説かれてばっかりだな、私」

なんだかおかしくなってしまったが、考える間もなく口説かれ続けているからこそ、私はどんどんアルドに惹《ひ》かれていっているのかもしれない。唯一《ゆいいつ》こうして色々と考えられるのは夜だが、魔力の回復の関係で体がすぐに眠気《ねむけ》を訴《うった》えてくる。これは私だけでなく、この世界の人達も共通して寝付きが良いらしい。夜更《よふ》かししようと思えば出来るのだが、次の日に修繕魔法を使い続ける事がわかっているので、魔力は回復しておきたい。

「また倒《たお》れて心配かけるのも嫌だし」

元の世界なら週に二日は休日があったが、この国では月に一度は休めるかも、くらいになったところだ。休みの日もアルドやファラと過ごしているので一人ではないし、ゆっくり考え事が出来そうなお風呂《ふろ》もお湯が冷める前に上がらなければならない。

「明日、大型設備を直したらきっと……」

ずっと観察し続けていたからこそわかる。ゲージに残る僅かな隙間《すきま》は、大きな設備の修繕や自然の再生を後一回したら埋《う》まる、埋まってしまう。

ゲージが溜《た》まってから悩む時間はあるだろうか、溜まった瞬間《しゆんかん》強制的に帰宅になったらどうしよう。こんな風に不安になる私は、本当にどうしたらいいのだろうか。

悩んでいても日付は変わる。ゲージの事は言い出せないまま、アルドや国の人達に見守られてこの国最後の壊れた水場を直す。直してすぐに帰らなかった事に安堵《あんど》した自分に気付いて、少しだけ気分が沈《しず》んだ。

皆《みな》大喜びしてくれているが、以前のように大げさなほど持ち上げられる事は無い。町の人達が共に過ごす間に私が修繕の事で騒がれるのが苦手だと気付いたらしい。きらきらした目のまま、けれど変に持ち上げたりせずにお礼の言葉を次々と掛《か》けてくれる人達と、少し離《はな》れた所で微笑《ほほえ》ましそうにこちらを見守っているアルド。

私は、この光景をこれからも見たいと思い始めてしまっている。

大型設備を直したので、今日はもう魔法は使えない。配給を受け取って来てくれると言うアルドの言葉に甘えて、家に帰る事にした。慣れた道を歩きながら、周りに誰《だれ》もいなくなった事を確認《かくにん》してスマホを取り出す。画面をタップする手が震《ふる》えた。

「あ……」

帰宅まで、のゲージが埋まっている。フィールドが表示されていた部分に魔法陣《まほうじん》が浮《う》き上がり、その前に笑顔のユーリスが立っていた。魔法陣の上には文字が浮かんでいる。

「帰るなら、ここをタップ……？」

読み上げた声は震えていた。ここを押せば、指一本動かして軽く押せば、私は帰れる。

この世界に来てすぐならば何のためらいも無く押せたその選択肢《せんたくし》を、今はただ見つめ続ける事しか出来ない。文章の下には米印で『扉《とびら》が開くのは一度だけです』と書かれている。

「黙《だま》って帰るなんて、出来ない」

あの女の子だって連れて帰りたいし、もしもこれが私にしか使えなくても、修繕を続けていけば帰れるようになる事は伝えられる。それに、帰るならちゃんと国の人達全員にも挨拶《あいさつ》して、お礼も言って、アルドに告白の断りの返事をしてからだ。

「……私、断るの？」

当たり前だ、元の世界に帰るのならばアルドにはもう会えない。帰る選択をするという事は、彼とは恋人《こいびと》同士にならないと決める事でもあるのだから。

今日ゲージが溜まる事は予測していたのに、全然現実の事として考えられていなかった。どうしよう、どうしたら、と混乱して動けずにいると、魔法陣の下に小さな矢印を見つけた。どうやらスライドして魔法陣を動かす事が出来るようだ。

ともかく確認しなくてはと、震える指先で矢印に触れようとした時だった。

不自然な風がふわりと私の体を包む。混乱した頭でもおかしいと気付けるほどの生暖かい風。周囲を見回すと、突然《とつぜん》足元が輝きだす。声を上げる暇《ひま》もなく、光は強さを増し、まぶしさで視界を奪《うば》われる。

ぐにゃりと周囲が揺《ゆ》れる感覚が気持ち悪くて、意識がどんどん薄《うす》れていった。

第七章

選ぶものと捨てるもの

「……こんにちはユーリスさん。思ったよりも早い再会でしたね」

「そんな事を言っている場合では無いと思いますが」

光に包まれた後、気付けば私はごつごつした石の床《ゆか》の上に倒れていた。目の前には錆《さ》びた鉄格子《てつごうし》、周りは土と石で出来た壁《かべ》。漂《ただよ》う悪臭《あくしゅう》と嫌《いや》な雰囲気《ふんいき》。鉄格子の向こうには同じ造りの牢屋《ろうや》が並んでおり、中にボロボロの布や手枷《てかせ》のような物が落ちている。

ここはソキウスでは無く、アリローグの城の地下にある牢屋だ。

あの時私を包んだ光はあの王の部下が使った意識を奪う魔法で、それを受けて気絶した私を攫《さら》ったらしい。連れて来られてから半日以上経っているが、居心地はずっと最悪のままだ。この牢屋に閉じ込められるくらいなら、もういっそアルドに監禁《かんきん》してほしい。

「部下が焦《あせ》って報告に来たので何事かと思いましたが、大丈夫《だいじょうぶ》ですか？　王が会いに来たと聞きましたが」

「追い払《はら》ったので大丈夫です」

鉄格子の向こう側で私の答えを聞いたユーリスさんは、驚《おどろ》いたように目を見開いた。この牢屋で目覚めて少し経《た》ってからあの王が来たのだが、相変わらず嫌《いや》な笑《え》みを浮かべて私に命令する姿に腹が立って言い返し、先程《さきほど》追い返したばかりだ。

「『自分に嫁《とつ》いで修繕の魔法を王の為《ため》に使うなら、その内元の世界に帰してやる』と言われたのですが『信じられるわけがないし、そんな魅力《みりょく》の一つも無いような条件で協力するわけが無い』と言って追い払いました」

ユーリスさんの顔がわかりやすく真っ青になったが、別に怒《いか》りのまま勢いに任せて食って掛かったわけではないので、そこは安心してほしい。

「王は怒りに任せて平気で手を出す方なのに、お怪《け》我《が》は……無いようですね」

「聖女の力が手に入らなくても良いなら殺してみろ、と言ったらいなくなりました。修繕の魔法を優先したみたいですね」

そんな風に言い返しても自分の安全が確保出来るとわかるほどに、王の様子はおかしかった。嫌な雰囲気は変わらなかったが、ともかく修繕の力を欲《ほっ》している事が言動に表れていたのだ。だからこそ強気に出て上手《うま》く追い払う事が出来たのだが。

正直、苛立《いらだ》ってはいた。帰宅手段が見つかった混乱の中で考えたい事はたくさんあるのに、突然攫《さら》われた上、あの王が自分の言う事を聞くのが当然のような態度で命令してくるのだから。アルドへの返事ですら悩《なや》んでいるのに、あの王に嫁ぐわけがない。

「ですが、王は諦《あきら》めはしないでしょう」

静かに俯《うつむ》いたユーリスさんは、悔《くや》しそうな表情で口を開いた。

「アリローグの再生を始めた時、いつか聖女の力に気付かれる事はわかっていました。ですから私も彼女を守り通せるように協力者を集め、力をつけたのです。私から彼女を取り上げられなかった王が自分の力が弱まっている事に焦り始めた時、王の部下の一人がソキウス周辺の再生に気付いたようです。また巻き込んでしまって、本当に申し訳ありません」

「ユーリスさんのせいではないですから。謝らないで下さい」

「あなたの事は必ず助けます。急いで脱出《だっしゅつ》ルートの確保をしますので、少しの間耐《た》えてください……すまないが、私が戻《もど》るまで彼女の事を頼《たの》む」

「はい。何かあれば私がユーリス様のところまでお連れします」

ユーリスさんと話している見張りの兵士さんとはこの牢屋に来てすぐ、それこそあの王が来る前に話す事が出来ており、味方だとわかっている。牢屋越《ご》しに差し出された毛布をありがたく受け取り、急ぎ足で去っていくユーリスさんを見送った。

一応身の安全は確保出来そうだが、油断は出来ない。先程は上手く追い払えたが、あの王の性格を考えると拷問《ごうもん》されかねないし、勢い余って殺されてもおかしくは無いのだ。

そんな王が激情に任せて殴《なぐ》りかかって来なかった辺り、相当追い詰《つ》められているのだろう。それこそ聖女の力が得られなければ、ユーリスさんに負けてしまうほどに。

牢屋の隅《すみ》に毛布を敷《し》いて包《くる》まるようにして座り込み、スマホを握《にぎ》り締《し》めた。荷物は取り上げられたが、スマホだけは私の手元にある。王が去った後、いつの間にか私の傍《そば》に落ちていたのだ。もうこのスマホに関しては何が起こっても驚かない。

外はすでに夜中らしく、周囲は静まり返っている。地下なので空すら見えないが、とりあえずユーリスさんという味方も出来たので多少落ち着く事は出来た。

アルドはどうしているだろう？　移動時間を考えるとここに来てから確実に一日以上経っているし、心配を掛けてしまって申し訳ない。早く帰って安心させてあげたいのに。

少し悩んでいたが、ふと魔法陣の事を思い出してゲームを起動する。矢印に従って画面をスライドすると、帰宅の魔法陣とは違《ちが》う魔法陣が現れた。こちらは注釈《ちゅうしゃく》の文章が長い。

「帰らないなら、ここをタップ……スマホは無くなりますがキャラスキルはあなたのものです、って、ええっ？」

全身から血の気が引いていく。この魔法陣を選んだら、このスマホが無くなる？

それは、出会ってからずっと心の支えだったユーリスと二度と会えなくなるという事だ。

何かあればすぐにゲームを起動して、ユーリスのボイスに背中を押してもらって生きてきたのに、それが無くなる？

病室で痛みを堪《こら》えながら画面の向こうのユーリスに話し掛け続けた日々。何かに躓《つまず》くたびに勇気を貰《もら》って、この世界に来てからもずっと支えてもらったのに。普通《ふつう》の人から見ればただのスマホでも、私にとっては無ければ生きていけない物だ……物、だった。

「あ、私……」

ユーリスに会えなくなる事が苦しい。けれどその苦しさ故《ゆえ》に気付いてしまった。

私はもう、スマホを手放した後の事を考えている。スマホが無い状態でこの世界で生きる自分を想像してしまっている。こんな命の危険がある状況《じょうきょう》でも、帰る選択《せんたく》が出来ない。

私の中では、もうとっくに答えは出ていたのだ。

「……アルド」

一日会っていないだけなのに、ここにアルドがいないのが寂《さび》しい。

彼が城に籠《こも》った時とは違って、今は会いたくても会えない。毎日のように抱《だ》きしめられて好きだと言われて、恥《は》ずかしくて困っていたはずなのに、今は寂しくて仕方がない。

楽しい食事の時間も、大人げなく騒《さわ》いで対戦する時間も、恋愛絡《れんあいがら》みの質問に返す答えを必死に探す私を見て笑うアルドの姿も……当たり前にあった物がここには一つも無い。

画面の向こうで笑うユーリスの姿を見つめる。これまでどんな事があっても彼の姿を見たら頑張《がんば》れたし、気持ちを切り替《か》える事が出来た。でも今求めているのは画面越《ご》しの推《お》しではなく、現実で私を見て笑いかけてくれるアルドなのだと、気付いてしまった。

アプリを閉じて、色々な事を頭の中でぐるぐると考える。これまで一人の時間が少なくて考えられなかった事も、深く考えないように避《さ》けていた事も、全部。

「帰ったら……これが日常になる」

元の世界に帰ってから自分が過ごす新しい日常を、私は具体的に想像していなかった。

この世界に来てからそろそろ一年。もう家は無くなっているかもしれないし、行方不明《ゆくえ》者として捜《さが》されているかもしれない。

でも、そんな不安よりもずっと、アルドのいない日々が始まる方が怖《こわ》かった。

一人でご飯を食べて、ゲームで対戦する事も無く、国のためにああでもないこうでもないと相談する時間も無くなって……まっすぐに私を見つめる溢《あふ》れんばかりの愛が籠った瞳《ひとみ》も、抱きしめてくれる力強い腕《うで》も無くなる。

顔を上げて牢屋の中を見回す。ここにアルドの姿が無いだけでも寂しいのに、元の世界に帰った時に耐えられるわけがない。今はまだ、ユーリスさんの手を借りれば再会出来るとわかっている。でも、帰ったら二度と会えないのだ。

「毎日口説かれ続けてたから、気付かなかったんだ」

告白されてから常に彼は私の傍にいて、常に押せ押せと言わんばかりに迫《せま》ってきた。日中の仕事時間以外は、離《はな》れる時間も短かい。会おうと思えばいつでも会えたし、思わなくても向こうが会いに来る。だからこそこうして離れなければ、彼の事がここまで未練になっているなんて気付かなかっただろう。

「ソキウスに居場所が出来てからは、ずっと楽しかったな」

行動を制限される事も無く、色々と自由に挑戦《ちょうせん》出来た。元の世界では大丈夫だと言っても制限されて、それが心配から来るものだとわかっているせいであまり強くも言えない。やりたい事があっても止められるとわかっているので憂鬱《ゆううつ》になり、自分からやめてしまった事もある。毎回大丈夫なのかと問われる事も地味にストレスだった。

でも、この世界の人達はやりたいならやってくれと言ってくれる。告白後のアルドですら、私の行動を制限した事は無い。行くのに体力が必要な遠出にも誘《さそ》ってくれる。

「山で流星も見たいし、釣《つ》りにもまた行きたい。泉にも泳ぎに行きたい」

まだまだこの世界には私の知らない景色があって、元の世界の常識とは違った文化がある。文字がわかるようになったら本だって読めるだろう。この世界の事がもっと知りたい。復興という目標に向かって皆《みな》で協力しながら様々な事に挑戦していく日々の楽しさはこの世界で無ければ経験出来なかった事で……もっとずっと、この先も続けていきたい。アルドやファラ、町の人達と一緒《いっしょ》に色々な事に挑戦していく日々を手放したくない。考えれば考えるほど、この世界でやりたい事が増えていく。

「私は……」

「サクラさん？」

心の中で何かが決まりそうになった瞬間《しゅんかん》、鉄格子《てつごうし》の向こう側から声を掛《か》けられて慌《あわ》てて顔を上げた。牢《ろう》の前にはいつの間にかユーリスさんが立っており、私にコップと何かの包みを差し出してくれる。コップの中身は澄《す》んだ綺麗《きれい》な水だった。

「脱出の手筈《てはず》は整えました。朝になれば王が出掛《でか》けますから、もう少し耐えて下さい。アルドにも先ほど手紙を送りましたし、途中《とちゅう》まで迎《むか》えに来てくれるはずです」

「わかりました。ありがとうございます」

良かった、これでアルドに私の現状が伝わるだろう。出来れば彼の不安が強くなる前に帰りたいが……現状身動きが取れない私ではどうしようもない。迎えに来てくれた時にひたすら謝ろうと決め、コップの水を一口飲む。

「あの、この水はもしかしてあの女の子が？」

「ええ。何度も挑戦して下さって、綺麗な水が手に入るようになりました。小さな水場なので国に行き渡《わた》らせる事はまだ難しいのですが、希望が見えたのは確かです」

どうやらあの女の子はパズルに相当苦戦したようだ。あまりやりこんでいなかったのだろう。いや、これに関しては私がやりこみすぎているだけなのだが。

包みに入っていたのは小さな焼き魚だったが、色々な物で嵩増《かさま》しされており、畑を直す前の食事を思い出した。アリローグは国が大きく人口も多いし、何より国全体で協力出来ていないので復興が中々進まないのだろう。

ユーリスさんもここで食事を取るらしく、鉄格子を挟《はさ》んで彼と話し続ける。そこでふと、ユーリスさんがあの女の子の事を話す時に瞳を柔《やわ》らかく細めている事に気付いた。

「あ……」

アルドの瞳をずっと見続けていたからだろうか。ユーリスさんの細められた目に、恋慕《れんぼ》の情が宿っている事に気付いてしまった。想《おも》い人は間違いなくあの女の子だろう。彼は先ほど彼女を守るために力をつけた、と言っていた。国を変えたいと願いながらも一歩踏《ふ》み出せずにいたであろうユーリスさんの背は、あの女の子が押したのだ。

ずっと大好きだったゲームの中のユーリス。彼と同じ存在であるユーリスさんが誰《だれ》かを好きになった事に気付いたのに、全然苦しくない。微笑《ほほえ》ましさすら感じている。

「……そっか、違うんだ」

アルドに告白されるまでの私の想い人は、確かに画面の向こうのユーリスだった。でも、ユーリスへの恋心《こいごころ》はいつの間にか推しキャラへの好意に変わり、アルドへの想いは一人の男の人に向けた『愛してる』の感情に変化していたんだ。

友人が相手とは思えない程《ほど》に別れが苦しいのも、少し離れただけで酷《ひど》く寂しいのも、私がいつの間にか新しい恋を始めていたからだった。現実に存在する人としっかり向き合ってする恋は初めてで、感じた事の無いようなどきどきした何かが胸を満たし始める。

「……私、選んじゃった」

ぼろっと零《こぼ》れた涙《なみだ》がきっかけになって、次々と涙が溢れ出す。滲《にじ》んだ視界の中で、ぎゅっと唇《くちびる》を嚙《か》み締《し》める。過去の病気を知っても制限を掛ける事無くたくさんの事を教えて体験させてくれるあの人に、外見だけで私を決め付けずにまっすぐに見つめて愛を伝えてくれるあの人に、私はとっくの昔に惹《ひ》かれていたんだ。

この先もずっとアルドと一緒にいたい。国民達が喜んでいる時に離れた所で優《やさ》しく笑うあの人の顔を、修繕魔法《しゅうぜんまほう》が成功した時に向けられるあの笑顔《えがお》を、これからも見ていたい。

「ごめん、ごめんなさい……お父さん、お母さん、ごめん」

長い間心配を掛け続けて、ずっと愛してもらったのに、私は今二人を裏切るような選択をするのだ。二人きりで何も気にせずに過ごしてほしいと思っていたのに、また心配という名の邪魔《じゃま》をしてしまう。

でも元の世界に帰ってアルドのいない生活を送るなんて耐《た》えられない。私も両親と同じように、他《ほか》のすべてを捨ててでも愛せる、そして愛してくれる相手を見つけてしまった。

「サクラさん？　大丈夫《だいじょうぶ》ですか？」

「……大丈夫です、すみません。その、色々と答えを出しただけなので」

両親への申し訳なさ、ようやく出せたすべての答えへの嬉《うれ》しさ、様々な感情で溢れ続ける涙を強引《ごういん》に拭《ぬぐ》う。親不孝者でごめん、と別の世界にいる両親に謝って、前を向いた。

悩《なや》むのは終わりだ、アルドの待つ国へ帰らなければ。

「あの、ユーリスさん。アルドの事、聞いてもいいですか？」

「は、はい。かまいませんが、何を知りたいのですか？」

吹《ふ》っ切ってしまったせいか、心が軽い。今は時間が経《た》つのを待つしかないし、せっかくなら私の知らないアルドの事を聞いてみたかった。

「アルドから、ユーリスさんとは放浪《ほうろう》中に出会ったって聞きましたけど、ユーリスさんはその時のアルドの事をどう思ったんですか？」

「そうですね……あの時の私はともかく知識が欲しい時で、彼の外見への恐怖《きょうふ》より魔物の現状について聞きたい気持ちが勝っていました。目が合ってすぐに勢いよく話し掛けた上に質問《しつもん》攻めにしてしまったので、最初は不審《ふしん》者を見るような目で見られましたよ」

くすくすと笑うユーリスさんの声からは、以前アルドがユーリスさんについて話していた時と同じような楽しさや懐《なつ》かしさが感じ取れた。性格的にはあまり似ていない二人だが、お互《たが》いについて話す時の笑い方はどこか似ている。

「アルドがこの辺りを拠点《きょてん》に旅を始めてからは、城から抜《ぬ》け出して彼に世界について聞く日々でした。父が死に、現王にとって厄介《やっかい》者だった私の周囲から人が減っていった時も、彼はずっと変わらず対等な友人のままで……あの時の私には大きな救いでしたね。そして私が己《おのれ》の無力さを痛感し始めた頃《ころ》、アルドは旅の間に知り合った魔物を祖先に持つ人々と共に、以前魔物の国があった場所にソキウスを作り、治め始めました」

「……ユーリスさんも、アルドの事が好きなんですね」

自然と出た言葉は、以前アルドに掛けた言葉と同じだった。それを聞いたユーリスさんの顔が引きつったのも、唸《うな》るような声を上げたのも同じで、思わず笑ってしまう。

「すみません、他意が無いのはわかっていますが、その言い方はちょっと……」

返ってきた言葉すらほとんど同じで、さらに笑いがこみあげてくるのを堪《こら》える。本人達の否定する言葉から感じる二人の絆《きずな》は少し羨《うらや》ましく、そして眩《まぶ》しい。

「ですが、そうですね。私が漠然《ばくぜん》と考えていた理想の国は、ソキウスを見た事で明確な形になっていきました。そして、アルドが王として私の前を歩いてくれたからこそ、すべてを諦《あきら》めずにいられたのです。自分も負けてはいられない、と前を向けましたから」

ゲームのユーリスには無い、現実のユーリスさんの過去の話。なんだか不思議な気分だ。

彼が話し続けているのは、私が不安に思わないようにという気遣《きづか》いもあるのだろうが。

そうして一時間程続いた会話は、一羽《わ》の鳥がユーリスさんの肩《かた》に止まった事で終わりを告げた。鳥の足には手紙が括《くく》りつけられているが、アルドからの返事だろうか。期待した私とは逆に、ユーリスさんの表情は険しくなる。

「アルドからの返事ですか？」

「いえ、私が出した物がそのままになっているようです。この子はアルドがいれば確実に渡してくれますから、受け取っていないという事に……」

不意に地面が揺《ゆ》れた気がして、ユーリスさんの言葉も止まる。天井《てんじょう》からパラパラと土が落ちてきて、ドン、という大きな音と共にまた地面が揺れた。少し離《はな》れた所から響《ひび》いてくる喧騒《けんそう》に、ユーリスさんと顔を見合わせる。事態を把握《はあく》したのは、きっと二人同時だった。

まさか、と呟《つぶや》いてすぐ、真っ青な顔色の兵士が一人駆《か》け込んでくる。

「ユーリス様、空から魔物が……っ!」

息を呑《の》んだ音が、ユーリスさんと揃《そろ》う。

凄《すさ》まじい速さで牢を叩《たた》き壊《こわ》したユーリスさんに手を引かれ、城の中を走る。音がした中庭が見えてくると、少し離れた所でこちらに背を向けて立つアルドが見えた。迎《むか》えに来てくれたんだ、と嬉しさと安堵《あんど》で少し泣きたくなる。でも、ユーリスさんの手紙を受け取っていないなら、どうして私がアリローグにいるとわかったのだろうか?

中庭に近づき話し声が聞こえ始めると、少し離れた場所でアルドと向き合って何か言っているあの王の姿が見えた。王が周囲の兵士に何か叫《さけ》んでいるが、誰も動こうとはしない。

「いい加減にしてくれ。サクラの魔力は今この国にあるんだ。さっさとあいつを返せ」

ため息と共に発せられたアルドの言葉が冷静さを保っているように聞こえるからか、王は怯《おび》えつつも強気な表情を崩《くず》してはいない。

「魔力で個人の判別など出来るはずがないだろう!」

「お前がわからないだけだ。毎日触《ふ》れ合っていたあの魔力を、サクラの魔力を俺が間違《まちが》うはずがない。もう気付かれている事を隠《かく》す意味は無いぞ」

「……っ、聖女を召喚《しょうかん》しろと命じたのは私だ!　あの女の所有権は私にある!」

所有権、という言葉に覚える苛立《いらだ》ち。あのままアリローグに居たら、私の未来は本当に暗いものになっていただろう。

「どうしてもソキウスの復興にあの女を使いたいなら金を出せ！　あれは私の妻にして金稼《かせ》ぎに利用するんだからな！」

　王の欲望しか感じない笑みは相変わらずで、勝ち誇《ほこ》ったように発せられた言葉へ強烈《きょうれつ》な嫌悪感《けんおかん》を覚える。お前の思い通りになるものかと口に出す前に、広場の空気は一変した。

　殺気、とはこういうものなのか。あの王に言い返してやるつもりで開いた口から言葉は出ず、必死に動かしていた足すらぴたりとその場で止まってしまった。張り詰《つ》めた空気は立っているだけで気絶してしまいそうなほどに怖《こわ》くて痛い。私を引っ張って来てくれたユーリスさんも、動きを止めてアルドの背を見つめている。アルドの表情が見える位置にいる王や兵士達の表情が一気に恐怖へと変わるのがわかったが、私の体は指一本動かない。

「……誰を、利用すると？」

　アルドの声を、立っているだけの背中を怖いと思ったのは初めてだ。

　初めて会った時や告白された時に感じた肉食動物に見られるような感覚が、どれだけ優しいものだったのかを痛感する。一歩でも動いたら殺されそうな、びりびりとした何かが周囲を満たしていて、酷く息苦しい。

　背中しか見えなくても、アルドが怒《いか》りを抑《おさ》えきれていないのがわかる。彼が王に向かって一歩踏《ふ》み出したのが見えて、城に籠《こも》っていた時の彼の事を思い出した。

自分も種族の特性に呑まれるのでは、と薄暗《うすぐら》く寂《さび》しい部屋で苦しんでいたアルドの姿が頭を過《よ》ぎった瞬間《しゅんかん》、氷のような空気に包まれて動かせなかった指先に熱が戻《もど》ってくる。

「アルド！」

息苦しいとか、動けないとか、怖いとか。そんな感情は一気に吹き飛んで、私の足は自然に前に出て、彼の名前を精一杯《せいいっぱい》叫《さけ》んでいた。振《ふ》り向いたアルドの目が見開かれたのが見えて、同時に彼の腕《うで》にぶつかるような勢いで抱《だ》き着く。

あの王がどうなろうと知った事ではない。私はただ、私のせいで彼に暴走してほしくないだけだ。今、彼が感情に任せてあの王を傷つけてしまえばきっと傷つく。誰《だれ》よりも強く笑う彼が、いなくなってしまう。

わずかに肩を跳《は》ねさせたアルドを見上げるようにしっかりと目を合わせる。私を見たアルドが表情を強張《こわば》らせ、ゆっくりと口が開くのが見えた。

「……サクラ？」

「うん、助けに来てくれてありがとう」

彼を力で止める事は出来ないが、それでも私が抑止力《よくしりょく》になるのはわかっている。

さらに強くしがみ付くと、強張っていた表情が泣きそうになったのが見えて、すぐに強く抱きしめられる。しがみ付いていたはずの私の手は、彼との力の差を示すように何の抵《てい》抗《こう》も出来ずアルドの腕から離れてしまった。

「……無事か？」

「うん、ユーリスさんや兵士さんが庇《かば》ってくれたから。心配かけてごめん」

「お前のせいじゃない。やったのは……」

私の頭に埋《うず》めていた顔が上がり、あの王の『ひいっ』という悲鳴が聞こえた。抱き締《し》められた体勢で見上げた彼の赤い目が、ギラギラと剣呑《けんのん》な光を宿して王を睨《にら》みつけている。

ここで彼を暴れさせてしまったら、彼はもう二度と私を好きだと言ってくれない気がする。せっかく答えを出したのに冗談《じょうだん》ではない。

私はちゃんと彼に好きだと伝えて、嬉《うれ》しそうに笑う顔が見たいのだ。

必死に腕を伸《の》ばして、高い位置にある彼の首に回して強く抱き着く。

「アルド、私帰りたい」

びくりと跳ねる体にさらに強く抱き着いて、なるべく強い口調で話し続ける。

「帰ろうよ、帰りたい。ソキウスに帰ろう？　私も皆《みんな》に無事だって知らせたいし、皆もアルドが帰ってくるまで心配して待ってるよ」

だから帰ろう、と繰《く》り返していると、アルドは酷《ひど》く戸惑《とまど》った様子で私を見つめてきた。視線を彷徨《さまよ》わせ、少し悩《なや》んだ後に僅《わず》かに口が開くのが見える。

「帰る……ソキウスに？」

「うん、私は大丈夫《だいじょうぶ》だから。早くソキウスに帰りたい」

そうだ、このままアルドに暴れさせる事無く、ちゃんと二人で帰らなければ。私の、私達の住むソキウスに。

しばらく見つめ合っていると、アルドは深いため息を吐《は》きだした。肺の中の空気をすべて吐き出すような長いため息の後、剣呑な雰囲気《ふんいき》が消える。

「そうだな、悪かった。帰ろう」

ゆっくりと羽ばたこうとしたアルドを見てほっとしたのも束《つか》の間、待て、とあの王の震《ふる》える声が聞こえて怒りが沸《わ》き上がる。せっかくアルドが冷静になってきたのに、怖いなら黙《だま》って見送ってくれと叫びたくなった。それだけ聖女の力が魅力《みりょく》的なのか、自分の権力が弱まるのが怖いのか……理解出来ないし、したくもない。

アルドの視線が鋭《するど》くなったのと、ユーリスさんが声を上げたのは同時だった。

「王、いい加減にして頂きたい！　これ以上あなたの勝手で国を危険に晒《さら》されては困ります！　彼から恋人《こいびと》を奪《うば》う事がどういう結果になるのかくらいはわかるでしょう！」

一瞬で表情を強張らせたのは王だけでなく、周りの人達も同じだった。アルドの種族から恋人を奪う事はタブー視されているとは聞いていたが、こんな大人数が、それも自分の欲望のためなら何でもするような王ですら、青ざめるほどの事なのか。

……世界の命運を握《にぎ》った気分だ。非常に嬉しくない。

私は勇者でも何でもないのだ。助けてくれた兵士さんやユーリスさんの事は心配だが、最終的にアルドが暴れる事でまた種族の特性に悩むような事がなければそれでいい。普段《ふだん》優《やさ》しい目で国の人達を見守っている彼が、戦争の引き金になるなんて嫌《いや》だ。

せっかく吹《ふ》っ切った彼に、余計なちょっかいを掛《か》けないでほしい。

ユーリスさんの恋人という発言は否定せず、アルドの首に回した手にさらに力を込める。息を呑む音が耳元で聞こえた後、彼はまた私を強く抱きしめて空へと飛び上がった。

飛び上がる直前、ユーリスさんが私達に向かって微笑《ほほえ》んだのがわかる。彼も実際はアルドが暴れるとは思っていなかったのだろう。以前彼がアルドに『お前なら大丈夫』と言っていたのを思い出す。私達をこれ以上追わせないために、あえて言ってくれたみたいだ。

そんなユーリスさんの姿も、空高く飛び上がった事ですぐに見えなくなる。色々と助けてもらったのに申し訳ないが、元凶《げんきょう》はあの王だし、後は自分達で何とかしてもらおう。

「アルド、あの」

「無事だったならいい。急いで帰るからじっとしていてくれ」

「……うん」

アルドに抱き上げられて曇《くも》り空の下を飛び続ける。両手で強く抱きしめられている事以外は初めて出会った日と同じなのに、あの日よりもずっと仲良くなったのに、彼は無言のまま、身に纏《まと》う空気だけで話し掛けないでくれと訴《うった》えてくる。

長い時間飛び続け、見慣れた町明かりが見えてきて、やっと帰って来られたのだと肩《かた》の力が抜《ぬ》ける。アルドは町の入り口を通り過ぎ、私の家の前で地面へと降りた。私を抱《かか》えたまま家に入ったアルドは、私を抱き込んだ状態でその場に座り込む。

抱きしめられて痛みを感じたのは初めてだ。潰《つぶ》されるほどではないが、ぎりぎりと締め付けられて、アルドの腕が触れている部分が痛い。

「アルド、ごめんね」

「……悪いのはあの王だ、お前が謝る事じゃない。怪我《けが》は無いんだな？」

「うん、大丈夫。迎《むか》えに来てくれてありがとう」

どれだけお礼を言っても、大丈夫だと説明しても、彼は私を抱きしめたまま動かない。無事に帰ったら彼に告白の返事をして、この世界で生きていくと伝えて喜んでもらおうと思っていたのに、空気が重すぎてそれすら口に出せないままだ。

「サクラ。止めてくれて助かった、ありがとう」

「私こそ、ここに連れて帰ってくれてありがとう」

また無言になってしまったが、彼の力は緩《ゆる》まない。何か私に言いたい事があるのかと思いしばらく待っていると、彼は振り絞《しぼ》るような声ですまない、と呟《つぶや》いた。

「俺はもう、お前が帰る方法を探せない」

アルドの声は震えていて、城に籠っていた時よりもずっと覇気《はき》の無いものだった。口を開こうとした私の声を遮《さえぎ》って、彼は話し続ける。

「帰る手段を見つけるまでに惚《ほ》れてもらえばいいと思っていた。だが実際にお前が俺の前からいなくなって、現実を突《つ》き付けられた。俺はどうしてもお前を手放せない。この家の扉《とびら》を開けてもお前がいないのが当たり前になるのが怖い」

大きな体を丸めて私を抱きしめる彼は力強くて、触《ふ》れられている部分に痛みを感じるくらいなのに、酷く弱々しく見える。体格差がありすぎて、文字通り彼の腕の中にすっぽりと包まってしまっているせいで、少し息苦しい。

「この世界じゃ駄目《だめ》なのか？　魔法《まほう》にも慣れただろう？　気の合う友人だって出来たはずだ。まだまだ裕福《ゆうふく》とは言えないが、何とか生きていけるだけの基盤《きばん》も整った……俺は結局、お前との約束を破ってしまうな」

私の頭に埋めていた顔を上げたアルドが、じっと私の目をのぞき込んだ。

「ここにいてくれ。この世界でずっと、これまで通り毎日俺の傍《そば》で笑っていてくれ」

至近距離《きょり》で顔をのぞき込まれる事はこれまでもあったが、彼の目にいつもある余裕《よゆう》は欠片《かけら》もない。真っ赤な目が私をまっすぐに見つめているのを見て、助けに来てくれた時の事を思い出した。

腕に抱き着いた私に気付き、王から視線を外して私を見るまでの一瞬の間に見えた、氷のような冷たい目。愛した人のためなら世界すら壊《こわ》してしまうという彼の種族の特性を、言葉よりもずっと明確に表していたあの目を、私はきっと忘れる事は出来ないだろう。

私が聖女の力を持つ事は、いずれ他《ほか》の国にも知られるはずだ。彼の恋人になるという事は、これからもああいう状況《じょうきょう》になる可能性があるという事。もしもその時に私が彼を止められなければ、世界どころか彼自身すら深く傷つけてしまう。でも……。

彼の向こうに見慣れたソファが、私が初めて魔法で直した家具が見える。

……そうだ。ここから始まったんだ、全部。

「結局俺は、先祖と同じ事をしている。あのまま暴走していたらまた戦争になったかもしれない。お前が、俺は話を聞いてくれると、話し合いが出来ると言ったから堪《こら》えていたつもりだったのに、妻にして利用すると言われたらもう駄目だった。怒《いか》りを堪え続ける事も出来ず、俺を信じてくれた国民達も裏切って、お前の意思も無視してここに縛《しば》り付けて」

「アルド」

話し続けるアルドの言葉を遮るように、彼の名前を呼んで笑いかける。このまま放《ほう》っておいたら彼は一人で話し続けて、勝手に自己完結して傷ついてしまう。

彼が私に伝えたい事があるように、私だって彼に伝えたい事があるのに。

「ねえアルド、私と取引しない？」

私達の関係の始まりは、出会った日の翌日に私が発したこの言葉からだ。

「私はこれからもこの国のために力を使い続ける。その代わり、これまで通り私がこの世界で生きていくための知識を教えてほしいの。この世界で、ずっと生きていくために」

アルドの瞳《ひとみ》は幼く見えるほど真ん丸になっていて、先程《さきほど》までの弱々しさも追い詰《つ》められた様子も無くなっている。私の声を遮ってでも話し続けるような焦《あせ》りも無くなったようだ。腕《うで》の力も緩んだので、少し体を動かしてポケットからスマホを取り出す。

「苦しませてごめん。帰る手段なら、少し前から私の手元にあったの」

ゲームを起動して魔法陣《まほうじん》を見せる。私の世界の文字なので彼には読めないだろうが、魔法陣の前に立つユーリスのイラストには気付いたようだ。

「これは、ユーリスか……？」

「そうだよ。前はパズル画面しか見せなかったけど、これは元々恋愛《れんあい》を楽しむゲームなの。キャラと仲良くなりながらパズルを解いて世界を復興させる、っていう内容のね。だからユーリスさんに会った時は驚《おどろ》いたよ。画面越《ご》しに恋してた相手が現実にいる、って」

「ユーリスに、恋？」

わかりやすくむすっとしたアルドは、私が攫《さら》われる前の彼の雰囲気《ふんいき》を取り戻《もど》している。少しの気まずさは感じるが、安心の方が大きい。

「ゲームのユーリスと現実のユーリスさんは違《ちが》うし、あの人への恋心は無いよ。ユーリスさんの存在とアリローグの国名で、このゲームと似た世界に来た事に気が付いたの。ゲームもこの世界に合わせて色々変化したから、無関係じゃないはずだ、って思ってた」

フィールドが変化した事、私のスキルはゲームでユーリスが使うスキルである事、この世界に来てから起こった変化を説明して、最後に帰宅までと書かれたゲージを指差す。

「これ、帰宅まで、って書いてあるの。この世界に来たばかりの頃《ころ》は空っぽだったけど、修繕《しゅうぜん》魔法で何かを直すたびにゲージが溜《た》まっていって、あの攫われた日、水場を直した後にいっぱいになった。そうしたらこの魔法陣が現れたの」

魔法陣に触れないように注意しながら、上に書かれている文字を読み上げる。ここを押せば、私はいつでも元の世界に戻る事が出来たのだ。

「黙《だま》っててごめん。最初は確実に帰れるかわからなかったから、あなたにも帰る方法を探し続けて貰《もら》ってたんだけど。そのせいで苦しい思いをさせちゃった」

アルドは多少混乱しているようで、眉《まゆ》を顰《ひそ》めてスマホの画面を見つめている。ただ、私から取り上げるつもりは無いようだ。

「アルドは、自分が先祖と同じだって言ったけど、全然違うよ。さっきあんな状況でもあの王に対していきなり暴れたりしないで、話せていたじゃない」

彼は有無《うむ》を言わさず誰《だれ》かを傷つけるような暴走なんてしていない。怒りの沸点《ふってん》や譲《ゆず》れない事なんて誰にでもある。あの王がたまたまその地雷《じらい》を踏《ふ》みつけただけだ。

「だが、最初だけだ。結果は変わらない」

「うん。誰も傷つける事無く私を助けてここに帰って来た、っていう結果は変わらないね」

「それは……」

「怒りで暴走しそうになったって言うけど、ちゃんと私の声を聞いてくれたじゃない。無理やり私を閉じ込めたり縛り付けたりもしてないし、帰る手段も探し続けてくれて、私の帰りたいっていう意思を無視しなかった。私からこのスマホを取り上《あ》げようともしてない」

「だが、お前がこの帰る手段を持っていなければ、俺が探すのを止めた時点で帰れなくなっていたはずだ。俺がお前をこの世界に閉じ込めようとした結果は変わらない」

……それは果たして閉じ込めたと言えるのだろうか。行動可能な範囲《はんい》が広すぎる。

「なら、私が帰らないって結論を出したし、お互《たが》いに良い結果になったっていう事だよね」

「……お前は、本当にそれでいいのか？」

喜んでくれると思ったのだが、彼は渋《しぶ》い顔のままだ。ここで喜ばないという事だけでも先祖とは違うのに、アルドにとって種族の特性は本当に恐怖《きょうふ》を感じるものなのだろう。

「私、帰宅の選択肢《せんたくし》を押さなかったよ。アリローグで牢屋《ろうや》に閉じ込められた時、これを押せば安全な元の世界に帰れるってわかってたのに、押さなかった」

「命の危機があるなら迷わず押してくれ。お前の死体と対面するくらいなら、元の世界に帰ったと言われた方がよほど良い」

「うん。でも、押したくなかったんだよ。アルドが悩《なや》んでくれたみたいに、私もずっと悩んでた。あれだけ帰りたかったのに、ゲージが溜まるのを希望にして頑張《がんば》ってたのに、実際に魔法陣が出てきた時は全然嬉《うれ》しくなかった」

持っていたスマホを床《ゆか》に置く。画面の向こうのユーリスにはもう頼《たよ》らない。勇気を出すために触れるのも、まっすぐに見つめるのも、今私を抱《だ》きしめているアルドに対してだ。

「私、あなたの事が好きだよ」

自分から現実に存在する誰かを好きになったのは初めてで、告白をするのも初めてだ。緊張《きんちょう》でわずかに震《ふる》える声は、それでも静かな部屋にしっかりと響《ひび》く。

アルドは何か言おうとしたようだが、言葉にならず口だけが動いている。

「元の世界に帰って、あなたがいない日々を想像したら、もう駄目だった。ここにいたいって、あなたと一緒《いっしょ》に過ごしていきたいって……いつの間にか、元の世界への未練よりも、この世界であなたと過ごす時間を失う怖《こわ》さの方が大きくなってた」

きっとこの先も、アルドは自分の種族の特性に悩まされ続けるのだろう。でも、それは彼だけが背負うものではない。あの王が起こした騒動《そうどう》のおかげで、覚悟《かくご》は出来た。

「アルドは自分が私への感情で暴走するのを、それがまた戦争に繋《つな》がる可能性があるのを恐《おそ》れてるみたいだけど、それをあなたが一人で背負い続ける必要はどこにもない。最後に私を選んでくれるのは嬉しいけど、そうなる前に私だって足掻《あが》くよ。国の人達だってそう言ってたじゃない」

私だってアルドに守ってもらうばかりではない。自分で考えて動く事も出来るし、あんな風に攫われる事があるとわかったなら対策すればいいだけだ。

「前にも話したけど、私の両親はアルドの種族と同じように最終的にお互いを選びはするけど、それは他のものを手放さなくていいようにぎりぎりまで努力した後の事だよ。最初から諦《あきら》める必要なんて無いんだから、一緒に最後まで足掻こうよ」

怒りで心が満ちている時でも、アルドには私の言葉がちゃんと届く。だったら何の問題も無い。毎回私が止めればいいだけだ。

「私、アリローグの牢屋で自分の感情に整理がついた後、ずっと楽しみにしてたんだよ。私もあなたが好きって伝えたら、きっとあなたは喜んでくれるって。そんな風に自分を責めるような顔をしてほしかったわけじゃない。ねえ、私の告白はそんなに嬉しくない？」

「……そんなわけないだろうが」

ゆっくりと私を抱きしめたアルドの体から力が抜《ぬ》けていく。全身の空気をすべて吐《は》き出したような大きなため息が聞こえた。部屋の空気がいつもの穏《おだ》やかなものに変わっていく。

「言われたからにはもう放さん。今更撤回《いまさらてっかい》しても聞かんぞ」

「撤回って……私がどれだけ勇気振《ふ》り絞《しぼ》って好きだって言ったと思ってるの？」

背中に回された腕にまた力が籠《こも》るが、いつもと同じ力加減で痛みは感じない。アルド自身はなんだかぐったりしている。わずかに見えたアルドの耳が真っ赤になっていて、抱きしめられたまま笑った。

「感情の変化が短時間で起こりすぎて、もう自分でもどうしたらいいのかわからん。俺は喜んでいいのか？　良いなら遠慮《えんりょ》なく喜ぶぞ」

やけになったような声でアルドがそう話すので、おかしくなって更に笑ってしまった。

苦しい雰囲気で告白を受け取られるより、心から笑って受け取って、喜んでほしい。

「遠慮なく喜んで。私もその方が嬉しい」

私としてはいつものように笑う彼が見たいのだが、こうしてぎゅうぎゅうと抱き着いて照れている彼も新鮮《しんせん》なので、これはこれでいいかもしれない。彼がいつもの調子を取り戻したら立場が逆転するのは目に見えているし、今の内に珍《めずら》しい彼の様子を目に焼き付けておこう……なんて思っていたのだが、顎《あご》に手が添《そ》えられて上を向かされた時点で、目の前には見たかった余裕《よゆう》たっぷりな彼の笑顔《えがお》があった。

「らしくない事を続けて悪かったな。お前がそう言ってくれるなら遠慮は無しだ」

「あ、ちょっと……」

「こら、逃《に》げるな」

ゆっくりと近付いてきた彼の顔に思わず腰《こし》を引こうとしたが、がっちりと回された彼の腕《うで》がそれを許してはくれない。ぴったりと密着した体が強張《こわば》る。

今まで大丈夫《だいじょうぶ》だろうと思っていた彼の執着心《しゅうちゃくしん》や独占欲《どくせんよく》が、赤い瞳《ひとみ》の中で存在を主張している。片想《かたおも》い中ではなく、両想いになった瞬間《しゅんかん》にその強さを知るとは思わなかった。

恐怖は無い。このままだと色々な意味で食われる、という危機感が警鐘《けいしょう》を鳴らしているだけだ。ギラギラとした目が少し細められて、そこに愛《いと》おしさや優《やさ》しさを見つけて、もう逃げられない事を悟《さと》った。

重なった唇《くちびる》が熱い。そのまま丸呑《まるの》みにされそうだ。

ゆっくりと離れた唇に寂《さび》しさを感じて、至近距離《きょり》の彼の瞳をじっと見つめる。

少しだけ見開かれた赤い目は、すぐにさっきよりもぎらついた光を宿した。

繰《く》り返し降ってきた唇を数回目で何とか中断させて、不満そうな彼の目を見て笑う。

「で、取引は成立？」

「……ああ、成立だ。お前がこの世界で生きていくために困らないようにしよう」

初めて取引を持ち掛《か》けた日に交《か》わした握手《あくしゅ》を思い出す。

あの時よりもずっと近いアルドとの距離に、こんな風になるなんて予想もしていなかったなと苦笑《くしょう》した。こんなにも人を好きになれた事、そして好きになってもらえた事への嬉しさで幸福感が胸を満たし続けている。

アルドの背中に手を回して、自分からも強く抱き着いた。

これが私の選択《せんたく》だ、後悔《こうかい》なんてない。

エピローグ

眩《まぶ》しい光を瞼越《まぶたご》しに感じて、ゆっくりと目を開けた。

ようやく見慣れてきた天井《てんじょう》を見つめ、もう朝かとぼやけている目を擦《こす》る。

攫《さら》われた日から一か月程《ほど》が経《た》ち、私は穏やかな日常を取り戻《もど》した。アリローグからは国からの正式な文書で謝罪の手紙が届いたので、王の権力は相当弱まっているようだ。

弱っていたのが嘘《うそ》のように元通りになったアルドは、以前より余裕が出来たらしい。国のために働くのは変わらないが、何が何でも自分が守らねばという意識が変わり、周囲に頼り始めた。ソキウスの人達はその変化に喜んで、復興にさらに力を入れている。

攫われた件に関しては、ファラを筆頭に大勢の人に心配されてしまった。私に何かあったらどうしようかと思ったと泣いたファラ、とにかく無事で良かったと涙《なみだ》ながらに喜んでくれた町の人達。この人達がこの世界での私の家族だ。両親の事も泣かせたくはなかったが、彼らの事だってもう泣かせたくない。

私の力の件が知られたからとはいえ、これまで他国に見向きもされなかったこの国から誘拐《ゆうかい》される人間が出てしまった事で、ソキウスの周囲には防犯関係の魔法《まほう》がかけられた。

おかげで私は一人で歩き回る事が出来ているし、今のところ問題も起こっていない。頼り切りは嫌《いや》なので、私も自分で出来る身を守る術《すべ》を探しながら少しずつ実践《じっせん》している。

私がこの世界に残る選択をした事を知ったファラは驚《おどろ》いた様子だったが、すぐに喜んでくれた。前と変わらず、空き時間が合う時は一緒に遊び歩いている。

「今日は、森の再生かあ」

この前再生した時は、大きな木が一本蘇《よみがえ》っただけだった。太い幹と青々と伸《の》びた葉は本当に美しかったが、出来れば建材確保のために一本でも多くの木を再生したい。

ぐっと伸びをしようとして、手以外の部分がぴくとも動かない事にため息を吐く。後ろから抱《だ》きしめるように回されている腕を軽く叩《たた》いてみるが、何も変わらない。

「アルド、起きてるでしょう。放して」

「まだ時間に余裕はあるだろうが」

放してくれという私の願いとは逆に、体に巻き付いたアルドの腕には更に力が籠った。

幸せそうな笑い声が耳元で聞こえて、仕方ないなと笑って体の力を抜く。彼の寝起《ねお》きの掠《かす》れた声はまだ慣れなくて恥《は》ずかしいけれど、私も彼の腕の中にいる時間は幸せなのだ。

この世界で生きると決めてからもほとんど変化が無かった日常で、唯一《ゆいいつ》変わったのはこれだろう。私はあの家を出て、アルドと一緒に城で暮らしている。

埃《ほこり》を被《かぶ》っていた寂しい玉座は、町の人達が張り切って用意したもう一つの椅子《いす》が隣《となり》に置かれてからは、埃を被る事も無くなり温かい雰囲気《ふんいき》を感じるようになった。

アルドは私を腕の中に抱き込んでいる体勢が一番お気に入りのようで、座る時は膝《ひざ》に乗せられたり後ろから抱《かか》え込まれたりする事が多い。体格差があるせいで全身包み込まれてしまう私は、今のように身動きが取れなくなってしまう。

アルドの腕の中でぬくぬくとしながら、ぼんやりと窓の方を見つめる。無言の空間が心地《ここち》好くてうとうとしてきて、気を抜いたらまた眠《ねむ》ってしまいそうだ。

「アルド、このままだと確実にもう一回寝そうだし、起きよう?」

「ああ、わかってる」

肯定《こうてい》の言葉は返ってきたが、アルドの腕から力は抜けないままだ。彼にがっちり固定されて眠るせいで体がバキバキに強張っているので、そろそろ伸ばしたい。

薄《うす》い布団《ふとん》を丸めた体に巻き付けて何とか暖を取っていた頃《ころ》より、筋肉質なアルドに包まれて眠る今の方が暖かくて眠りやすい。名残惜《なごりお》しさを感じてしまう自分に苦笑しつつ、起き上がるために身じろぎをする。なんやかんや言いつつも寝坊《ねぼう》をする気はないアルドも腕の力を緩《ゆる》めて起き上がり、起きてから初めて彼と目が合った。

「おはよう」

「ああ、おはよう」

額に唇を押し当てられるのはまだ少し恥ずかしいけれど、私を見た彼の鋭《するど》い目が柔《やわ》らかく細められる瞬間を見るのは好きだ。言葉でも態度でも視線でも、彼は常に溢《あふ》れんばかりの愛情を私にくれる。二人で過ごす時間は基本くっついて過ごしているので、私はずっと幸福感に包まれたままだ。だからこそ、私は……。

「ねえ、アルド。私……あ」

「どうした？」

「後ろ、窓に止まった鳥って、ユーリスさんの手紙を運んでくる子じゃない？」

振《ふ》り返ったアルドが窓に止まる鳥を見て顔を顰《しか》め、ゆっくりと歩み寄って鳥の足に括《くく》りつけられていた手紙を外した。手紙を読み始めたアルドの分も朝の支度《したく》をしてしまおうと決めて、私もベッドから降りる。朝食の準備を終えた頃に手紙を読み終えたアルドは食卓《しょくたく》に着いたが、表情は渋《しぶ》いままだ。

「サクラ、もう一人の聖女の事なんだが、もう帰る気は無いと言っているそうだ」

「えっ、本当に？」

魔法陣《まほうじん》を選択《せんたく》していないスマホは、まだ私の手元にある。画面が魔法陣選択の所で固定されてしまったためスキルが使えず、大型設備の修繕《しゅうぜん》や再生に苦労しているところだ。

ユーリスと会えなくなる決意は固めたし、アルドが面白《おもしろ》くなさそうにしているのもわかっているので、選ぶ事に戸惑《とまど》いは無い。ただ、これがあの女の子の帰宅手段になる可能性があるので、ユーリスさんにその旨《むね》を書いた手紙を送って返事を待っているところだった。

あの子のスマホにもゲージは出たかもしれないが、ほぼ毎日修繕魔法を使っていた私でも溜《た》まるのに一年近く掛かったのだ。あの子が溜めるには更《さら》に時間が掛かるだろう。

「それと、もう少しで王を引きずり下ろせるところまで来た、とも書いてある。お前を攫った事で俺が暴れかけて、あの王の立場は相当弱くなったみたいだな。後一押し何とかすれば王の派閥《はばつ》もすべて巻き込んで失脚《しっきゃく》させられるだろう」

「ユーリスさんが王様になれば、復興も進むだろうね。あの女の子も帰らないなら修繕の魔法も使えるし。でも本当に帰宅手段はいらないのかな？」

「ユーリスがこういう事で嘘をつくとは思えんが」

「そこは私も疑ってないけど。ただ、あの女の子の置かれた環境《かんきょう》ってすごく過酷《かこく》だったと思うんだ。ユーリスさん達が庇《かば》ってくれるとはいえ、あの王の一派がいるんだし。私みたいにゲームをやりこんでいるわけでもなさそうだったし、復興を手伝ってあげたいと思えるような精神状態になるまで時間もかかったと思う」

私は運が良かっただけだ。色々な人に助けられてここに来る事が出来たし、ソキウスの人達も誰一人《だれひとり》として私を不審《ふしん》がらず受け入れてくれた。もしも保護されたのが他《ほか》の国だったら全員に受け入れられるなんて事は確実に無かったし、力が判明したらそれこそ監禁《かんきん》されて利用される日々を送る事になっていたかもしれない。

「確かに周り全部味方なのと、気を抜《ぬ》けば敵に囲まれる状況《じょうきょう》なのはまったく違《ちが》うだろうな」

「うん。だから手紙に書いてあるなら良いや、って気軽に考えて良いのかわからなくて。取り返しのつかない事ではあるし」

「そこは直接会って聞かんとわからないだろうな」

どうしようかと悩《なや》んでしまうが、アルドの方も何か悩んでいるようだ。微《かす》かなため息が揃《そろ》って目を見合わせる。少しの間の後に苦笑《くしょう》したのも、同じタイミングだった。

「ユーリスが王になるための一押し、おそらく俺達が協力すれば何とかなる。あいつが王になってアリローグの復興が進んだ時に、個人間ではなく国同士での付き合いがあれば協力体制が取れるし、こちらのメリットも大きい。復興に必要な材料も作物も国土が広い分あちらの方が多く採れるようになるし、ソキウスでは手に入らない物も多いんだ」

「今はこっちの方が復興が進んでるし、こっちで余裕《よゆう》がある作物を向こうに渡《わた》す代わりに、アリローグにはこっちで足りてない木材とかを再生して貰《もら》って交換《こうかん》する、とか？」

「そういう事だ。特に布の元になる植物は向こうの方が多い。布団やら服やらが薄いのはこの国周辺で材料がほとんど採れないからだしな。それに、あいつが王になれば聖女を抱える国が二つに増える事になる。今の内にユーリスと正式に協力関係を作って連携《れんけい》しておくのは悪い事じゃない。さすがに俺一人で決めて良い事じゃないし、集会でも開くか。お前はそれで良いか？　アリローグには嫌な思い出しかないだろう？」

「この国のためにもなって、ユーリスさん達も助かるなら反対する理由なんてないよ」

ユーリスさんが助けてくれたからアルドに出会えたし、攫われた時も彼は私を助けようとしてくれた。兵士さん達がくれたお金だって今も大切に取ってある。アルドが心の中でユーリスさんを助けたいと思っている事もわかっているし、反対する理由は無い。

「私の聖女としての力、存分に利用して」

ここに来た頃の自分では絶対に出ない台詞《せりふ》だ。そう考えると私も相当変わったのだろう。

とはいえ、ソキウスは長い間鎖国《さこく》状態だったし、突然《とつぜん》他の国と、それもトラブルが起こったばかりの国と協力体制を取るならば、みんなの同意は必須《ひっす》だ。

……それから、様々な事をみんなで話し合った。

印象的だったのは、過去にアリローグに嫌な思い出がある人ですら、最初に心配するのは自分ではなく別の何かだった事だ。私も聖女の力を一方的に利用されるのでは、と心配されたし、アルドの事を怖《こわ》がる人が多い国と同盟を組んで大丈夫《だいじょうぶ》なのかと心配する人も多い。この人達の優《やさ》しさに助けられてきた事を、強く実感する日々だった。

そうして色々な意見を纏《まと》めて条件を決めて、私はアルドに抱えられてアリローグへ向かった。城にはいかずに、まずはユーリスさんの隠《かく》れ家にお邪魔《じゃま》する。

「アルド、お前どうしてここに……」

「あの時のお姉さん！」

驚《おどろ》いた顔のユーリスさんの隣にはあの女の子がいて、私を見るなり笑顔《えがお》で駆《か》け寄って来た。記憶《きおく》の中よりも痩《や》せた彼女は、それでも明るく笑っている。

「無事で良かった。あの時は最後まで庇ってあげられなくてごめんね」

「そんな……お姉さんだって同じ立場だったのに、庇ってくれてありがとうございます！」

アルドとユーリスさんが打ち合わせを始めたので、私は彼女と自己紹介《しょうかい》や現状の報告をしあって、気になっていた事を聞く事にした。

「その、帰る意思は無いって聞いたんだけど。本当？」

「……はい。あの、サクラさんの言う帰る手段って、このゲージの事ですよね？」

彼女は少し声を潜《ひそ》めながら、ポケットから取り出したスマホの画面を見せてくれた。画面にいるのはユーリスでは無いキャラだが、私の物と同じゲージが表示されている。ただほとんど溜まっていない。プレイヤーレベルも低く、やりこんではいないようだ。

「これ、修繕魔法を使うと溜まるんですよね？　溜まった時、強制送還《そうかん》にならないですか？」

「え、ええ。こんな風に選択肢《せんたくし》が出ると思う」

私の画面にいるのはユーリスなので少し戸惑ったが、自分のスマホを取り出して魔法陣をスライドして見せる。彼女はキャラがユーリスな事に少し驚いた様子だったが、すぐに魔法陣を見つめて、良かった、と小さく呟《つぶや》いた。

「良かった？」

「あ……はい。もう帰る気が無いので、強制的に帰らされるのは困るなって」

彼女の視線が、アルドと話し合っているユーリスさんの方へ向く。二人は真剣《しんけん》に話しているせいかこちらに気付いていないが、ユーリスさんを見た彼女の頰《ほお》が赤くなって、はにかんだように笑った事ですべてを察した。私に向き直った彼女が、照れたように笑う。

「ずっとなんで私が、って思っていたんです。でもユーリが私を守ってくれたから、八つ当たりばっかりしてた私の傍《そば》にずっといてくれたから、あの人のために頑張《がんば》りたくて」

ユーリ、とはユーリスさんの事だろう。私とアルドが一緒《いっしょ》に過ごしていた期間、彼らも一緒に過ごしていたのだ。同じように親しくなってもおかしくは無い。

「だから、帰らない事に決めました。未練はいっぱいあるけど、ユーリの事を好きになっちゃったから、二度とユーリと会えなくなる方が嫌《いや》だから、私は帰りません」

「……そっか、私と同じだね」

私の視線を辿《たど》った彼女がアルドを見て、私に向き直って、一緒ですねと笑う。

「あの、サクラさんゲームのプレイヤーレベル高いですよね？　もし良かったらパズルのコツとか教えてもらえませんか？　ユーリのためにも、兵士さん達のためにも、頑張って復興したくて。それにユーリにも振《ふ》り向いてもらいたいし」

「もちろん……え、あの、もしかしてユーリスさんとはまだ」

「告白してないです。ユーリは真面目《まじめ》だから国の事をずっと考えてて、恋愛《れんあい》には興味が無いみたいだし。だから復興を頑張って、私の事も好きになってほしくて」

声を落としているので私達の会話はユーリスさんには聞こえていない。彼がソキウスに訪ねてきた時や牢屋《ろうや》で会話した時の様子からして、どう考えても両想《りょうおも》いだと思うのだが。

先程《さきほど》は同じだと言ったが、私と彼女は全然違ったようだ。

私はアルドと両想いになった状態でこの世界を選んだ。けれど彼女はまだ片想いで、それでもユーリスさんが好きだからとこの世界を選んだのだ。私のように周囲全員が味方だったわけでも無く、生活に必要な物をすぐに直せたわけでも無い。私とは比べ物にならないほど苦労していたはずなのに、それでもこの世界を選んだ。凄《すご》い子だな、と素直《すなお》に思う。

「うん、私で良ければコツでも何でも教えるよ」

アルドとユーリスさんの話し合いはまだ続いている。今の内に、とまずは彼女が気付いていなかったスキルについて説明を始める事にした。


全員での打ち合わせが終わってからは、あっという間だった。

聖女の力を持つ私達を自分の欲望のまま利用しようとした事や、思い通りにならないからと傷つけようとした事と共に、アルドと恋仲《こいなか》である私を攫《さら》った事で戦争になりかけた事が公表され、他国からも非難の声が上がったのだ。元々問題の多い王ではあったが、まさか過去の戦争を繰《く》り返すような真似《まね》までするとは、と。

そのアルドが、ユーリスが即位《そくい》するならアリローグとの協力を約束する事、そして話し合いによってはアリローグの同盟国の復興にも力を貸しても良いと発言した事で、さらにあの王は追い詰《つ》められ、最終的に王座から引きずり下ろされる事になった。

アルドの方に苦情が来ないのは、出来れば協力を得たい国が多い事や、彼がまだ恐怖《きょうふ》の対象になっている事が大きいのだろう。アルドの種族の特性についてはわかっているのに手を出す方がおかしい、と判断している国も多いらしい。

「俺達との同盟話が本格的に進むのはもう少し先になりそうだな」

アリローグからソキウスに帰って来て少し経《た》ち、アルドは机に向かいながら夕食後に届いたユーリスさんからの手紙に目を通していた。アリローグは一気に何もかもが変わった事で本当に忙《いそが》しそうで、同盟の話も大まかな部分だけが決まった状態で停滞《ていたい》している。まずは国の人々の生活を整えるための物を大急ぎで修繕《しゅうぜん》しているそうだ。

「あの状態じゃ仕方ないと言うか、むしろいくらでも待つよって言いたくなるね」

「そうだな。実際にこの目で見るとあの国の惨状《さんじょう》は目に余る。いつ死んでもおかしくない奴《やつ》らで溢《あふ》れているし、多少は支援《しえん》するか。畑と食料管理の責任者を集めて話し合いだな」

アルドが手紙の続きに目を通し始めたので、私はソファに座って同封《どうふう》されていたあの女の子からの手紙を読む事にした。日本語で書かれた文章が懐《なつ》かしい。

スキルについて聞いた事で大きめの水場を直せた事、堂々とユーリスさんと出歩けるようになって嬉《うれ》しい事、もっと頑張りたいという言葉が随所《ずいしょ》にちりばめられている。王様になったユーリスさんに見合い話が発生する前に振り向いてもらいたいが、何か彼が喜ぶような事を知らないかという質問を見て、もう告白してしまえばいいのに、と笑った。

「何が書いてあったんだ？」

突然アルドが勢いよく隣《となり》に腰《こし》かけたので、驚いて肩《かた》が跳《は》ねた。私の腰を引き寄せたアルドは、手紙の方はあまり見ないようにしつつも内容が気になっているようだ。ここで無理やりのぞき込まないという事だけでも、彼が相当我慢《がまん》しているのがわかる。

「別に見ても大丈夫だよ。出来ればアルドにも聞いてほしいって書いてあるし、元々アルドと一緒に目を通す事になると思うって伝えてあるから」

「読めないんだが」

「私の世界の文字だからね。現状報告と、ユーリスさんに振り向いてほしいから、何か喜ぶような事を知ってたら教えてほしい、だって。アルドは何か知ってる？」

「まあ知ってはいるが、教える必要があるのか？　あいつは帰る手段があるとわかっても、あの聖女を帰さなかったんだぞ。普段《ふだん》のあいつなら、いくら本人が帰る事を拒《こば》んでも、危険だからと無理やり帰すはずだ。王になってからも護衛を兵士に任せず自分で付いて回っているくらいだし、俺が言えた義理ではないが、あれは相当執着《しゅうちゃく》しているぞ。それこそあの聖女がユーリスのためにする事なら何でも喜ぶだろうな」

「アルドから見てもそうなんだ……」

私はもうさっさと告白するように勧《すす》めた方が良いのだろうか、それとも彼女の希望通り喜びそうな事を教えた方が良いのだろうか。手紙の返信を考えつつ、スマホを手に取る。

「俺もお前の世界の文字を覚えるか」

「文字の種類自体が多いし、文章の構成の仕方からして違《ちが》うけど」

「だがお前はその状態でもこの世界の文字を覚えているだろう？」

むすっとしているアルドは、どうやら私が自分の知らない文字で誰《だれ》かとやり取りしているのが嫌なようだ。じっと読めない手紙を見つめている。

「いつも対戦してるゲームの応用編を作ろうって話してたし、私の世界の文字の物も一緒に作ってみる？　対戦する時はお互《たが》いの世界の文字に合わせてハンデを付ける方を交代すればいいし、私達ならあの方法が一番覚えやすそう」

「ああそうだな、そうしよう」

上機嫌《じょうきげん》になったアルドに良かったと安堵《あんど》して立ち上がり、彼の足の間に座りなおす。ぎょっとした様子の彼に構う事無く寄りかかれば、すぐにお腹《なか》に手が回された。

「どうした？」

「うん、ちょっと」

すっぽり包まれる感覚と彼の少し高い体温に安心して、手の中のスマホを操作してカメラを起動する。少しだけ手を伸《の》ばして、シャッターを押した。画面には幸せそうに笑う私と、少し不思議そうにしながらも同じように幸せそうなアルドのツーショット。その写真をホーム画面に設定してから、ゲームを起動した。

あの子がこの世界に残ると決めた以上、これを持っておく意味はもう無い。画面の向こうで笑うユーリスの姿を見るのはこれが最後だ。

「……長い間、ありがとう」

ずっとずっと恋をしていた画面の向こうの人へ。精一杯《せいいっぱい》の想いを込めてそう口にする。

幼い頃《ころ》に画面の向こうのユーリスに恋をしなければ、私はあの病室で苦しさと痛みに負けて生を終えていたかもしれない。この世界で前を向いて歩けなかったかもしれない。生きる希望をくれて、この世界でもずっと支え続けてくれた人。

けれど私は、この世界でアルドという心から愛し合える相手と生きると決めたのだ。

私が何をしようとしているのか察したらしいアルドの腕《うで》の力が強くなる。彼の視線を感じながら画面をスライドして、この世界に残るための魔法陣《まほうじん》を画面に表示させた。

魔法陣の上をトン、と軽くタップする。指は震《ふる》えなかった。

「あ……」

画面の中の魔法陣が光り輝《かがや》き、手の中の重みが無くなる。あっけないほどに簡単に、元の世界との繋《つな》がりであるスマホは、私を支え続けてくれたユーリスと共に無くなった。

わずかな静寂《せいじゃく》の後、アルドの手が空っぽになった私の手をぎゅっと握《にぎ》りこむ。

「……すまんな」

「なんで謝るの？　選んだのは私だよ？」

「だが、手放させたのは俺だ」

「違うよ。私があなたと離《はな》れるのが嫌だっただけ。後悔《こうかい》も無いし、私の選択《せんたく》をあなたに見て欲しかったの。これで私がずっと傍《そば》にいる、って安心してくれたら嬉しいんだけど」

アルドの手を握り返して、彼の顔を見上げて笑う。この選択に後悔なんてない。

スマホを手放す前に写真を撮《と》ったのも、もしもあのスマホが元の世界の私の家に戻《もど》るなら、いつか両親が見てくれるかなと思っただけだ。人とは違う外見を持つアルドとの写真は、他《ほか》の人が見れば合成か何かだと思われて終わるだろう。でも両親ならば、私の表情で色々と察して、祝福してくれると確信している。

念のため、メールにも大好きな人が出来たからもう帰らない事と、幸せだから心配しないでほしいという事、そして育ててくれた感謝と突然《とつぜん》いなくなる謝罪を書いて、未送信のままにしておいた。

「安心ならしているさ。これでお前がこの世界からいなくなる事は無くなったんだからな。嬉しくてたまらないからこそ、お前に申し訳なく思うんだ」

アルドの瞳《ひとみ》には言葉通り嬉しさが宿っている。もし逆の立場ならば私も彼のように申し訳なく思いながら喜ぶだろう。これ以上無理は言えないが、不安になってほしくも無い。

……ここ最近、ずっと考えている事がある。

恋人《こいびと》になる前と同様に、アルドは外でべたべたするのは恥《は》ずかしいと思ってしまう私に合わせてくれている。その分二人きりの時はべったりだが、外で動き回る私達は二人きりで室内で過ごす時間はそう多くは無い。おまけに過ごす時間の半分は睡眠《すいみん》時間だ。

愛を言葉にするのもキスをするのも全部アルドからで、私からする事はほとんど無い。本気で愛し合ったのは初めてで、何をするにも照れくさくて恥ずかしくて、つい受け身になってしまう。こうして彼の足の間に座って寄りかかるのが、今の私に出来る精一杯だ。

十分過ぎるほどの愛をくれる彼に、私は同じだけの愛を返せているのだろうか。想《おも》いは同じくらい強い自信はあるが、伝わっていなければ意味は無い。

私の態度は、アルドを不安にさせてはいないだろうか。

「……アルド、いつもより少し遅《おそ》いけど対戦しない？」

「ああ、広げたところで手紙が来たから中断したんだったな……今日は何をしてもらおうか」

このゲームを始めてからかなりの時間が過ぎ、疑問があれば普段の生活で聞いている事もあって、質問が思い浮《う》かばない事が増えた。せっかく勝っても聞く事が無いのはつまらないという事で、勝った方が負けた方に一つ頼《たの》み事を出来るというルールに変更《へんこう》したのだ。

アルドから頼まれるのは些細《ささい》な事が多く、次の休日は自分と二人で過ごしてほしいとか、少し外を散歩しようとか、普通に頼まれても了承《りょうしょう》するものばかりで、恋愛《れんあい》事に慣れていない私に合わせてくれているのがわかってしまう。

立ち上がったアルドと一緒《いっしょ》にカードが並ぶテーブルに向かいながら、彼に気付かれないように手をぎゅっと握り締《し》める。考えている事を実行するためにも、今日は絶対に勝ちたい。勝って逃《に》げ道を無くせば、ちゃんと動ける気がするのだ。

やると決めたからか、頭の中はすっきりしており、いつもよりも文字を読み取る時間も速く感じる。必死に頭と手を動かし続けた結果、良い勝負には持ち込めているし、最後の単語も思いついているので、後は文字を探すだけだ。

お目当てのカードを見つけて勢いよく伸ばした手が、アルドと揃《そろ》う。

「あ」

「え、あ、やった！」

カードに触《ふ》れたのはわずかに私の方が早く、単語も間違っていない。今回は私の勝ちだ。

「い、一年近くかけてやっと一勝……カードの位置次第《しだい》では全然負けだったし」

自分の事ながら信じられずカードを見つめる私と、驚《おどろ》いたまま固まるアルド。彼も負けるとは思っていなかったのだろう。少しの間をおいて、彼はどこか悔《くや》しそうに笑った。

「ついに負けたか。基礎《きそ》はもう問題ないな。早めに応用編を作ってそっちで対戦するか」

「カードが後少しアルド側にあったら負けだったけどね」

「勝ちは勝ちだろう。で、俺に何を頼みたいんだ？」

「それなんだけど……」

私の頼みを聞いたアルドは少し驚いた様子だったが、楽しそうに了承してくれた。二人で身支度《みじたく》を済ませ、城の外へと出る。雲は出ているが晴れてはいて、大きな満月が浮かぶ空にたくさんの星が広がっていた。

「しっかり摑《つか》まっておけよ」

彼に抱《かか》え上げられるのは何度目だろう。背中から翼《つばさ》を生やした彼がゆっくりと羽ばたく。高く高く飛び上がり、地面が見えなくなる。月が近い。雲の上まで来たので、周囲が星空に包まれている。ある程度飛び上がったところで、アルドはゆっくりと前進を始めた。

「初めての勝利の頼み事が抱えて空を飛んでくれ、で良いのか？」

「うん。初めてソキウスに来た日は、目に入る景色全部が世界が違う事を突《つ》き付けてくるものでしかなかったし、アリローグに攫《さら》われた帰り道は周りなんて見られる余裕《よゆう》が無くて。ユーリスさんに会いに行った時は行きも帰りもこの先の事をずっと相談してたし、一度ゆっくり景色を見てみたいと思ってたんだ」

「ならもう少し下を飛ぶか？　今の高さだと空が見えるだけだしな」

「しばらくはこの高さが良いな」

心臓の鼓動《こどう》が速くなっていく。決めていた事なのに、いざやろうと思うと緊張《きんちょう》する。アルドに取引を持ち掛《か》けた時よりも緊張しているのがおかしくて、つい笑ってしまった。

「サクラ？」

私が笑ったからか、それとも緊張している事に気付いたのか、アルドが私の顔をのぞき込んでくる。広大な美しい星空から、アルドの赤い目に視線が吸い寄せられた。

この強い目に惹《ひ》かれたのだ。

希望の見えない世界で余裕たっぷりで笑う彼に、優《やさ》しく微笑《ほほえ》んで国民を見守り続ける彼に……まっすぐに私を見つめる愛《いと》しさの籠《こも》った瞳に。

この人の傍にいたいと思ってしまった。疑いなど無縁《むえん》なほどに大きな愛をくれる彼に、私だって同じくらい大きな気持ちを返したい。私を想う気持ちに不安を感じないでほしい。

アルドの服を掴んでいた手を彼の首に回し、そのまま彼の唇《くちびる》に自分の唇を押し当てる。

彼が息を呑《の》んだのが振動《しんどう》で伝わってくる。

ゆっくりと唇を離して、驚きで見開かれた彼の目をまっすぐに見つめた。

「好きだよアルド、愛してる」

さらに見開かれた目を見つめ続ける勇気は無くて、腕に力を込めて彼の首に抱《だ》き着いた。

「いつも言葉に出来なくてごめん。でも、ちゃんとあなたの事が好きだよ。いくらでも執《しゅう》着《ちゃく》してくれていいし、あなたが苦しいと思った事は言ってほしい。嫉妬《しっと》してるけど私に遠慮《えんりょ》して黙《だま》っていいよう、なんてしなくてもいいから、どんどん主張して。私もあなたが苦しくならなくていいように気を付けるから」

少しの間、無言の時間が続いた。アルドと二人で過ごす無言の時間は心地好《ここちよ》いもののはずなのに、今は少しだけ怖《こわ》い。

「……俺は、お前が思っているよりもずっと嫉妬深いぞ。全部主張していたら、聞いているお前の方が疲《つか》れるだろうな」

「その時はちゃんと言うよ。だからアルドもちゃんと言って。そもそも私だってアルドが別の国の人と仲良くしてたら嫌《いや》だと思うだろうし、確実に嫉妬はするよ。今はアルドの周りにいるのがソキウスの人とユーリスさんだけだから、何も思わないだけ。それに、そういう嫉妬深いところも含《ふく》めて、あなたの事を好きになったんだから」

「……凄《すさ》まじい口説き文句だな」

低く笑う声が耳元で響《ひび》いて、そこでようやく私は彼の耳が赤くなっている事に気付いた。

「俺は、お前の愛を疑った事は無い。確かに言葉にされたのは告白の返事を貰《もら》った時だけだが、あの時だけで十分すぎるほどの熱烈《ねつれつ》な告白だったしな。そもそもずっと帰るために努力していたお前が、自分の世界を捨てて俺を選んでくれたんだ。疑う理由なんて欠片《かけら》も無い。それに気付いていないようだが、お前の目を見れば愛されている事はわかるぞ。告白された時に口づけた時も、唇が離《はな》れてすぐに物足りないと視線で訴《うった》えてきたしな」

　カッ、と頬《ほお》が熱くなる。言葉にするのも恥ずかしいが、視線で全部伝わっているというのも別の意味で恥ずかしい。

「だがそうだな。お前がそう言ってくれるなら遠慮なく俺も主張しよう。言わなかった事でお前からこうして口づけしてもらえるなら、黙っていてもいいかもしれないがな」

「……アルド」

　未《いま》だ恥ずかしくて顔を上げられない私に追い打ちをかける言葉を口にして、楽しそうにアルドが笑う。顔は見えないが、いつものように楽しそうに笑っているのはわかった。

「いい加減俺の首にしがみつくのを止《や》めてくれ。顔が見えないだろうが」

「今顔を見られたら恥ずかしくて落下しそうだから、ちょっと待って」

「俺が落とすわけないだろうが。まったく……こっちから手が出せないような体勢で熱烈に愛を伝えてくれるとはな。帰ったら覚えておけよ」

　う、と口籠る。空に上がってしまえば私に逃げ道は無いし、今まで純粋《じゅんすい》に空の上を楽しんだ事も無いのでちょうどいいと思ってここを選んだのに。

　明日無事に起きられるだろうか、別の意味で不安になってきた。

「外で触れられるのは苦手なんじゃないのか？」

「そうだけど、この高さなら誰《だれ》かに見られる事は無いし」

「なら外でお前に触れたくなったら抱えて飛べばいいのか」

「……うん。それなら大丈夫《だいじょうぶ》」

肯定《こうてい》の返事をすると、冗談《じょうだん》のつもりで言ったらしいアルドは酷《ひど》く驚いたようだった。人に見られる可能性があるのが嫌なので、誰もいない上空ならあまり気にならない。アルドは突然《とつぜん》人前で私を抱き上げて飛び上がるような事はしないとわかっているし。

「今日は随分《ずいぶん》と色々な事を許してくれるな」

「アルドが気を遣《つか》い過ぎなだけだよ。人前で触れるのを控《ひか》えてくれるのはありがたいけど」

「そうか。ならこれからは変に遠慮せず、試しに言ってみるくらいの気持ちで主張しよう。いつもの対戦後の頼み事で、今みたいにお前から好きだと言ってくれと頼むかもしれんぞ」

「きっかけを貰えるなら、逆にありがたいかも」

自分から行動を起こすのが凄《すご》く照れくさいだけなので、アルドの方から言って貰えるなら、愛の言葉を口にするのも、こちらからキスをしたり触《ふ》れ合ったりするのも出来るかもしれない。恥《は》ずかしさは変わらないけれど、勇気を出して動くまでの時間は短そうだ。

アルドの戸惑《とまど》いが伝わってくるが、すぐに笑い声へと変わった。楽しいと言うよりはおかしくて笑っているようで、ははは、と彼の笑い声が空へ響く。

「どうやら俺は遠慮しすぎていたようだな。さっさと応用編のカードを作らなければ」

「またアルドの勝ち越《こ》しになるじゃない……あ、でも私の世界の文字も交ぜるんだよね？」

「お前の世界の文字は知りたいが、俺の勝ちが減るな……お前の頼《たの》みを聞くのも楽しみだし、勝っても負けてもどちらでもいいか。なるべく勝ちたいところだが」

「私だって、今日せっかく勝てたんだし、これからも勝てるように頑張《がんば》るよ。この世界の文字を今まで以上に覚えなきゃならないんだから」

「ああ、そうだな」

笑い続けるアルドに抱えられたまま、空の散歩は続いている。しばらく経《た》ってようやく抱き着くのをやめた私を見て、さらにアルドが笑う。私の大好きな笑顔《えがお》だ。

「やっと顔が見られたな。もう少し降りるか？　お前が再生してくれた分、前よりもずっと綺麗《きれい》だと思うぞ」

「うん、見たい」

ゆっくりと下降していくと、地面がどんどん見えてくる。国の近くを旋回《せんかい》していたらしく、見慣れた町明かりの傍《そば》に木々の集まりが見えた。

この国に来た時、僅《わず》かにあった森は枯《か》れ木ばかりで本数も少なかったが、今はたっぷり葉をつけた木々が町の近くに纏《まと》まって生えている。まだまだ森とは言えないような数だが、それでも来た時とは段違《だんちが》いだ。こうして空から見ると、以前との差が明確にわかる。

「あそこの木の中に見える泉が最初にお前が直した水場だ。前は枯れた木が多かったからもっと水が溜《た》まっているところが見えたんだが、周りの自然が増えた事で森の中に隠《かく》れて空から見える部分が減った。嬉《うれ》しい変化だな」

アルドが指差した場所は木が多く、じっくりと見てようやくわかるほどの泉がある。私が最初に直した場所、アルドとの関係を始めるきっかけになった泉だ。一番初めに直した畑、綺麗な建物が増えた町、一年近く修繕魔法《しゅうぜんまほう》を使い続けた結果をじっと見つめる。

直したのは私だが、そこからたくさんの物を作り出してくれているのは町の皆《みんな》だ。私は農業は良くわからないし、狩《か》りも出来ない。材料が手に入るようになっても服や靴《くつ》は作れないし、魔法を使わなければ家のような大きな物も直せない。

「また勝って、抱《かか》えて飛んでもらわないと。定期的に空から変化していく様子が見たい」

「ゲームで勝たなくても、いつでも抱えて飛んでやるが」

「知ってる。でも目標があった方が気合いが入るし」

私に出来るのは修繕と再生の魔法だけで、この世界の基本的な知識すら全然足りていない。それでも、足元に広がる国が私が生きていく場所だ。私を支えてくれるこの国の人達のためにも、もっともっと復興を頑張らなければ。

「もう一年経ったら、今よりももっと綺麗になってるよね。二年後三年後になれば、もう枯れ木なんて無いかもしれないし、見るのが楽しみ」

「……サクラ」

名前を呼ばれて視線を町からアルドの方へ向けると、優しく細められた目が私を見下ろしていた。目が合った瞬間《しゅんかん》、少しだけ彼が顔を近づけてくる。

「俺はきっと、これからもお前を俺の傍に縛《しば》り付けようとする。今はお前の意思を優先している事でも、我慢《がまん》が出来なくなるかもしれない。恋人《こいびと》という関係を続けながらコントロール出来ないかと思っていたんだが、お前はそれでもいいと言ってくれたからな……もう恋人なんて関係性じゃ足りない」

なあ、と艶《つや》やかな声で彼が囁《ささや》く。まっすぐに私を見る目から視線が離せない。

「俺の妻になってくれ」

柔《やわ》らかく細められた目の中にギラギラとした執着が見え隠れして、本能が警戒《けいかい》しろと訴えてくる。ぞわぞわと全身に走る寒気のような感覚。しかしそんなものはすべて、感じた事が無いほどの幸福感があっという間に押し流してしまった。

「今の俺では豪華《ごうか》な指輪も贅沢《ぜいたく》な暮らしも贈《おく》る事は出来ないが、お前を幸せにする事だけは誓《ちか》おう。お前の心も体も肩書《かたが》きも、全部俺に縛らせてくれ」

空中で私を支えるために回されていた腕《うで》に力が籠《こも》った。出会った日に空を移動した時は放されたら死ぬのだと思っていたが、今はこの腕が私を放す事が無いのを知っている。

「そこは私を幸せにする、じゃなくて、二人で幸せになろうって誓ってほしいんだけど」

「俺はお前がいれば幸せだからな。今更《いまさら》誓うような事でも無い」

「なら、あなたの事は私が幸せにするって誓うよ」

私の手を強く摑《つか》んで放さないアルドとなら、この先もずっと一緒《いっしょ》に幸せに過ごせるだろう。強い執着《しゅうちゃく》も彼が相手なら喜んで受け入れる。私だって彼に対しては強い執着心を持っているのだから。

「いくらでも縛っていいよ。代わりにあなたも私に縛られて。命が尽《つ》きるまで、ずっと」

「ああ、喜んで。もっとも俺は、命尽きた後でもお前を追いかけるがな」

「それは嬉しいなあ」

腕の力を強めたアルドに負けないように、私も彼の背に腕を回して力を込めた。

両親のような恋は無理だろう、なんて心のどこかで諦《あきら》めていたのに、世界すら捨ててしまえるほどに愛する人が出来てしまった。

けれどこの世界を、アルドの傍にいる事を選んだ後悔《こうかい》はない。

いつもの笑みに溢《あふ》れそうな幸福が混ざる彼の顔が近付いてきて、ゆっくりと目を閉じた。

重なった唇《くちびる》に彼と同じように幸福を感じて、星空の中で微笑《ほほえ》み合う。

これからどんどん変わっていくであろう国を見下ろしながら、変わらない愛を誓った。

あとがき

『パズルアプリで異世界復興始めましたが、魔王様《まおう》からの溺愛《できあい》は予想外でした』を読んでいただき、ありがとうございます。

異世界転移の物語では、帰宅というテーマはかなり重要なものだと思います。

今回の主人公であるサクラは、ともかく帰るために生きるという意思を持って行動しており、物語前半の言動には常に帰宅のためという前提がある状態です。

サクラは外見と性格のギャップが強く、過去の病弱さも加わって酷《ひど》く儚《はかな》く見えるのに、本人は逆境でもへこたれずに様々な事に挑戦《ちょうせん》したいと思うような強さを持っています。

その差異のせいで苦しく思う事はありますが、両親からの愛情を貰《もら》いながら生まれ育った世界が嫌《きら》いなわけではありません。細かい悩《なや》みはあってもそれなりに充実《じゅうじつ》した暮らしを送っていたサクラのような人にとって、突然《とつぜん》連れて来られた異世界が今いる場所よりも良いとは限らないと思います。

崩壊《ほうかい》寸前の世界故《ゆえ》の物資不足、何かをするたびに感じる細かな不便さ、これまで蓄《たくわ》えた知識の大半が通じず、知らない事を一つ尋《たず》ねれば、それが解決する代わりにわからない事が倍になるようなすべてが異なる世界。

たとえ大好きなキャラと同じ人がいても、三次元という現実で生きている以上、好きな人とは異なる存在です。周囲の人も皆優《みんなやさ》しくて助けてくれる人もいるけれど、常識すら違《ちが》う世界で出会ったばかりの人達を完全に信じ切る事も出来ない。

そんな環境《かんきょう》の中、サクラは自分が長年遊び続けていたパズルゲームを武器に、そしてそのゲームの中の存在である恋《こい》する相手を支えにして、いつか帰るためにこの世界で過ごす事を決めます。

常に現実をしっかりと見つめ、諦《あきら》める事なく前に進み続けるサクラの姿は、書いていてとても楽しかったです。

生きてさえいればどうにでもなるのだからと強く生きるサクラと、そんなサクラに惹《ひ》かれた事で過去を吹《ふ》っ切り、彼女の帰宅の意志が揺《ゆ》らぐほどにまっすぐに気持ちをぶつけてくるアルド。

交流を経て変化していく二人の意識や関係を楽しんでいただけたなら幸いです。

最後にこの場をお借りして、この本を手に取って下さった読者様、イラストの柊酸《しゅうさん》様、並びに書籍化《しょせきか》関係者様に深く感謝申し上げます。

和泉杏花《いずみきょうか》

BEANS BUNKO

「パズルアプリで異世界復興始めましたが、魔王様からの溺愛は予想外でした」の感想をお寄せください。
おたよりのあて先
〒102-8177　東京都千代田区富士見2-13-3
株式会社KADOKAWA　角川ビーンズ文庫編集部気付
「和泉杏花」先生・「柊酸」先生
また、編集部へのご意見ご希望は、同じ住所で「ビーンズ文庫編集部」
までお寄せください。

パズルアプリで異世界復興《いせかいふっこう》始《はじ》めましたが、魔王様《まおうさま》からの溺愛《できあい》は予想外《よそうがい》でした

和泉杏花《いずみきょうか》

角川ビーンズ文庫　24348

令和６年10月１日　初版発行

発行者――――山下直久
発　行――――株式会社KADOKAWA
〒102-8177　東京都千代田区富士見2-13-3
電話 0570-002-301（ナビダイヤル）
印刷所――――株式会社暁印刷
製本所――――本間製本株式会社
装幀者――――micro fish

ISBN978-4-04-115443-4C0193 定価はカバーに表示してあります。

◇◇◇